AF235333

Helmut Eggert

Ich, Corona und die Hoffnung der Menschheit

Ein spannendes Abenteuer zur Rettung unserer Gesellschaft

Bibliografische Information der Deutschen Nationalbibliothek:
Die Deutsche Nationalbibliothek verzeichnet diese Publikation in der
Deutschen Nationalbibliografie; detaillierte bibliografische Daten sind im
Internet über http://dnb.dnb.de abrufbar.

Herstellung und Verlag: BoD – Books on Demand, Norderstedt

ISBN: 978-3-7526-2646-9

Vorwort

Ist unsere Menschheit zu retten?

Dieser Frage geht ein 16 jähriger Schüler auf den Grund,
der sich weltweiten Frieden wünscht
und mit seinen Freunden ethische Grundsätze aufstellt,
die diesen leidigen Egoismus heutzutage überwinden sollen.

Eine Bewegung kommt ins Rollen, deren Dimension anfangs
kaum vorstellbar scheint, aber mit viel Kreativität und
Engagement gelingt es den fünf Protagonisten in einem
Abenteuer alle Zweifel zu beseitigen und der Welt zu zeigen,
was für uns alle am wichtigsten sein sollte:

Frieden weltweit, ohne Hass und Gewalt.

Sowohl im Kleinen als auch global überall auf der Erde.

Solange die "Guten" in der deutlichen Mehrheit sind,
sollte es doch gelingen, sich gegen die unmenschlichen
Wahnvorstellungen einiger Diktatoren zur Wehr zu setzen,
oder?

Über den Autor

Helmut Eggert wurde in Berlin geboren und lebt seitdem dort. Er ist Multimedia Künstler, der seinen Ausdruck in erster Linie im musikalischen Bereich als Musiker, Komponist, Texter und Produzent gefunden hat. Im Zuge von eigenen Veröffentlichungen erweiterte er seine Ausdrucksweise durch Fotos und Videos.

Als neueste Form für kreative Schöpfungen entdeckte er 2020, während der Corona Zeit, sein Interesse am Schreiben, das ihn sofort gefesselt hat. Es bietet ganz neue Möglichkeiten, um auch kritische, lebenswichtige Umstände, zum Ausdruck zu bringen, die in der heutigen Zeit jeden etwas angehen sollten.

Dies ist sein erstes Werk und dank der großen Freude daran, wird es bestimmt auch nicht sein Letztes sein.

Diskutieren sie mit dem Autor in der Facebook Gruppe:

Unsere Gesellschaft

Gibt es eine Chance für globale Gerechtigkeit?
Wie lässt sich Menschlichkeit und Miteinander stärken?
Können wir uns vor fehlgeleiteten Diktatoren schützen?
Wie lauten die Ansätze, die unsere Welt besser machen?

Mein Dank gilt in erster Linie meiner liebenswerten Lebenspartnerin Daniela, die zugleich meine Muse bei diesem Roman gewesen ist und mit diversen guten Charaktereigenschaften in den Personen wieder zu entdecken ist. Durch sie habe ich mein persönliches Glück gefunden und schöpfe daraus täglich neue Kraft.

Ohne dich wäre diese Geschichte wohl nie entstanden.

Des Weiteren möchte ich natürlich auch meiner tollen Familie und den vielen guten Freunden danken, die mich mein Leben lang begleitet, bestärkt, ermutigt und zu diesem positiven Menschen gemacht haben, der ich heute bin.

Ein besonderer Dank geht an meine Mutter, die mich bei der Ausführung und Korrektur tatkräftig unterstützt hat.

Helmut Eggert, August 2020

Inhalt

Meine Vision

Ich erwachte gestern aus einem Traum und war völlig verblüfft. Könnte die Lösung wirklich so einfach sein? Ich gebe zu, für einen 16 jährigen Schüler aus Berlin ist es vielleicht eher ungewöhnlich, aber ich beschäftigte mich seit einiger Zeit mit dem glorreichen Thema, wie man Frieden weltweit erreichen könnte. In Geschichte bin ich zwar keine große Leuchte, was aber sicherlich auch an Herrn Lundkauski liegt, der mich aus irgendeinem Grund nicht mag. Aber auch er konnte mich nicht davon abhalten diesem Thema nachzugehen, weil es mich nun mal interessierte und dann lass ich auch nicht mehr davon ab.

Also, ich hatte in meinem Traum die Vision von einem World Vote Day. Genau, die Idee war es, die ganze Welt darüber abstimmen zu lassen, ob sie Frieden will oder Krieg. Ich fand mich brillant. Die Menschen könnten zwischen einer friedvollen Lösung aller Konflikte wählen, oder einer kriegerischen Auseinandersetzung.

Irgendwie war ich mir im Traum doch ziemlich sicher, dass die klare Mehrheit der fast 8 Milliarden Menschen dieser Erde sich Frieden wünschen würde. Dann könnten wir als große Mehrheit bestimmen, dass all jene Menschen, die Gewalt lieben und menschenfeindlich eingestellt sind, auf eine Insel verbannt werden. Dort könnten sie gerne ihre Gewalt ausleben, z. B. repräsentativ für ihr Land und nur unter sich kämpfen.

Und sie würden uns positiv, freundlich eingestellte Menschen dann endlich in Ruhe und Frieden lassen, ganz einfach.

Ich konnte heute den ganzen Tag an nichts anderes mehr denken und war auf einmal total auf dieses Thema fokussiert.

» Martin, du wolltest doch mitkommen «, rief meine Mutter von unten, » was ist los? Wir fahren jetzt. «

Ich hatte überhaupt keine Lust mehr.

» Hab's mir anders überlegt, fahrt ruhig ohne mich «, rief ich zurück.

Super, alle sind weg und ich kann ungestört meine Pläne schmieden, freute ich mich.

Da momentan durch Corona sowieso alles anders läuft und jeder immer besser zu Hause vernetzt ist, sollte es doch möglich sein, einen World Vote Day zu initiieren, dachte ich und stellte mir selbst den Termin 10.10.2020, weil er sich so leicht merken lässt.

Also fing ich an eine Checkliste zu machen. Ich bräuchte natürlich auf jeden Fall viel Hilfe, was die Durchführung des Ganzen angeht, so ähnlich wie bei dem Film *Ocean's Eleven*.

Ich wäre also der Ideengeber und hatte auch noch einiges in petto, was ich aber hier noch nicht verraten möchte.

Dann bräuchte ich einen echt guten Computer Nerd, der so richtig Ahnung vom Programmieren hat. Als nächstes müsste sich jemand um die Außendarstellung der Kampagne kümmern. Einen Logistiker sollte man auch immer dabei haben. Und zu guter Letzt, jemand, der in Kontakt zu den Reichen steht und für uns Geldmittel aufbringen kann.

Der Computer Nerd könnte mein Cousin Roger sein, der durchaus in der Lage ist, so etwas im Netz aufzubauen. Er arbeitet für irgendeine IT Firma und hatte auch schon einigen Ärger bekommen. Ihn für meine Sache zu überzeugen wird aber nicht so einfach sein. In drei Tagen ist der Geburtstag seines Vaters, da könnte ich ihn ja mal ansprechen.

Für die PR Arbeit hatte ich auch eine klare Vorstellung, aber ob sie das so gutheißen würde, ich war mir nicht sicher. Wir reden hier über Denise, meine Freundin und Schülerin aus der Parallelklasse, die so eine besondere Ausstrahlung besitzt, Klassensprecherin ist und immer Bescheid weiß, wenn etwas passiert.

Und logisch, mein Kumpel Olli könnte sich um die Logistik kümmern. Obwohl er das sicherlich auch ohne das große Ziel: WVD 10.10.2020 machen würde.

Ja, sieht schon sehr gut aus, fast magisch: WVD 10.10.2020.

Das sollte also der Tag werden, an dem sich die Welt für immer verändern würde.

Jetzt kommt der schwierigste Teil, um so eine Art von *Martins Fünf* zu vervollständigen. Es fehlt der Kontakt zu den Reichen. Meine Eltern würden mir bestimmt helfen, aber das was mir vorschwebt übersteigt ihre Möglichkeiten. Wen könnte man von dieser verrückten aber genialen Idee überzeugen?

Es war inzwischen spät geworden und als meine Eltern wieder da waren und zum Essen riefen, hatte ich keinen Hunger, weil ich den ganzen Tag mit Schokolade überbrückt hatte.

Mir rauchte langsam der Schädel und ich wollte mich vorm Schlafengehen noch etwas ablenken, als ich bei Google auf einen Artikel über Veronica Forrest aufmerksam wurde.

Genau, eine bekannte Filmschauspielerin wäre das Richtige, so könnte es klappen.

Mir gefiel der Gedanke sehr gut. Ich versuchte die Augen zu schließen um zur Ruhe zu kommen, als mir noch so einige Sachen durch den Kopf gingen.

...Logo...Handzeichen...Einschaltquoten...Alle Menschen auf der Welt erreichen...

Als ich am nächsten Morgen aufwachte und im Bad gerade mit allem fertig war, klingelte auch schon Olli. Nach der Corona Pause war es ungewohnt wieder zur Schule zu fahren, denn Normalität sieht ganz anders aus.

Ich wollte aber vor allem auch Denise treffen, um sie einzuweihen und war ganz schön aufgeregt, wie sie darauf reagieren würde. Könnte sie sich damit identifizieren?

Sie hatte schon sehr früh damit angefangen zu bloggen und Sachen zu posten, wodurch sie schon viele Follower hatte, doch das stand für sie nie im Vordergrund. Sie wollte den Mitschülern helfen, nur das war ihr wichtig.

Es waren genau diese positiven, ehrlichen Eigenschaften, die ich so sehr an ihr mochte und die sie so sympathisch und auch authentisch machten. Und jetzt wollte ich sie bitten, das Gesicht einer großen, weltweiten Kampagne zu werden, für den Frieden auf Erden!? Was würde sie wohl sagen? Wir waren erst vier Monate zusammen und so ernste Sachen könnten unsere tolle Freundschaft natürlich kompliziert machen.

Als Olli und ich bei unserer Schule ankamen, stieg Denise gerade aus dem Bus. Sie hatte mich aber noch nicht gesehen, so dass ich Zeit hatte, meine Gedanken ruhen zu lassen. Small Talk reicht fürs Erste, denn ich wollte mir noch nichts anmerken lassen.

» Denise «, rief ich, » Hi! « und grinste.

Sie lächelte zurück und kam auf mich zu, gab mir ein Küsschen und fragte: » Was ist denn los? «

Ich war verblüfft, soviel zum Thema nichts anmerken lassen.

» Ich habe nachher was mit dir zu bereden, mir ist da eine tolle Idee gekommen «, sagte ich, » und möchte wissen was du davon hältst. «

» Wovon? « wollte sie natürlich sofort wissen.

Ich konnte sie gerade noch von dem Thema ablenken, weil mir Olli zu Hilfe kam, der sie nun auch begrüßte und nur so tat als wolle er sie umarmen, woraufhin sie eine ebensolche Geste machte.

Dadurch waren wir wieder bei dem anderen, bestimmenden Thema dieser Wochen und ich war gerade noch so davon gekommen. Aber wir verabredeten uns für die Pause an unserem Treffpunkt hinten am Baum und gingen dann in verschiedene Räume.

Ich musste mich jetzt mit Englisch abquälen, während sie Deutsch bei ihrer Lieblingslehrerin Frau Borchert hatte.

Alle saßen im Raum weit voneinander entfernt und es fehlten etliche aus dem Kurs. Ich hatte große Schwierigkeiten mich auf den Unterricht zu konzentrieren und sehnte die Pause herbei.

Endlich, es klingelte, ich musste von oben ganz schön weit laufen und meistens war Denise dann schon da. Aber zuerst musste ich Olli Bescheid sagen, dass ich mit Denise alleine sprechen wollte. Sie wartete schon als ich kam und hatte zwei Kissen dabei, auf die wir uns setzten.

» Also, was ist los? Doch nicht etwas Ernstes? «

Sie schien fast ein wenig verunsichert, aber ich beruhigte sie sofort.

» Nein, mit uns hat das nichts zu tun. Wie konntest du meine Anspannung vorhin nur merken? Also «, fing ich bedeutsam an, » mir kam da gestern eine großartige Idee. Deshalb war ich auch den ganzen Tag voll beschäftigt und nicht, wie ursprünglich geplant, mit meinen Eltern unterwegs. Ich träumte von einem Tag, an dem alle Menschen auf der Welt wählen können zwischen Frieden auf Erden oder Krieg. Was meinst du, wofür würde sich die Mehrheit entscheiden? « fragte ich sie.

» Was für eine seltsame Vorstellung, wie willst du denn die ganze Welt erreichen? «

Sie schien zwar sehr skeptisch, aber gut dachte ich, sie hat zumindest angebissen.

» Das ist genau der Punkt über den ich mit dir reden wollte, denn hier kommst du ins Spiel. Ich habe mir da eine richtige Kampagne vorgestellt und bei dir laufen alle Fäden zusammen. Du bist doch die Königin der sozialen Medien. «

Das Kompliment hatte seine Wirkung nicht verfehlt und sie wurde neugierig.

» Aber wie willst du das anstellen «, bohrte sie weiter.

» Ich brauche auf jeden Fall noch einige Hilfe. Olli ist sicherlich dabei und ich dachte an meinen Cousin. Er hat einen Mega Rechner zu Hause und könnte darüber unser Netzwerk laufen lassen. Die Kapazität sollte er haben. Ich hatte dir ja mal von seinem Hack erzählt, aber er ist einer von den Guten. «

Von der *Veronica Forrest* Idee sagte ich ihr erstmal lieber noch nichts und doch schien ich sie jetzt endgültig am Haken zu haben.

» Meinst du, wir können die Welt verändern? «

» Warum nicht, du wärst dann die Deutsche Greta, die es allen zeigt und zwar, dass es nicht nur auf das Klima ankommt, sondern um den globalen Frieden geht. «

» Wow «, sie hielt inne und ich spürte wie sie anfing sich in diese Vorstellung hinein zu versetzen, als es klingelte.

» Sehen wir uns nächste Pause wieder? « fragte sie.

» Klar. Und was hältst du nun davon? «

Sie grinste nur und ging.

Als wir uns nächste Pause trafen, war Olli mit dabei, ich hatte ihn inzwischen im Mathe Kurs eingeweiht und ihm gesagt, dass Denise eine tragende Rolle in dem Plan spielen sollte.

Olli fand's ok und begrüßte sie auch gleich mit: » Na Greta. «
Sie zuckte ein wenig zusammen.

» Genau, ich weiß nicht, ob ich so geeignet für diese Rolle bin.
Meine Eltern finden das bestimmt nicht so toll. «

Ich versuchte Denise zu beruhigen und gab ihr ein Küsschen,
während ich Olli ein unmissverständliches Handzeichen gab,
solche Anspielungen sein zu lassen.

Ich blickte in ihre schönen Augen und sagte ihr, dass ihre
Eltern das nicht erfahren müssten.

» Na gut «, sagte sie, » dann brauchen wir aber auf jeden Fall
finanzielle Hilfe von woanders her. «

» Du hast recht «, stimmte Olli ihr zu, » ohne deine Eltern wird
es schwierig. «

» Hört mal, natürlich habe ich auch schon daran gedacht, lasst
das mal meine Sorge sein. Ich werde schon noch Sponsoren
für die Aktion beschaffen, ist doch klar. Aber darauf kommt es
in diesem Moment noch nicht an. Wichtig ist nur, hier und
jetzt den Startschuss zu setzen, damit wir das Ziel WVD
10.10.2020 erreichen «, sagte ich bedächtig.
Dann machte ich einige Handgesten, die 10, 10, 2 und 2
bedeuten sollten, sah beide an und wollte nun dasselbe von
ihnen sehen.

» Ok «, sagte Olli auch bedächtig langsam, dann sah er
skeptisch zu Denise rüber, um mir dann mit derselben
Ansammlung an Handgesten zu signalisieren er ist dabei.

» Muss ich dieses alberne Zeichen auch machen? « wollte
Denise mit fast flehendem Blick wissen, » ich könnte mich
noch um entscheiden... «

» Na gut «, sagte sie schließlich, nachdem sie meinem
bohrenden Blick nicht mehr standhalten konnte.

» Können wir das nicht wenigstens etwas abkürzen mit nur
zweimal die Hände hoch? «

» Hast recht, ist ja klar, dass es in diesem Jahr sein soll «, machte ich ihr ein Zugeständnis.

Endlich machte sie die Geste und auf einmal fanden wir das total cool. WIR würden der Welt Frieden bringen, nicht die Politiker und unser Zeichen dafür war ganz simpel. Wir zeigten uns noch ein paarmal die 10 und feierten ab, als die Klingel uns wieder abrupt auf den Schulboden zurückholte.

Als Erstes wollte ich gleich eine geschützte Gruppe auf meinem Handy erstellen, damit wir dieses Thema wirklich nur verschlüsselt behandeln und von Anfang an alles Mögliche für die Geheimhaltung tun würden. Ich war gerade mit dem Einrichten und Tippen beschäftigt und merkte nicht, wie Herr Lundkauski auf mich zukam.

» Nun geben Sie schon her «, sagte er in bestimmendem Ton und streckte die Hand aus.

Ich versuchte noch so zu tun als habe ich nichts unter dem Tisch, aber es klappte nicht.

So ein Mist, wieso hatte ich nicht aufgepasst.

» Ist noch jemand mehr an seinem Handy als am Unterricht interessiert? Dann kann er es auch bis Morgen bei mir abgeben? «

Einigen fuhr der Schreck in die Glieder.

» Wir dürfen die doch sowieso nicht anmachen «, platzte Olli dann heraus und wir mussten lachen. Er saß inzwischen zwei Reihen schräg vor mir, denn wir durften schon lange nicht mehr nebeneinander sitzen.

» Na klar, Herr Brandt, wer sonst. Zeigen Sie ihr Smartphone doch mal her, ist es auch wirklich aus? «

Olli bekam es zwar noch hektisch ausgeschaltet, aber das kümmerte Herrn Lundkauski nicht und nahm auch sein Handy an sich.

Na prima, wir wollen hier die Welt retten und Herr L. macht alles zu Nichte. Wie sollte ich mit Denise in Kontakt bleiben um weitere Ideen auszubrüten? So ein A..., dachte ich, ärgerte mich aber auch über mich selbst, dass ich so ungeduldig und unvorsichtig gewesen war.

Nach der Stunde borgte ich mir von Susi, ihrer besten Freundin, das Smartphone und schickte Denise eine SMS mit meinem Dilemma und vertröstete sie auf Morgen. Ich hatte nämlich nachher meinen Sport und keine Zeit bei ihr vorbei zu kommen. Den Rechner meines Vaters durfte ich nicht benutzen und den Familien Laptop hatte meine große Schwester sich bestimmt wieder unter den Nagel gerissen, wenn ich nach Hause kam.

Na gut, ich konnte meinen Frust langsam verdauen und begann mich auf das Tennis Training zu freuen.

Als ich nachmittags beim Tennis Club mit dem Rad ankam, begrüßte mich Olli mit dem neuen Handzeichen. Fast hätte es mich vom Fahrrad geworfen als ich freihändig das Zeichen erwiderte, konnte es aber vermeiden zu Boden zu gehen.

» Hoppla «, sagte Olli, » das solltest du noch üben « und grinste sich eins.

» Na warte, dir werd ich's zeigen, wer hier noch üben muss. «

Ich fertigte ihn 6:3, 6:3 ab und gab ihm sein Grinsen zurück.

Leicht frustriert gratulierte er mir etwas zerknirscht, tickte seinen Schläger gegen meinen und meinte, er wolle sich was zu trinken holen.

Wir gingen also rein ins Casino, wo Denise mit ihrem Handy vertieft saß und dann aufsah, als wir kamen.

» Ich hab es zu Hause nicht ausgehalten «, sagte sie, » wollen wir ein Doppel spielen? Schläger und Schuhe hab ich dabei und Susi könnte auch gleich hier sein. «

Olli schien erst nicht so begeistert, denn er ahnte, mit wem er spielen würde, gab dann aber sein ok.

Wir spielten noch eine Stunde lang Doppel und fuhren heim.

Na klar, Maike hatte den Laptop an sich genommen und war fleißig am skypen mit ihrer Chatfreundin aus England. Da hatte ich keine Chance. Also nahm ich mir Stift und Zettel und fing ganz altmodisch an, meine Gedanken aufzuschreiben.

Ich machte erst ein paar Tabellen, nahm mir dann aber doch die Hausaufgaben vor.

Später sah ich mir noch eine Crime Serie an, die mein Vater sicher auch gleich einschalten würde, wenn er nach Hause käme. Ich erzählte ihm den Anfang und fragte während der Werbepause, wie er es früher ohne Handy geschafft hätte, sich mit Mutti auszutauschen.

Er lächelte nur geheimnisvoll und sagte: » Damals war viel Kreativität gefragt. «

Genau das war es, kreativ sein, dann kann man alles bewerkstelligen.

Ich fühlte mich gut am nächsten Morgen und freute mich darauf, mein Handy wieder zu bekommen. Olli und ich mussten deshalb gleich früh zum Lehrerzimmer, um uns eine weitere Belehrung von Herrn L. abzuholen, sich in Zukunft an die Regeln zu halten. Dann händigte er uns die Handys endlich aus.

» Beim nächsten Mal sind sie zwei Tage weg «, sagte er noch und verschwand wieder im Lehrerzimmer.

Hauptsache wir hatten sie zurück.

In der Pause startete ich endlich die Gruppe und postete das Zeichen mit den Händen. Olli und Denise schickten ebenfalls das Zeichen und ich dachte, na prima, zu dritt sind wir schon mal, jetzt kann es losgehen.

Als Denise zur dritten Stunde kam, saß ich schon im Musikraum. Wir hatten diesen Kurs zusammen, während Olli sich bei Kunst vergnügen konnte. Frau Wesel war zum Glück recht locker drauf, wir konnten hinten immer flüstern, dass schien sie nicht zu stören.

» Hi Schatzi «, begrüßte sie mich und gab mir ein Küsschen.

Ich bemerkte, wie sie strahlte und fragte was los sei.

» Ich bin inzwischen so begeistert von deiner Idee und konnte kaum schlafen. Ich habe schon angefangen Flugblätter zu entwerfen «, flüsterte sie mir aufgeregt zu, » vielleicht können wir davon auch etwas für die Internet Präsenz benutzen. « Ihre Stimme bebte.

» Kann ich denn Susi einweihen? «

» Warte doch bitte noch, bis ich mit Roger gesprochen habe. Solange sollten wir alles noch für uns behalten «, bat ich sie.

» Na gut «, erwiderte sie etwas zerknirscht, » und wie findest du meinen ersten Entwurf? «

Ich war überrascht und beeindruckt.

» Ganz toll sieht er aus, wie hast du das gemacht? «

Sie hatte einen schlichten Rahmen ausgewählt in dem stand:

Sei dabei und mach die Welt friedvoll! Wir stimmen ab, was für uns ALLE wichtig ist. Wollt ihr Frieden oder Krieg? Am 10.10.2020, dem WORLD VOTE DAY, ist es soweit. Ihr habt die Wahl!

Unterlegt war das Ganze mit den sechs Kontinenten und man konnte Menschen verschiedener Hautfarbe erkennen um anzudeuten, dass wirklich jeder Mensch ein Recht darauf hat.

» Ich bin sprachlos, das haut voll rein. «

Ich küsste sie voller Begeisterung, was nun selbst Frau Wesel bemerkt hatte.

» Hebt euch das doch bitte für später auf «, sagte sie, » wir sind hier zwar in der Zeit der Romantik und Schumanns Liebeslieder könnten vielleicht dazu animieren, aber aus Rücksicht auf die Mitschüler, lasst das bitte. «

Ich entschuldigte mich, konnte zum Glück die Frage, die sie gestellt hatte, beantworten und somit war sie wieder besänftigt.

» Super, klasse, du bist die Größte! «, flüsterte ich zu Denise.

Jetzt hing alles an Roger. Endlich war der Geburtstag meines Onkels und wir fuhren um 16 Uhr zu ihm. Meine Schwester war leider auch dabei, denn sie stürzte sich förmlich gleich auf Roger. Er wusste gar nicht wie ihm geschah.

Nach dem essen und zwanglosem plaudern am Tisch, verteilte sich die große Runde dann endlich auf mehrere Zimmer. Während meine Mutter mit ihrer Schwägerin und einer Nachbarin es sich im Wohnzimmer gemütlich machte, sinnierte mein Papa mit seinen zwei Brüdern im Arbeitszimmer über vergangene Zeiten als Kinder. Oma und Opa amüsierten sich mit den Enkeln vom älteren Bruder und dessen Tochter. Und als Maike endlich zur Toilette musste, ergriff ich meine Chance.

Bevor Roger sich in sein Zimmer zurückzog, fragte ich ihn nach seinem System aus und bestätigte ihm, dass es voll cool sei und mich interessieren würde.

» Ich zeig's dir «, sagte er und schien sichtlich dankbar zu sein, sich nicht mehr mit Maike unterhalten zu müssen.

» Deine Schwester kann ganz schön anstrengend sein, wie hältst du das nur aus? «

» Sie macht zu Hause ihr eigenes Ding, soviel Kontakt gibt es zum Glück nicht mehr, aber an dir hat sie wohl einen Narren gefressen «, machte ich ein Späßchen.

» Hör auf, sie ist ja ganz nett, aber Zeit um ihr beim Abi zu helfen, habe ich im Moment nicht. «

» Hast du denn vielleicht etwas Zeit für deinen Cousin? « fragte ich vorsichtig, » ich habe da nämlich eine super Idee und könnte deine Hilfe gebrauchen. Dein Server System reicht doch bestimmt aus, um die ganze Welt zu erreichen? « fragte ich ihn nun ein bisschen als Kompliment verkleidet.

» Ja klar, worum geht es denn? «

» Ich, besser gesagt wir, mein Kumpel Olli und Denise, meine Schulfreundin, würden gerne eine Webseite einrichten, auf die alle Menschen in der ganzen Welt zugreifen können um zu wählen. «

Er runzelte die Stirn und ich fügte hinzu: » Wir wollen eine Kampagne starten, die es jedem Menschen auf der Welt ermöglichen soll, zwischen Frieden und Krieg zu wählen. «

Ich zeigte ihm den super Flyer von Denise, um ihm klar zu machen, dass wir uns schon einige Gedanken gemacht hatten und wie ernst uns das Anliegen war.

» Meinst du sowas ist möglich? «

» Im Prinzip schon… «, er stockte.

Jetzt ist Überzeugungsarbeit gefragt, dachte ich und suchte noch nach guten Argumenten.

» Das wird eine Menge Arbeit, Cousin «, sagte er bewusst betont und versuchte sich aus der Situation raus zu winden.

» Momentan bin ich mehr damit beschäftigt auszuziehen und muss mir überlegen, wie ich den ganzen Krempel hier rausbekomme. «

» Na gut «, machte ich gleich Pläne, » dann werden Olli und ich dir dabei helfen. So geht es bestimmt schneller und du hilfst uns die Seite einzurichten, wie wär das? «

» Hm «, er zögerte, doch bevor ich ihn zum Festlegen bewegen konnte, klopfte es an der Tür.

Maike, so ein Mist, absolut unpassend.

» Hier seid ihr also «, sagte sie und riss das Geschehen sofort wieder an sich.

Doch ich unterbrach sie mit einem lauten: » Maike « und war von mir selbst überrascht.

» Äh, wir haben hier etwas Wichtiges über Computer zu besprechen, lässt du uns bitte allein? «

Sie guckte ganz verdutzt, sah zu Roger rüber und als der auch noch leicht nickte, tobte sie wutentbrannt aus dem Zimmer.

» Danke Mann «, sagte Roger, » dir scheint es ja wirklich ernst zu sein. «

» Also Umzug ist übermorgen, am Samstag ab 10 Uhr. Dann brauche ich sicherlich einen Tag, damit das System wieder funktioniert und dann können wir uns in der nächsten Woche bei mir treffen, ok? «

» Au Mann, na klar, super! «

Ich konnte meine Begeisterung nur schwer verbergen und musste es gleich in die Gruppe stellen: » Wir sind am Start! «

Olli und Denise schickten natürlich sofort die Hände zurück.

» Was soll das denn sein «, wollte Roger wissen, der die vielen Hände gesehen hatte, die beide zurück geschickt hatten.

» Das ist unser Zeichen und steht für den offiziellen Wahltag am 10.10. «

Ich machte ihm die Geste vor und dachte erst, er findet sie vielleicht etwas albern, aber dann verstand er wohl die Notwendigkeit, ein Symbol zur Identifikation zu haben und zeigte mir zweimal seine Hände.

» Damit bist du offiziell in der Gruppe aufgenommen «, sagte ich bedeutungsvoll.

» Ist ja schön und gut, aber habt ihr euch schon überlegt, wie ihr das finanziell machen wollt, da fallen doch sicher viele Kosten an? «

» Ich weiß, ich weiß «, entgegnete ich ihm ein wenig genervt, weil alle zuerst an die Kohle dachten, » es zählt in erster Linie der Aktivismus, darauf kommt es an. Die Sache mit dem Geld oder auch andere Probleme, werden sich schon lösen wenn es soweit ist. «

Er grübelte: » Vielleicht lässt sich ja irgendwie mit der Webseite Geld machen. Aber ich verstehe was du meinst, frei nach dem Motto, wenn wir etwas brauchen, dann werden wir es auch bekommen, wenn wir nur fest genug daran glauben. «

» Ja, so in etwa «, erwiderte ich, » aber ich hab da auch konkretere Vorstellungen, so eine Art Spendengala. «

Jetzt hatte ich die Katze aus dem Sack gelassen und in seinem Gesicht kam noch mehr Skepsis zum Vorschein, aber ich beharrte darauf: » Das wird klappen, wirst sehen. «

» Na gut, Martin, wir werden sehen. Es bleibt also dabei, Samstag 10 Uhr mit deinem Kumpel hier bei uns. «

Dann gab er mir zu verstehen, dass er jetzt seine Ruhe haben wollte.

» Na klar. Und wenn sich etwas Neues ergibt, erfährst du es sofort In der Gruppe. «

Er schien schon nicht mehr bei der Sache zu sein, denn als ich ihm beim Gehen die Hände zeigte, winkte er nur noch ab. Aber ich war mir sicher, Roger ist dabei und somit kann die nächste Phase beginnen.

Ich traf im Flur auf meine Mutter, die mir mitteilte, dass wir in 15 Minuten aufbrechen werden. Ich war froh und beschäftigte mich solange mit meinem Handy.

Und ich machte Maike erneut deutlich, dass Roger seine Ruhe haben möchte, als sie sich wieder auf den Weg zu ihm machen wollte.

» Werde mich doch wohl noch verabschieden dürfen «, klagte sie, » worüber habt ihr denn die ganze Zeit geredet? «

» Ist streng vertraulich «, gab ich kühl zurück, » das würdest du nicht verstehen. «

Sie wurde leicht wütend, weil ich wohl etwas überheblich geklungen haben muss, und verpasste mir einen Boxhieb mit der Faust auf den Arm.

» Was soll das, aua «, rief ich, » als ob dich der Weltfrieden interessieren würde. «

Wir verabschiedeten uns von allen und fuhren nach Hause. Meine Eltern hatten anscheinend einen schönen Abend gehabt, denn sie flirteten auf dem Heimweg miteinander. Sollen sie doch machen. Ich wollte sowieso nur noch auf mein Zimmer und mich mit Olli austauschen.

Und zum Schluss zur guten Nacht mit Denise sprechen.

Kurz vor 12 Uhr klopfte meine Mutter an der Tür.

» Wollt ihr nicht langsam mal Feierabend machen, ist schon spät. «

Aber als sie in meinen Augen dieses verliebt sein entdeckte, flüsterte sie nur noch: » Du siehst sie doch morgen früh wieder. «

Dann lächelte sie und verschwand.

Wir küssten uns durch das Telefon, schickten uns noch viele Herzen und na klar, die Hände durften nicht mehr fehlen.

Ich schlief mit einem breiten Grinsen ein.

Als ich Olli und Denise am nächsten Tag zur Pause an unserem Baum traf, wollte ich sie in meine Pläne einweihen. Doch zu allererst musste ich meinem Kumpel Olli erklären, warum er morgen nicht Fußball gucken konnte.

» Hi Olli, sag mal, wolltest du Samstag das Spiel live sehen? «

» Na klar, wieso, wollen wir uns treffen? «

» Leider nein, wir helfen beim Umzug. «

» Ist ja schade «, sagte Olli und dachte wohl, so viel zu dem Thema.

Aber als ich das *wir* nochmals betonte, schien er langsam zu begreifen.

» Nein, Martin, das ist jetzt nicht dein Ernst. Du hast mich ungefragt zum Umzug angeheuert und ich verpasse das Spiel des Jahres? «

» Nun komm mal wieder runter, Spiel des Jahres, ist doch sowieso schon wieder alles gelaufen. Stattdessen hast du die einmalige Chance, Frieden auf Erden zu bringen. «

Ich strahlte ihn an um dann in eine verzeihende Geste über zu gehen.

» Sieh mal, Olli, ich verzichte auch darauf Denise Morgen zu sehen. «

Ich hatte es kaum ausgesprochen, als ich einen stechenden Blick von links verspürte.

» Ups, ach ja, äh, Schatzi «, wandte ich mich zu Denise, » wir müssen unseren Fahrradtrip leider verschieben. «

» Für einen guten Zweck «, schob ich noch nach und wollte ihr ein Küsschen geben.

» Das kannst du jetzt erstmal vergessen, danke, dass du mich in deine Pläne eingeweiht hast «, schnaubte sie und Olli grinste.

Durch meine missliche Lage schien er wohl wieder besänftigt zu sein.

» Na gut, dann helfen wir morgen deinem Cousin beim Umzug, damit es Frieden auf Erden gibt. «

» Das ist mal eine Ansage «, sagte Denise, » und ich hab mir extra den Samstag freigehalten und hätte stattdessen mit Susi schwimmen gehen können. Für den Weltfrieden? «

» Nun seid doch nicht sauer, es ging nicht anders. Meinst du, ich verzichte gern auf ein schönes Picknick mit dir? Ich musste Roger mit etwas ködern, sonst hätte ihn das Ganze wohl nicht so interessiert. Umso wichtiger ist es also ihn davon zu überzeugen, wie cool unsere Idee ist und wie stark wir uns auch dafür einsetzen. Und wenn du magst, kannst du beim Umzug gerne mithelfen. «

» Du hast wohl 'n Vogel «, sagte sie und tippte ihren Finger an die Schläfe.

» Dann lass mich lieber weiter an den Entwürfen arbeiten. «

» Super, dann ist also alles wieder ok zwischen uns? «

» Noch nicht ganz «, sagte sie und ließ mich erneut mit dem Küsschen zappeln.

» Zu blöd, ich wollte euch ja eigentlich von meinen weiteren Plänen berichten, aber die Pause ist gleich rum «, machte ich nun auf geheimnisvoll.

» Na komm «, sagte Olli, » es wäre nicht das erste Mal, dass wir Freitag eher gehen. Ich bin sowieso der Einzige in meinem Französisch Kurs und Frau Özkan wäre mir bestimmt dankbar, wenn sie auch schon nach Hause gehen könnte. «

» Von mir aus «, sagte ich, » auf Chemie kann ich durchaus verzichten, da weiß ich, was zu tun ist. Also lasst uns zur Eisdiele gehen. «

» Und du Schatzi «, machte Olli ein Späßchen.

» Lass gut sein «, erwiderte Denise, » na klar bin ich dabei. Herr Baumgart ist sowieso nicht da und auf Vertretung kann ich ebenfalls verzichten. «

» Na super, wir treffen uns dann gleich am U-Bahnhof bei Eis Hennig «, sagte Olli und machte sich auf den Weg.

Die Schlange war riesig, aber zum Glück war Olli schon recht weit vorne, als Denise und ich eintrafen. Wir brauchten also nicht lange warten und kamen gleich dran. Dann bestellten wir drei große Becher und gingen hinten zu einem Tisch mit Schirm, wo noch genügend Plätze frei waren.

» Fassen wir nochmal zusammen «, sagte ich, » unser Ziel ist es, am 10.10.2020 eine weltweite Wahl über Frieden oder Krieg zu organisieren. «

Beide nickten und gaben mir etwas müde das Händezeichen.

» Ja ok «, ich machte auch die Hände, » wir müssen nicht jedes Mal, wenn ich den 10.10. erwähne, die Hände hoch heben. «

Olli hob erneut die Hände und grinste sich eins.

» Was wir brauchen «, fuhr ich fort, ohne Olli ernst zu nehmen, » ist Kohle. Ich hatte euch ja gesagt, dass ich dafür eine Lösung hätte und wir auf Hilfe unserer Eltern verzichten können. «

» Jetzt bin ich gespannt «, sagte Denise.

» Wir brauchen einen Star, möglichst einen weiblichen bekannten Filmstar, der für uns wirbt und Geld sammelt. «

» Na klar «, prustete Olli ironisch heraus, » Hello Miss Bullock, would you be so kind and give us money for making peace? «

» Für den Weltfrieden! Klar «, betonte ich, » warum nicht? « und gab ihm zu verstehen, dass ich die Anspielung auf den Film *Miss Undercover* verstanden hatte.

» Aber ich dachte da eher an eine deutsche Schauspielerin «, fuhr ich fort.

» Ach nee, was soll das denn werden, womöglich auch noch eine richtig Hübsche. «

Denise schien ein bisschen eifersüchtig zu sein.

Ich deutete ihr erneut ein Küsschen an, woraufhin sie erst recht sauer wurde.

» Entschuldige bitte «, sagte ich, » aber natürlich wäre es vorteilhaft, wenn wir jemand finden würden mit entsprechend gutem Aussehen. Und ich denke, dass weibliche Schauspielerinnen eher für solch eine Kampagne zu gewinnen sind, als männliche. «

» Hast ja recht «, sagte Olli, » mit einer bekannten Gallionsfigur wäre es bestimmt einfacher viele Menschen zu erreichen, die unsere Idee unterstützen würden. «

» Genau. Ich dachte da nämlich an eine große Spendengala. «

» Du meinst, die Leute spenden uns Geld, damit wir Frieden schaffen? «

Denise schien immer noch kein Gefallen an der Idee zu finden.

» Welche Schauspielerin findest du denn toll, die einen guten Charakter hat «, fragte ich und wollte sie damit besänftigen, in dem ich ihr die Wahl ließ.

Sie überlegte und schlug Iris Burbon vor, doch da hatte Olli sein Veto angekündigt: » Die ist nicht mehr aktuell genug. «

Sein Vorschlag, Palina Brosinski, war uns aber auch nicht recht.

» Die kennen eher nur die jüngeren Generationen «, meinte Denise.

» Mir viel da noch «, sagte ich etwas zögerlich, » Veronica Forrest ein. In ihrer Rolle als Bundeskanzlerin hat sie allen gezeigt, dass sie einflussreich sein, zumindest spielen kann. «

Beide schwiegen.

» Wie gesagt, das war meine Idee, wenn euch jemand Besseres einfällt, dann los. «

Immer noch keine Antwort.

Ich zog mein Handy aus der Tasche und ging auf Wikipedia um ihnen zu zeigen, wen ich meinte.

» Natürlich kenne ich Veronica Forrest «, meinte Denise, » aber ich weiß nicht..., na von mir aus. Und was meinst du? «
Sie sah zu Olli rüber, der nun so tat, als wäre er notgedrungen auch einverstanden.

» Na bitte, geht doch mit euch. «

Ich erhob meinen Eisbecher und sagte: » Also Veronica Forrest. «

» Wenn du meinst. «

Olli hob nun ebenfalls sein Eis hoch und dann auch Denise. Wir stießen die Becher zusammen und freuten uns, als wir sahen, wie die Kids am Nachbartisch uns bewunderten.

» Nur noch eine Frage «, sagte Denise, » wie willst du sie denn von deinem Plan überzeugen? «

» Unserem Plan «, erwiderte ich, » genau darum geht es, dass wir uns überlegen, wie wir an sie rankommen. Wo sie wohnt, welches Hotel? Die Klatschpresse ist doch sicher voll von Informationen. «

» Und dann beobachten und verfolgen wir sie? «

Olli schien jetzt doch begeistert von der Idee zu sein.

» Genau, wir stalken sie und bekommen riesigen Ärger «, erwiderte Denise.

» Ganz unauffällig natürlich, ist doch klar. «

» Wie auch immer, aber irgendwie müssen wir an sie rankommen «, sagte ich.

» Dann werde ich nachher auf Instagram mal nach ihr suchen. Wenn sie up to date ist, sollte sie auch dort zu finden sein. «

» Super Idee Denise «, fand ich und auch Olli nickte anerkennend.

Wir machten noch einige Späße über andere mögliche Schauspielerinnen und verabschiedeten uns dann mit dem Händezeichen, so dass auch die Kids am Nachbartisch es gut sehen konnten und tatsächlich, sie machten es uns nach.

» Na seht ihr, die Bewegung kommt ins Rollen «, sagte ich, » also bis Morgen um 10 bei Rogers Eltern, ich schick dir noch die Adresse. «

» Ja, ist gut «, erwiderte Olli und stieg auf sein Fahrrad.

» Tschau Denise «, rief er noch und fuhr los.

» So und jetzt zu uns, sei bitte nicht mehr sauer «, begann ich vorsichtig.

Sie küsste mich unvermittelt und flüsterte mir ins Ohr:

» Ist doch längst vergessen. «

Der Bus kam und sie stieg ein. Wir schickten uns noch Küsschen per Hand und mir fiel ein riesen Stein vom Herzen. Gerade noch mal gut gegangen.

Zu Hause hatte ich noch einiges für Chemie nachzuholen und nach dem Essen schickte ich nur noch die genaue Adresse in die Runde, die Roger daraufhin auch noch einmal bestätigte und uns schrieb, wohin es denn überhaupt gehen sollte.

» Das ist doch in der Nähe vom Stadion «, schrieb ich.

» Exakt 10 min. zu Fuß «, schrieb Roger zurück, » schade, dass es momentan nur Geisterspiele gibt. Wir können aber das Spiel auf meinem großen Fernseher gucken, wenn wir bis dahin schon fertig sind. «

» Na siehst du, Olli, wird doch noch alles gut «, schrieb Denise, » und wir können vielleicht auch noch an den See zu Susi und den anderen fahren. Was meinst du, Martin? «

» Ist gut, mal sehen wie es läuft. Also bis Morgen. «

Ich machte das Händezeichen und alle schickten es in die Runde zurück.

Zufrieden sank ich in mein Bett. Es läuft, dachte ich und schlief ein.

Es geht los

Als ich kurz vor 10 Uhr bei meinem Onkel mit dem Fahrrad ankam, stand schon ein großer Miet-LKW vor dem Haus. Roger machte gerade die Plane hinten hoch und ließ die Rampe runterfahren.

» Cooles Teil, Roger, kannst du sowas fahren? « sagte ich zur Begrüßung.

» Hi Martin, ich hoffe doch. «

» Olli müsste auch gleich da sein. «

» Kein Problem, drinnen sind auch noch zwei Kumpels von mir, wenn du magst, kannst du dir noch ein Brötchen holen oder eine Banane essen. Meine Ma hat etwas Proviant vorbereitet, damit wir gut gestärkt sind. «

» Prima «, sagte ich und ging rein, wo Rogers Mutter mir entgegen kam und mich begrüßte.

Sie wirkte etwas aufgeregt auf mich und sagte: » Ist schon ein komisches Gefühl, dass Roger jetzt auszieht, schön, dass du ihm hilfst. Peter und Alex warten in der Küche, du kannst dir gerne auch was nehmen. «

Ich dankte ihr und ging zu Rogers Freunden in die Küche.

» Hallo, ich bin Martin, Rogers Cousin. Habt ihr eine Ahnung was uns erwartet? «

» Hi, ich bin Peter, das Schwierigste wird natürlich der ganze Computerkrempel. «

» Wenn das geschafft ist, dann besteht der Rest vielleicht noch aus zwei Kisten «, lachte Alex und begrüßte mich auch.

» Als ich vorgestern beim Geburtstag seines Vaters hier war, hab ich die ganzen alten Computer in seinem Zimmer gesehen, die müssen alle mit? Ist die neue Wohnung denn groß genug? «

» Ich habe ein extra Zimmer für die ganzen Relikte «, sagte Roger beim Reinkommen mit Olli, der meine Frage anscheinend gehört hatte.

» Hier kannst du dich noch stärken «, sagte er zu Olli, » dann geht es so in 15 Minuten los « und verschwand.

Wir nickten und begrüßten Olli. Er freute sich, als er mich sah und machte das Händezeichen. Ich machte es auch und komischerweise hoben auch Peter und Alex die Hände, aber sie dachten wohl, dass sei der neue Gruß wegen Corona.

» Wollt ihr nachher auch noch das Spiel sehen? « fragte Olli die beiden.

Alex nickte. » Rogers Riesen TV sollten wir eindeutig als Erstes aufbauen, wenn wir bei ihm sind. «

» Na klasse, ich bin nämlich auch scharf auf das Spiel «, antwortete Olli.

» Und du, Martin? Du fährst dann noch an den See mit Denise? « fragte er mich und nahm sich eine Banane vom Obstkorb.

» So sieht es wohl aus, habe sie heute aber noch nicht kontaktiert. «

Ich hatte mich für ein Stück Kuchen entschieden, das vom Geburtstag übrig geblieben war und mir super geschmeckt hatte. Peter und Alex hatten sich über die Brötchen hergemacht und schmierten sich auch für später noch jeweils eins.

» Gute Idee «, dachte ich und machte mir auch noch ein belegtes Brötchen.

» Also «, sagte Roger, als er wieder zu uns kam, » die Treppe hier im Haus ist etwas eng, den Fernseher nehmen wir vielleicht als Erstes runter und dann die Couch. «

» Das wird heftig «, sagte Peter, » schön, dass ihr mit dabei seid «, bedeutete er Olli und mir.

Alex blieb unbeeindruckt. Mit seinen 1,90m und der Statur eines Bodybuilders war das für ihn nur Kleinkram.

» Ich geh vor und ihr haltet von oben, kein Problem. «

Wir machten noch ein paarmal Pause und tranken einen ganzen Sechserträger mit Mineralwasser aus. Als wir endlich den letzten Computer und das Zubehör nach zwei Stunden verladen hatten, schien es wirklich so wie Alex sagte, denn es standen nur noch zwei Kisten mit Klamotten und Bettwäsche und eine Pflanze im Zimmer.

» Wusste ich's doch «, sagte er beim Reinkommen zu mir, als er merkte, dass ich die verbliebenen Kisten registriert hatte.

» Na los, jeder eine, dann bleibt für Roger noch seine geliebte Palme, die kann er dann selber nehmen. «

Ich nickte, nahm die kleinere Kiste und atmete noch einmal tief durch, als sei alles fertig.

» Freu dich nicht zu früh «, grinste Alex, » jetzt wird es erst richtig lustig, denn er zieht in den 4. Stock. «

» Och nö! « ich sackte etwas zusammen, deshalb hatte er das wohl noch nicht erwähnt gehabt.

Als wir mit den Kisten unten am Wagen ankamen, schien es, als hätte Olli von Peter auch gerade die erfreuliche Nachricht bekommen, denn auch Olli war sein Lächeln über das fertige Einladen vergangen.

» 4. Stock? « sagte er und sah mich fragend an.

» Ich wusste es auch nicht vorher «, entschuldigte ich mich.

» Wir machen eine Kette, auf jeder Etage steht Einer, das geht schon «, sagte Peter.

Roger kam mit der Palme und zirkelte sie noch irgendwie halb quer in den Wagen.

Dann sagte er zu Alex: » Würdest du den Großen mit Peter fahren? Ich komme dann mit Martin und Olli in Daddys Kombi nach. «

» Ist gut «, sagte Alex und machte hinten alles dicht, während Peter die Ladefläche hochfuhr, » bis gleich. «

Sie fuhren etwas holprig los, was Roger nicht so lustig fand, aber dann schien Alex alles im Griff zu haben und sie verschwanden an der nächsten Kreuzung.

Roger verabschiedete sich noch von seinen Eltern und wir gingen zum Kombi, der auch noch voller Kisten war.

Der ganze restliche Hausstand, von wegen nur zwei Kisten.

Ich quetschte mich noch hinten auf die Rückbank und hatte einen großen Ventilator direkt vorm Gesicht, während Olli es sich vorne bequem machen konnte.

Mein Onkel sagte noch, er bräuchte den Wagen bis spätestens 16 Uhr und dann fuhren wir auch los.

» Echt toll, ihr seid eine riesen Hilfe «, sagte Roger auf dem Weg, » wie kommt ihr denn mit eurem Projekt voran? «

» Kennst du Veronica Forrest? « fragte ihn Olli.

Er nickte.

» Und wie findest du sie? «

» Wieso? « wollte Roger wissen.

» Sie ist sympathisch und für eine deutsche Schauspielerin sicherlich eine der Besten. «

» Wir wollen sie kontaktieren, damit sie uns bei der Aktion hilft «, sagte ich von hinten, » wie findest du die Idee? «

» Offen für sowas könnte sie schon sein, zumindest würde ihr Charakter in den Filmen das vermuten lassen, aber wie sie im echten Leben so drauf ist, wer weiß? «

» Ich bin auch gespannt «, sagte Olli, » hat Denise denn schon was in Erfahrung bringen können? «

» Ich habe ihr vorhin in einer Pause geschrieben, aber sie hat sich noch nicht zurück gemeldet «, meinte ich.

Kaum ausgesprochen, summte mein Handy: Eine Nachricht von Denise.

» Hi Martin, danke für die Info. Ich konnte Veronica Forrest auf Instagram finden und bin begeistert. Sie wirkt sehr natürlich geblieben, nicht so diese Macken der Hollywood Diven. Vielleicht klappt das ja mit ihr. Habe mich schon als Followerin registriert und bin mal gespannt. Sie scheint demnächst wohl in Berlin einen Termin zu haben. «

» Super gemacht «, schrieb ich zurück, » wir sind gleich da und müssen nur noch alles in den 4. Stock hoch schleppen. Melde mich dann, wenn wir fertig sind, Küsschen. «

Sie schickte mir noch eins zurück und dann waren wir auch schon da.

Peter und Alex machten den LKW bereits wieder auf und wir konnten direkt dahinter parken.

» So Jungs, jetzt ist es ja nicht mehr schwer «, sagte Roger und schloss die Haustür auf.

» Sehr lustig murmelte Olli, 4. Stock! «

» Was? Nein! Nur Hinterhaus, aber Erdgeschoss. «

Olli und ich guckten zu Peter und Alex, die sich vor Lachen kaum noch halten konnten.

» Haha, sehr witzig. «

Wir waren etwas verstimmt, aber besser so als umgekehrt.

Mit dem Rollwagen war es angenehm einfach und wir kamen zügig voran. Um halb Drei waren wir bereits fertig und mussten nur noch die Autos zurückbringen.

» Zuerst zur Autovermietung und dann zu meinen Eltern zurück «, sagte Roger.

» Mein Dad würde uns auch wieder hierher zurück bringen und wir können alle das Spiel gucken, wenn ihr wollt. «

» Wär ok, dann würde ich mit euch gucken «, sagte Olli.

Peter und Alex waren auch dabei.

» Ich werde dann nach Hause radeln «, sagte ich, » so passt ihr zu fünft in den Wagen. «

Während Olli mit Rogers Kumpels Fußball gucken würde, hatte ich endlich Zeit, mich mit Denise zu treffen. Ich duschte zu Hause, zog meine Badehose schon drunter und verstaute heimlich mein Handtuch im Rucksack. Meine Mutter sollte nicht sehen, dass wir zum See wollten, denn wir durften im Moment noch nicht. Dann schwang ich mich aufs Fahrrad und sagte meiner Mutter noch, dass ich zu Denise fahren würde.

» Na klar, viel Spaß! « rief sie mir hinterher.

Puh, geschafft, dachte ich, also los.

Ich kam bei Denise an und sie stand mit ihrem Rad schon draußen.

» Lass uns gleich losfahren «, sagte sie und gab mir ein Küsschen zur Begrüßung, » meine Eltern machen gerade Stress und ich hab darauf keinen Bock. «

Also gut. Ich drehte und Denise fuhr auch schon los, als sich die Tür nochmal öffnete.

» Aber nicht an den See, Fräulein! « tobte ihr Vater noch hinterher.

» Wieso war dein Vater denn so sauer? « fragte ich, als wir ein bisschen gefahren sind.

» Und was wollen wir nun machen, ich darf nämlich auch nicht zum See. «

Denise bremste und sah mich an.

» Das ist doch unfair, wieso dürfen wir nicht? Guck mal, Susi schickt mir ständig Bilder, da sind ganz viele von unserer Schule am See. «

Sie holte ihr Handy raus und zeigte sie mir.

» Mein Vater mag Susi nicht, sie sei ein schlechter Umgang für mich, sagt er immer. Und während der Corona Krise solle ich mich erst recht von ihr fernhalten. «

» Und wie ordnet er deinen Umgang mit mir ein? «

» Geht schon noch, er kennt ja deine Eltern von früher ganz gut «, sagte sie, » und das man mit 16 schon einen Freund haben kann, konnte ihm meine Mutter schließlich verständlich machen. «

» Also, setzen wir das jetzt aufs Spiel oder was machen wir? « fragte ich.

In diesem Moment kam wieder eine Nachricht mit Bild von Susi, wie sie im Wasser schwimmt.

» Wann kommt ihr denn endlich? « wollte sie wissen.

» Hast du denn einen Bikini dabei? « fragte ich.

Sie nickte und deutete an, dass sie ihn bereits drunter hätte und zwinkerte mir zu.

» Den Blauen, der dir so gut gefällt. Kann ich denn dein Handtuch mit benutzen? «

» Na klar «, sagte ich mit erfreuter Stimme, » den Blauen also. Mir reicht's mit den Verboten, sie lockern doch schon die Maßnahmen. Ich bin dafür, wir fahren zum See. «

» Finde ich auch, mein Vater übertreibt mal wieder völlig «, grummelte sie, » wir sollten das aber geheim halten. «

Ich nickte und wollte los. Denise schickte Susi noch ein: » Wir kommen « und dann fuhren wir weiter.

» Danke, dass du mich zu Hause rausgeholt hast «, sagte sie noch und sah mich mit großen Augen an.

» Na klar, auf Fußball hatte ich eh keine große Lust, da bin ich doch viel lieber mit dir zusammen. «

Jetzt strahlte sie und meinte: » Du bist der Beste, Danke. «

Ich wollte sie noch über VF ausfragen, aber wir mussten bei dem Verkehr doch ganz schön aufpassen und hintereinander fahren. Dann schlossen wir unsere Räder zusammen und gingen die letzten Schritte zu Fuß.

» Und, wie ist inzwischen dein Gefühl bei VF? « wollte ich jetzt dann doch wissen.

» Vielleicht ist sie ja die Richtige, wird spannend. Also sie ist in zwei Wochen zu einer Premiere in der Stadt, nur, wie kommen wir an sie ran. Meinst du, ich kann sie direkt anschreiben und mich als Fan ausgeben? «

» Warum nicht «, sagte ich und versuchte unsere Gruppe zu finden.

» Vielleicht machst du eine geheimnisvolle Andeutung. «

» Ok, hilfst du mir dann dabei? « fragte sie und rief dann plötzlich: » Susi, Hallo! «

Vorne auf der Wiese war eine größere Gruppe von acht Personen, die den Mindestabstand nicht wirklich einhielten und Susi stand im Mittelpunkt. Sie liebte es und sprang begeistert hoch, um Denise zu begrüßen. Sie umarmten sich und Susi wollte uns gleich zum See zerren, aber Denise hatte vor, sich noch etwas auszuruhen, bevor sie Schwimmen wollte. Ich grüßte die anderen in der Runde und freute mich, als ich den Wasserball sah, den Mirko mitgebracht hatte.

» Habt ihr schon gespielt? « fragte ich.

» Nur ein bisschen, aber wir wollen gleich nochmal ins Wasser und spielen «, sagte er, blickte aber gleichzeitig fragend seine Freundin an, die ihm nun das ok gab.

» Also los «, sagte er, » wer Letzter ist muss ins Tor. «

Die sechs Jungs nahmen die Sache sehr ernst und sprangen auf um sich in Badehosen auf den Weg zum Wasser zu machen. Ich hatte meine Hose ja zum Glück schon unter und war nach Blickkontakt mit Denise bei den Ersten dabei. Die drei Mädels blieben noch oben und sahen uns zu. Georg war Letzter und wir spielten drei gegen drei. Es war fast wie immer, keiner dachte mehr an Corona.

Wir machten zwei Spiele, dann kamen Denise, Susi und Christine und wollten auch ins Wasser und meinten nur, dass wir jetzt mal auf die Sachen aufpassen könnten.

» Und Mund zu «, sagte Susi, » es zieht. «

Ich glaub wir waren alle etwas von dem Anblick der Drei überrascht, denn selbst Mirko kam ins Stottern.

» Wollt ihr, äh, Ball? « bekam er nur noch heraus.

» Lass gut sein «, rief ihm Christine zu, » uns reicht die Luftmatratze. «

Sie hingen sich zu dritt an die Matratze und ließen sich nun ein wenig treiben. Dabei lachten sie und schienen sich immer noch darüber zu amüsieren, wie sie uns eben mit ihrem Aussehen überrascht hatten.

So langsam müsste das Spiel doch aus sein, dachte ich und schrieb Olli, ob er nicht auf dem Heimweg noch vorbeikommen wolle. Dann schickte ich ihm ein Foto, auf dem wir uns alle zusammen quetschten, damit er sehen konnte, wer da war.

Und ich wollte wissen, ob Rogers Kumpels ihn beim Spiel in Ruhe gelassen hatten.

Er schickte ein Grinsen mit dem Endstand zurück und schrieb: » Wir sollen dann auf ihn warten. «

Es dauerte noch eine Weile bis er kam und ich hatte mich mit Denise inzwischen ein bisschen zurückgezogen, um mit ihr zu schmusen.

Als Olli dann kam, wollten die anderen schon langsam aufbrechen.

» Weißt du, wen ich gerade hinter den Bäumen gesehen habe? « sagte er, als er auf mich zukam und Denise zuwinkte.

Ich hatte keine Ahnung.

» Deine Schwester, kann es sein? «

» Bist du dir sicher? « fragte ich.

» Sah jedenfalls fast so aus. Sie war es aber bestimmt nicht, warum auch. «

» Naja, offiziell darf ich hier nicht am See sein, also bitte behalte das hier für dich «, sagte ich und machte mir auf einmal doch ein wenig Sorgen.

» Also was ist nun «, sagte Olli, » hab zwar nur 'ne Unterhose dabei, aber los, ich will auch noch ins Wasser. «

Mirko und die anderen wollten gehen, aber ließen uns den Ball da, somit konnten wir zu zweit auch noch spielen. Nur Susi blieb noch und setzte sich zu Denise.

Nachdem wir ein Weilchen im Wasser gespielt hatten, gingen wir zu den Mädels hoch.

» Heiße Hose, Olli «, meinte Susi und pfiff.

» Ja, sehr lustig. Bei deinem Bikini kann man übrigens durch sehen «, erwiderte Olli.

Susi erschrak, aber Denise beruhigte sie.

» Na warte! «

» Du hast doch angefangen «, verteidigte sich Olli.

Wir lachten und quatschten noch eine Weile zu viert, bis die Sonne langsam unterging und Denise meinte: » Ich muss jetzt nach Hause, sonst gibt's Ärger. «

Auf einmal wurde es hektisch.

» Moment, unsere Haare sind noch nicht trocken «, sagte ich.

Zum Glück hatte Susi alles dabei, Fön und Bürste, so dass wir in dem kleinen Toilettenhäuschen uns wieder schick machen konnten.

Als ich mit Denise bei ihr ankam, sagte sie: » Es wird immer schwieriger, das Projekt vor Susi geheim zu halten, sie scheint da auch schon etwas zu ahnen. «

» Lass uns den Montag bei Roger noch abwarten, dann wird hoffentlich alles noch ein wenig konkreter «, bat ich sie.

» Dann kannst du es ihr sagen, ok? «

» Na gut, am Dienstag sag ich es ihr. «

Wir verabschiedeten uns vor ihrem Haus.

» Diesmal lieber ohne Küsschen, wegen meines Vaters «, deutete sie an, aber schickte mir dann noch dieses bezaubernde Lächeln, in das ich so vernarrt war.

Ich grinste zurück und fuhr nach Hause.

Mir fielen Ollis Worte ein, dass er Maike vielleicht gesehen hatte, wollte aber pokern und so tun, als wär nichts Besonderes gewesen.

Meine Eltern saßen im Wohnzimmer und ich schlich möglichst leise nach oben, aber meine Mutter rief mir nach: » Wenn du noch was essen willst, im Kühlschrank ist der Rest Nudeln. «

» Danke «, rief ich zurück, » bin satt und gehe auf mein Zimmer. «

So, jetzt noch schnell unter die Dusche, dann sollte doch nichts rauskommen.

Ich beruhigte mich und war noch voller Freude über den schönen Nachmittag am See und schickte Denise ein letztes Herz und schlief dann erschöpft ein.

Der Sonntag war frustrierend. Denise und Olli hatten keine Zeit und Roger beim Aufbau seines Systems stören wollte ich auch nicht. Ich bot ihm aber dennoch meine Hilfe an, doch er antwortete nicht.

Also machte ich mir ein paar Überlegungen, was wir morgen alles möglichst erreichen sollten und dachte daran, dass wir die Zeitverschiebungen beachten müssten.

Wie viele Länder gibt es denn überhaupt auf der Welt und in wie viele Sprachen müssten wir die Webseite übersetzen?

Auf einmal wuchs mir das Ausmaß über den Kopf und mir brummte der Schädel.

Wir brauchen auf jeden Fall noch mehr Unterstützung. Vielleicht hilft uns ja Ollis Französisch Lehrerin, es hieß, sie könne zehn Sprachen.

Ich dachte gerade daran, welche Lehrer uns vielleicht noch unterstützen würden, als mir die Idee mit dem ersten Test kam.

Ja, unsere Schule wird der erste Testballon. Mal sehen, ob sich da jemand als Kriegsfreund enttarnt.

Wir sollten das natürlich zuerst mit der Direktorin abklären und jedem Schüler einen Flyer in die Hand geben. Dann müssten sie alle z. B. in der zweiten Pause auf die Webseite mit ihrem Handy gehen und abstimmen. Das könnte klappen als Test.

Ich war zufrieden, konnte mich aber zurückhalten, die Idee gleich zu senden, weil ich mir den Clou für Morgen aufheben und ihre Gesichter dabei sehen wollte.

» Martin, was ist jetzt, kommst du? « unterbrach Mutters Stimme meine Gedanken.

» Ich zieh mich an und bin gleich da «, rief ich zurück, » brauch ich ein Handtuch? «

» Wir haben schon alles und bring deine Schwester mit «, antwortete sie.

» Echt, Maike kommt auch mit? «

» Willst du nicht lieber hierbleiben? « fragte ich sie, als wir uns im Flur begegneten.

» Vielleicht solltest du lieber hier bleiben, um mit Denise baden gehen zu können «, sagte sie zu mir mit einem selbstgefälligen Gesichtsausdruck, von dem ich noch nicht ahnen konnte, was er bedeutete.

» Fangt ja nicht wieder an zu streiten «, kam von unten die Stimme meines Vaters, » sonst könnt ihr beide zu Hause bleiben. «

Wir hatten am Wannsee ein Segelboot und sind auch schon mal mit Denise und ihren Eltern zusammen gesegelt. Und natürlich versprachen Maike und ich, dass wir uns benehmen werden. Bei dem schönen Wetter hier zu schmoren war sicherlich nicht so toll, wie im Wannsee zu baden, wenn wir ankern würden.

So war das doch noch ein ganz schöner Tag und ich freute mich auf unser Treffen morgen.

Denise meldete sich noch, als sie zu Hause war und ich stellte in die Gruppe: » Also bis morgen bei Roger um 16 Uhr! «

Roger war der Erste, der antwortete: » Entschuldigung, hab mich noch nicht gemeldet, hatte so viel zu tun, aber es sieht schon ganz gut aus. 16 Uhr sollte klappen, sonst sag ich nochmal Bescheid. «

» Super! « schrieb Olli, » ich bin am Start « und schickte noch die Hände.

» Ich auch «, schrieb Denise und zeigte ebenfalls die Hände.

Ich machte auch noch das Händezeichen und war zufrieden.

Morgen ist also unser erstes Geheimtreffen für den Frieden, cool.

Als wir uns nach der Schule um 16 Uhr bei Roger trafen, war ich schon ganz aufgeregt.

» Wir brauchen auf jeden Fall Rogers ganze Aufmerksamkeit. Er soll unser Vorhaben ernst nehmen und sich voll einsetzen, sonst wird es schwierig das durchzuziehen «, sagte ich, bevor wir klingelten.

» Also nicht so viel fordern, ihn machen lassen, ok? «

Sie nickten und wir gingen rein.

Es standen etliche Kisten mitten im Zimmer aber eine Ecke hatte er sich mit der Couch vor dem Fernseher schon gemütlich gemacht. Als wir uns hinsetzten, blies mich der große Ventilator an, wodurch ich etwas angespannt und genervt war, aber Denise übernahm und meinte:

» Also, Roger, du brauchst für eine Webseite bestimmt erstmal den Hintergrund, oder? «

» Genau «, antwortete er, » habt ihr euch denn schon etwas überlegt? «

» Na klar! « sagte sie stolz und holte einen USB Stick aus der Tasche.

» Hier ist alles drauf, was ich mir bislang überlegt habe. «

Olli und ich waren angenehm überrascht.

» Na was denn, wir nehmen das hier doch ernst, oder? «

Und dann blickte sie uns ermahnend an.

» Also gut, dann lasst uns rüber gehen. Ich hab aber nur noch zwei Klappstühle, nehmt ihr die mit «, sagte Roger und ging in das Nebenzimmer mit seinem Mega Rechner und einem riesigem Monitor.

» Den hab ich mir vorhin noch geleistet, super oder? «

Wir gratulierten, denn das Teil war genial.

» Kann ich mich auf die Bierkiste setzen «, fragte Olli, » dann könnt ihr die Stühle nehmen. «

» Ja, klar. «

Roger versank in seinem Chefsessel, betätigte den Hauptschalter und drückte Power on am Rechner.

Hallo Roger, stand riesengroß auf dem Monitor und er tippte ewig sein Passwort ein.

» Man kann nicht vorsichtig genug sein «, meinte er und freute sich, wie fasziniert wir von seinem System waren.

» So, dann gib mir mal den Stick und wir schauen, was damit zu basteln ist. «

Ich war froh, dass hier kein Ventilator stand und dachte, warum auch, bei den vielen kleinen Ventilatoren, die in den Geräten eingebaut waren. Das Sirren war nämlich nicht zu überhören.

» Meinst du, man kann das Ganze dann in verschiedenen Sprachen aufbauen? «

» Im Prinzip schon, wird aber ganz schön aufwendig «, sagte er und programmierte an seinem kleinen Bildschirm, während wir auf dem Großen das Resultat sehen konnten.

» Toll «, sagte Denise, » genau, das WVD Logo oben in die Mitte und die Bilder der Menschen mit verschiedenen Hautfarben ringsherum angeordnet, wie findet ihr das? «

Olli und ich waren begeistert.

» Sieht sensationell aus «, sagte er, » jetzt nur noch Frieden bzw. Krieg zum Anwählen und fertig. «

» Weit gefehlt «, sagte ich, » zuerst muss sich jeder registrieren lassen, der wählen möchte, damit man seine Stimme nur einmal abgeben kann. Und wir sollten den Text von deinem Flyer einbringen. «

Ich nickte Denise zu und meinte dann zu Roger: » Und wie sieht es mit den rechtlichen Hinweisen aus? «

» Richtig, die dürfen am Ende nicht fehlen, da habe ich aber schon Vorlagen, die wir übernehmen können. «

» Fangen wir also mit der Auswahl des Landes und der Sprache an, dann basteln wir zuerst die deutsche Version und können sie als Matrize für die anderen Länder benutzen. Hast du den Text dabei, Denise? «

» Wenn du Flyer Test#1 aufrufst, solltest du an den Text kommen. «

» Prima «

Er tippte, während wir was zu trinken aus den Taschen holten und Denise mal kurz verschwand.

» Vorne rechts «, sagte Roger noch, hoffentlich ist es sauber genug.

» Wird schon gehen, bin ja nicht aus Zucker. «

Als sie wiederkam sagte sie dann noch: » Aber Susi würde da sicher nicht drauf gehen. «

Wir lachten, ja, Susi war etwas verwöhnter.

» Die wär gar nicht erst in die Wohnung gekommen «, meinte Olli.

» So, jetzt guckt mal her «, unterbrach uns Roger, » man gibt den Link ein und dann kommt man zur Auswahl des Landes. «

Er hatte erstmal nur die Deutschlandfahne und den Union Jack zur Auswahl gestellt, wobei Englisch noch nicht anzuklicken war.

» Also Deutsch «, sagte ich.

Er klickte und der Bildschirm verwandelte sich in das Bild von Denise und ihre Sätze rollten von der Seite nacheinander auf den Schirm. Als sich dann das Dialogfenster mit der Auswahl Frieden oder Krieg effektvoll mit einem Knall öffnete, jubelten wir.

» Und den Link kann ich dann auch von zu Hause aufrufen? « wollte Olli wissen.

» Nein, noch nicht, aber ich kann euch zum Angucken die Rohversion so auf den Stick ziehen, ok? «

» Gerne, ja «, sagte ich applaudierend, » das ging ja easy. «

» Und was hältst du inzwischen davon, könnte man so alle Menschen der Erde erreichen? «

» Warum nicht, wenn sie einen Computer oder Smartphone haben. «

Olli schlug vor, wieder ins Wohnzimmer zu gehen, wo es bequemer war und die anderen waren dabei. Mir graute ein wenig vor dem Ventilator, stieß aber geschickt gegen den Fuß, so dass er jetzt Ollis Platz direkt anblies.

Er merkte nun, was mein Versehen bewirkt hatte und zeigte mir seine geballte Faust. Dann fragte er Roger, ob wir ihn nicht ausstellen könnten.

» Ich hab den nur für euch angemacht, mir zieht es immer so schnell am Hals und ich verspanne mir dann meinen Nacken. «

» Genauso geht's mir auch, also aus das Teil «, beschloss ich und war froh, mich jetzt voll auf meine neue Idee konzentrieren zu können.

» Hört mal «, sagte ich, » mir viel gestern ein, dass wir vielleicht eine Art Testlauf machen sollten und mir schwebt unsere Schule vor, was haltet ihr davon? «

» Du meinst, wenn die Registrierung funktioniert und die Webseite online ist, an einem bestimmten Tag? « fragte Denise.

» Genau, wir verteilen Handzettel an jeden vor dem Eingang und dann, sagen wir um Zwölf Uhr, soll jeder abstimmen können, meinst du das funktioniert? « guckte ich fragend zu Roger.

» Das sollte das System locker hergeben «, meinte er, » und du glaubst, die Lehrer finden das gut? «

» Vielleicht sollten wir sagen in der 2. Pause, ist sicherer «, meinte Olli.

» Na gut, aber wir müssen sowieso die Direktorin und vielleicht auch ein paar Lehrer vorher einweihen. «

» Daran hab ich auch schon gedacht, Frau Özkan und Frau Borchert würden uns bestimmt helfen «, schlug Denise vor.

» Gibt es die alte Direktorin Hannewald immer noch? « wollte Roger wissen, » ich hab da keine guten Erinnerungen an sie. «

» Ach deswegen ist sie mir gegenüber immer so reserviert, wir haben denselben Nachnamen. «

» Sorry Martin, ich hatte mich damals in das Schulsystem gehackt und wollte mir die Klausuren kopieren. «

» Hat das geklappt, geht das vielleicht immer noch? « wollte Olli wissen.

» Lass gut sein, das mache ich nicht mehr. «

Denise schien auch etwas enttäuscht, meinte dann aber:

» Also ich komme mit ihr gut klar. Als Klassensprecherin war sie immer offen für meine Vorschläge. «

» Na bitte, auch das Problem war gelöst, und wie findet ihr nun meine Idee mit dem Probelauf? «

» Super. Und willst du das Ergebnis öffentlich machen? « wollte Olli wissen.

» Und meinst du, es würde sich überhaupt jemand trauen auf Krieg zu klicken? «

» Man sollte ihn oder sie jedenfalls sofort von der Schule verweisen «, meinte ich.

» Das muss dann die Hannewald entscheiden und solche Konsequenzen dürfte es natürlich nicht geben «, erwiderte Denise.

» Die Blödmänner bekommen eine Abreibung und gut is «, meinte Roger, « so haben wir das damals geklärt. Wir sollten sowieso nicht namentlich wählen lassen, sondern anonym. «

» Meint ihr, die Lehrer würden auch mitmachen? « fragte Olli, » ich könnte mir schon ein paar vorstellen, die Krieg wählen würden. «

» Genau, Herr Lundkauski bestimmt, viel mir ein. «

Roger erinnerte sich auch noch an Herrn L.

» Diesem Typ ist alles zuzutrauen. Er hat uns mal den ganzen Nachmittag in der Schule schmoren lassen, weil wir angeblich seine Brille kaputt gemacht hätten und sich keiner schuldig bekennen wollte. Ist denn Frau Kadenski noch da? « wollte er wissen, » die war auch immer schräg drauf. «

» Auweia! « rief Denise, » die hatte ich letztes Jahr in Englisch, furchtbar! «

Wir zogen noch eine Weile über unsere Lehrer her, bis Roger eine Meldung von seinem Rechner bekam, woraufhin er meinte, dass er noch etwas anderes zu tun hätte. Die Aktion würde ihm aber Spaß machen und er bliebe am Ball, was die Fertigstellung der Seite angeht.

» Super «, sagte ich, » eine Woche vor Ferienbeginn sollten wir spätestens den Testlauf machen, schaffst du das bis zum 15. Juli? «

Er nickte zuversichtlich und ließ uns dann raus.

Wir zeigten das Händezeichen und gingen.

» Das war klasse, Denise, super, dass du den Stick dabei hattest, hast du ihn wieder eingesteckt? «

Sie holte ihn hervor und war auch begeistert.

» Jetzt haben wir schon die Webseite, was kommt als nächstes, kann ich Susi endlich einweihen? «

» Mir wär's lieber du wartest noch «, meinte Olli, » sonst weiß es sofort die ganze Schule. «

» So denkst du von ihr? Sie kann auch Sachen für sich behalten. «

Denise war leicht eingeschnappt und sagte: » Sie kann mir bestimmt dabei helfen, das Konzept für Frau Hannewald vorzubereiten « und wartete auf eine Reaktion, um dann fortzufahren, » und beim Aufspüren von VF. «

Das Argument stach.

» Na gut «, sagte ich endlich und beruhigte sie, » aber bitte ganz diskret! «

Wir stiegen auf die Räder und fuhren los.

» Glaubst du echt, Herr Lundkauski würde die AFD wählen? « wollte Olli von mir wissen, als er neben mich fuhr.

» Hast ja recht, eher unwahrscheinlich, so ein Lehrer an unserer Schule, aber zuzutrauen wäre es ihm, mit dieser bestimmenden, unangenehmen Art, die er hat. «

Es war ganz schön spät geworden als wir bei Denise ankamen.

» Viel Glück zu Hause «, rief ich noch und Olli winkte mit den Händen.

» Danke «, sie winkte zurück und ging ins Haus.

» Schön, dass dein Cousin so cool drauf ist, Martin «, sagte Olli, als wir wieder losfuhren, » ich denke, aus deiner Idee könnte was werden. «

» Könnte?? « ermahnte ich ihn, » sie ist nicht mehr aufzuhalten «, haute ich selbstbewusst raus.

» Denk dran, am Mittwoch 15. Juli ist Wahltag an unserer Schule. «

» Hast ja recht und wir sind die Helden. «

» Genau! « sagte ich.

Wir streckten uns die Hände entgegen und ich bog an der nächste Ecke ab zu mir nach Hause. Ich war so überzeugt, dass wir das schaffen und somit ein erstes Achtungszeichen setzen könnten.

Zu Hause hatte ich Mühe meine innere Unruhe mit einem müden » Hallo zusammen « zu tarnen, aber es klappte.

» Bin ganz schön fertig vom vielen Radfahren «, sagte ich noch und verschwand nach oben.

War das nicht zu auffällig? Meistens komme ich zum Begrüßen ins Zimmer.

Ich wurde unruhig. Was wäre, wenn meine Eltern davon Wind bekämen, die Vorwahl in einem Fiasko endete und wir nachher als die Bösen dargestellt würden und von der Schule flögen. Plötzlich wurde mir ganz komisch im Magen.

Was mache ich da bloß. Und ich ziehe Denise und Olli mit rein. Roger wird sich bestimmt irgendwie rauswinden, aber an uns würde es hängen bleiben.

Gerade als ich völlig am Zweifeln war, kam von Denise eine Nachricht.

Perfektes Timing, dachte ich, um mich wieder aufzubauen.

Sie schickte mir die Datei vom Stick und wollte mir ihre Bewunderung über meinen Cousin mitteilen.

» Wie er aus meinen Ideen gleich diese Webseite umgesetzt hat, fand ich genial. Genau so hatte ich mir das vorgestellt. Und danke, dass ich Susi jetzt einweihen kann, ich warte aber noch bis morgen. Küsschen. «

» Ich danke dir, ich fand deine Ideen und wie es jetzt geworden ist, auch perfekt, schon fast magisch « und schickte ihr zwei Küsschen zurück.

Beim siebten Küsschen hörte ich schließlich auf und alle Zweifel und negativen Gedanken waren wie weggeweht.

Das tat gut und ich konnte endlich einschlafen.

Lehrer und Prüfungen

Die nächsten Tage würden mühsam werden, denn es standen noch Klausuren an und der Unterrichtsstoff, den wir dank Corona noch nachzuholen hatten, war enorm. Locker frei machen, um weiter am WVD zu feilen, war erstmal nicht drin. Aber es sind ja auch bald Ferien, dachte ich und dann hätten wir viel Zeit.

Ich freute mich bei dem Gedanken an die Ferien, aber wie sollte ich meinen Eltern verklickern, dass ich diesmal nicht mit ihnen verreisen wollte, sondern lieber hier bleiben würde. Ich wollte sie nicht vor den Kopf stoßen, aber wenn sie jetzt schon etwas buchen sollten? Also beschloss ich, am Frühstückstisch das Thema Urlaub vorsichtig anzuschneiden.

» Wo wollt ihr eigentlich dieses Jahr hin? Spanien oder Italien, unsere favorisierten Urlaubsländer, fallen wohl aus, oder? « fragte ich.

» Was meinst du mit ihr? «

Mein Vater hatte den Braten sofort gerochen.

» Naja, ich würde vielleicht lieber hier bleiben, ich habe eine Menge vor und Denise fährt auch nicht weg. «

» Soso, daher weht der Wind. «

Meine Mutter hingegen schien etwas Verständnis zu haben, denn sie sagte: » Lass ihn doch, wenn Maike auch etwas alleine unternehmen will, hätten wir mal wieder einen Urlaub nur zu zweit. «

Sie schien sich schon zu freuen, wurde dann aber etwas verlegen.

» Aber wenn du Martin gern dabei haben möchtest, Papa, dann versuch ihn zu überreden. «

» Muss ja nicht sein, wenn er nicht will. «

Ich sah zu meiner Mutter rüber und dankte ihr mit meinem Blick, woraufhin sie lächelte.

» Und was willst du machen, Maike? «

» Ich muss fürs Abi lernen «, grummelte sie, sichtlich enttäuscht, dass sie das Haus nicht für sich alleine hatte.

» Wenn der hier bleibt, gibt es bestimmt Ärger und ich kann nicht richtig lernen. «

» Du bist doch die große Schwester, also reiß dich mal zusammen «, sagte Papa.

Ich freute mich, denn die Sache schien geritzt.

Als ich an der Schule ankam, wollte ich Denise gleich die Neuigkeit berichten, sie winkte aber nur und bedeutete mir, sie wolle jetzt mit Susi reden, neben der sie gerade stand.

Susi winkte nun ebenfalls und ich rief nur rüber: » In der Pause am Baum? «

Denise nickte und sie verschwanden durch die Tür.

Ich wartete noch auf Olli, der sich verspätet hatte und befürchtete langsam Ärger zu bekommen, denn wir hatten Geschichte, genau bei Herrn L.

» Warum musst du ausgerechnet bei Lundkauski zu spät kommen? « fragte ich flehentlich, als Olli endlich kam.

» Sorry, aber ich hatte heut früh eine Diskussion mit meiner Mutter und bin echt sauer. Ich wollte unbedingt in den Ferien in ein Fußball Camp, aber dank Corona hat sie es mir verboten. Und weil ich mich fürchterlich aufgeregt habe, hat sie gesagt, ich könne ganz zu Hause bleiben. «

» Na prima «, sagte ich und fügte hinzu, als er mich etwas verärgert ansah, » ich mein ja nur, ich fahr diesen Sommer auch nicht weg. «

» Ach ehrlich? «

Seine Miene hellte sich etwas auf.

» Na los, dann wollen wir mal Herrn Lundkauski besänftigen «, sagte er und beeilte sich.

» Herzlich willkommen die Herren «, sagte Herr L. betont ironisch, » brauchen sie eine extra Einladung? «

» Entschuldigung, wir hatten heute Morgen eine Überschwemmung in der Wohnung und Martins Vater ist Klempner, der hat uns gleich geholfen. «

» Ja, voll das Chaos, beinahe wären Ollis Bücher nass geworden «, fügte ich hinzu.

Oh, das war etwas zu dick aufgetragen, aber Herr L. wollte nun endlich loslegen und ließ uns mit der Geschichte davon kommen.

Olli grinste mir zu und ich hob den Finger an den Mund. Wir langweilten uns und ließen die anderen machen, bloß nicht mehr auffallen.

Endlich Pause.

» Kommst du mit zum Baum? « fragte ich Olli, » Denise wollte Susi doch heute einweihen. Meinst du, sie findet die Idee auch so gut? «

» Vielleicht sollte ich mich lieber etwas zurückhalten, so richtig Freunde werden wir wohl nicht «, meinte Olli.

» Ach komm, ihr spielt doch auch zusammen Tennis «, erwiderte ich.

» Notgedrungen, wie wär's, wenn du mal mit ihr spielst und ich mit Denise. «

» Ja, hast recht, sie kann etwas nervig sein, aber so schlimm ist das doch auch nicht. «

» Na gut, bis gleich, ich komme nach «, sagte er und verschwand zum Getränkeautomaten.

Ich hatte eine große Wasserflasche dabei, schüttelte sie und tat so, als ob ich die beiden Mädels vollspritzen wollte.

» Wehe, das wagst du nicht «, schrie Susi und sprang auf.

» Ist doch stilles Wasser, war nur 'n Scherz. «

» Und dieser Typ will der Welt Frieden bringen? «

Noch fassungslos von der Idee, die Denise ihr nun erzählt hatte, beruhigte sie sich aber wieder schnell und war doch zu sehr an der Sache mit VF interessiert.

» Ich könnte den Kontakt zu VF bestimmt herstellen «, triumphierte sie selbstgefällig.

» Und meine Idee bringt Frieden auf Erden, also bist du mit dabei? «

Sie wollte sich gerade äußern, als Olli endlich kam.

» Oh nein, macht der etwa auch mit? « sagte sie statt zuzusagen.

» Hallo Susi, ich mag dich auch «, grinste Olli sie an.

Denise versuchte Susi zu besänftigen: » Ihr braucht ja nicht so viel zusammen zu arbeiten und könnt euch aus dem Weg gehen, ok? «

» Na gut «, sagte Susi, » aber Tennis spiele ich mit dem nicht mehr zusammen. «

Ich musste lachen und sagte: » Das würde Olli auch nicht mehr wollen « und dann lachten wir zusammen.

» Wie weit seid ihr denn «, wollte sie nun wissen und schien die Sache doch ernst zu nehmen, » wann können wir auf Veronica zugehen? «

» Denise meinte, sie ist demnächst hier in Berlin zu einer Premiere «, sagte ich, » die Chance sollten wir unbedingt nutzen. «

» Also gut, ich kümmere mich darum und sehe, was sich machen lässt. Sobald ich etwas Konkretes habe, sage ich Denise Bescheid. «

» Super «, sagte ich und selbst Olli bekundete seinen Dank für ihre Hilfe.

Als sie ging, sah ich Denise in die Augen und wollte eine Reaktion sehen, wie zufrieden sie mit der Aufnahme von Susi in unseren Kreis war, aber sie verzog keine Miene, bis Olli sich einmischte.

» Wenn sie das packt, dann entschuldige ich mich bei ihr für meine Späße. «

» Dann schreib die Entschuldigung schon mal auf, ich bin sicher, sie schafft es «, sagte Denise und freute sich, dass sie mich mit ihrer Einschätzung solange hingehalten hatte.

Ich nickte anerkennend, während die Klingel das Ende der Pause einläutete.

Wir verabschiedeten uns von Denise, die nur noch Englisch hatte und dann nach Hause konnte. Olli und ich mussten jetzt zu Mathe und Physik. Danach hatten wir auch wieder Sport im Freien. Dienstag war immer lange und anstrengend.

Nach Physik war ich zum Mittagessen in der Aula und sah mich dabei um.

Würdet ihr alle mitmachen? Habt ihr überhaupt ein Interesse an Frieden? Ab welchem Alter wäre denn die Untergrenze, siebte Klasse? Oder erst ab der Neunten mit 14?

Während ich nachdachte, setzte sich Mirko zu mir und fragte:

» Hast du noch den Ball von neulich? «

» Na klar, im Spint, ich hol ihn dir gleich. «

» Wir gehen nachher zum See «, sagte er, » kommst du und Denise wieder mit? «

» Nee, schade, wir können heute nicht. «

Ich drückte mein Bedauern aus: » Beim nächsten Mal wieder. Aber sag mal, Christine macht doch bei der Schülerzeitung mit, oder? «

Mirko schien überrascht, jedenfalls machte er so ein Gesicht.

» Stimmt, das weißt du? «

» Warum nicht, ist doch sicher cool. Ich hab da nämlich eine Story und wollte wissen, ob wir in die Juliausgabe noch reinkommen könnten? «

» Ich frag sie nachher und schick dir 'ne Nachricht. «

Wir waren unterdessen unten an meinem Spint angekommen.

» Klasse «, sagte ich, gab ihm den Ball und er verschwand.

Ich machte mich auf den Weg zum Sportplatz und freute mich schon, danach endlich nach Hause fahren zu können.

Denise hatte auch schon die Idee gehabt und sich mit Susi und Christine für später verabredet. Sie wollten zusammen einen Artikel schreiben und überraschte mich damit am Telefon.

Das nenn ich mal ein schnelles Umsetzen, dachte ich und gratulierte ihr zu der Idee.

Als sie mich fragte, ob wir das in der Schülerzeitung veröffentlichen könnten, hatte ich natürlich nichts dagegen.

» Perfekt, danke der Nachfrage «, sagte ich, » aber schick Christine sicherheitshalber nochmal eine Nachricht. Mirko wollte sie, soweit ich weiß, mit zum See nehmen, wenn er um fünf startet. «

» Ja gut «, sagte sie leicht überrascht, » du hast doch nicht mit Mirko über die Schülerzeitung gesprochen? «

Ich wollte ihr die Idee nicht streitig machen und meinte nur, dass ich ihm den Ball gegeben hätte und er gefragt hatte, ob wir mitkommen wollen.

» Wollen wir? « fragte ich der Vollständigkeit halber.

Ich konnte mir ihr Gesicht am anderen Ende vorstellen, so leicht empört und überrascht.

Dann schob ich noch schnell hinterher, dass ich ihm sowieso gleich abgesagt hatte.

» Ich hab nicht vergessen, dass ihr einen Artikel schreiben wollt. «

» Gut, dann schreib ich dir nachher, wie es gelaufen ist und fahr jetzt los «, sagte Denise. Dann hörte ich sie ein Küsschen machen und schickte ihr ein Schmatzi zurück.

» Danke. «

Dann legte ich auf.

Später am Abend, bekam ich folgende Nachricht von ihr:

» Habe leider Ärger bekommen, weil wir noch solange bei Christine waren, obwohl ich mich zwischendurch zu Hause gemeldet hatte! «

Die Emojis, die sie folgen ließ, waren wütend, entrüstet, resigniert und noch dreimal wütend.

» Du Ärmste «, schrieb ich, » echt unfair « und schickte ein bedauerndes Emoji hinterher.

» Aber das mit der Schülerzeitung wird der Knaller. Mit großer Aufmachung direkt auf der Titelseite! «

Sie schien sich wieder beruhigt zu haben, denn sie schickte ein Danke und Freude noch hinterher.

» Wow, super gemacht! « schrieb ich und schickte dreimal Freude zurück.

Gerade, als ich mich auf unser Spielchen mit den Küsschen freute, kam stattdessen von ihr: » Lass uns heut lieber kurz machen, hab dich lieb, Küsschen. «

Ich hatte natürlich Verständnis und schickte nur: » Hab dich auch lieb « und ein Küsschen zurück.

Ich fand's ein bisschen schade, konnte mich dann aber wieder begeistern, als ich an die Zeitung dachte und mir ausmalte, wie der Artikel wohl aussehen würde.

Bei dem Gedanken konnte ich schnell einschlafen.

Am nächsten Tag hatte sich Olli vorgenommen, Frau Özkan geschickt auszuhorchen und sie nach ihren vielen Sprachkenntnissen zu fragen.

» Es sind sogar 12 Sprachen, die sie beherrscht, echt beeindruckend «, berichtete er uns euphorisch am Baum.

» Und wie lief es mit dem Artikel für die Schülerzeitung? «

Er zeigte Denise den Daumen hoch für ihre Idee und nickte anerkennend.

» Ja, super «, holte Denise aus, » Christine ist toll und schafft es, den Artikel noch für Freitag reinzunehmen. Sie hat das gesamte Layout nochmal neu angepasst, damit die Wahl gleich groß vorne zu sehen ist. «

» Und was steht drin? « fragte Olli neugierig.

» Es ist vor allem eine Ankündigung, dass möglichst viele Schüler sich am 15.07. morgens vor der Schule einfinden sollen «, berichtete sie weiter, » und dass es um eine Wahl für den Frieden geht. Christine schickt mir nachher den fertigen Text zur Abnahme. «

» Klasse «, sagte ich auch nochmal lobend, » stellst du ihn dann in die Gruppe? «

» Na hör mal, was dachtest du denn? Natürlich könnt ihr alle mit entscheiden. Aber ich bin sicher, er wird euch gefallen «, sagte sie dann stolz.

» Wir auch «, sagte Olli, » nicht wahr, Martin? «

Ich verstand nicht, wieso Olli dachte, er müsse irgendwelche Wogen glätten.

» Ja, na klar, ich bin mir selbstverständlich auch sicher, dass der Artikel toll ist. «

Ich hatte gezögert, weil ich in Gedanken bei Frau Hannewald war. Denn von ihr das OK abzuholen, war der nächste nötige Schritt. Eine riesige Schülerwahl anzuzetteln, ohne der Direktorin etwas davon zu sagen, wäre nicht so clever.

» Du bist gar nicht bei der Sache «, mahnte Denise, » stimmt was nicht mit dem Artikel? «

» Nein, nein, weit gefehlt, ich bin nur unsicher, wie Frau Hannewald die Aktion finden wird. «

Auch Denise und Olli wurden nun ebenfalls nachdenklich.

» Du meinst, sie könnte noch alles stoppen? « wollte Olli von mir wissen.

» Keine Ahnung. «

Ich zögerte und Denise übernahm: » Natürlich nicht, sie ist für solche Aktionen bestimmt aufgeschlossen. Ich werde das gleich morgen mit Susi erörtern. «

» Wir kriegen das schon hin «, schob sie noch nach, als sie sah, wie Olli beim erwähnen von Susi leicht skeptisch wurde.

» Sie hat dir dein Vorhaben, die Gunst von Frau Özkan zu erwerben, auch nicht zugetraut. «

» Was? « Olli war entrüstet.

» Könnt ihr euch nicht endlich mal vertragen? « sagte ich leicht genervt, » sowas bringt doch nichts. «

» Hast recht, jeder gibt sein Bestes, davon können wir wohl ausgehen «, stimmte mir Denise zu.

Endlich bekam auch Olli die Kurve.

» Dann wünsch ich euch morgen viel Erfolg bei Frau Hannewald « und zeigte die Hände.

Wir machten die Hände zurück, wobei mir ein kleiner Junge aus der siebten Klasse auffiel, den wir bereits neulich beim Eis am Nachbartisch gesehen hatten, der ebenfalls die Hände hob. Ich fühlte mich auf einmal beobachtet.

» Sagt mal, ist euch der Junge da drüben auch schon aufgefallen, kann es sein, dass er uns nachspioniert? «

» Der ist doch harmlos «, sagte Olli, » die fanden uns nur cool, das ist alles. «

» Na gut «, sagte ich und Olli verschwand.

Ich gab Denise ein Küsschen und folgte ihm.

Sie wartete noch auf Susi, die eigentlich auch zur Lagebesprechung am Baum kommen wollte, sich aber verspätete.

Vom Fenster meines Klassenzimmers aus konnte ich beobachten, wie Susi endlich kurz vor Stundenbeginn bei Denise am Baum auftauchte und wild mit den Armen gestikulierte, in ihrer typischen, überschwänglichen Art und beide rannten nun zum Treppenhaus.

Ich war erleichtert, denn bis zum Klingeln sollten sie es gerade noch so schaffen.

» Das war knapp «, tippte ich ins Handy, » was war los? «
Aber sie antwortete vorerst nicht.

» Susi war im Sekretariat und hat herausgefunden, dass die Direktorin morgen gar nicht in der Schule ist «, schrieb sie in der kleinen Zwischenpause zurück.

» Ich fürchte, wir müssen zu ihr nach Hause, sonst können wir den Druck des Artikels vergessen. Wir gehen nach der Stunde runter und machen einen Privattermin aus. Susi hat schon alles angeleiert. «

» Großartig, super Einsatz von ihr «, schrieb ich zurück, » und von dir natürlich auch! «

Ich machte mir keine Sorgen mehr, sie würden das schaffen. Als ich alleine in der zweiten Pause am Baum auf sie wartete, schrieb ich in die Runde, ob wir uns später, nach der Mission von Denise und Susi, noch treffen wollen.

» Vielleicht bei dir, Roger? «
Er war einverstanden: » Für zwei Stunden habe ich Zeit und die Toilette ist auch inzwischen sauber gemacht. «

» Schön zu hören, ich komme natürlich. Fahren wir zusammen, Martin? « kam von Olli.

Ich wollte gerade antworten, als ein PSSST, von Denise kam.

Shit, dachte ich mir, das muss bei beiden im Sekretariat wohl ständig gepiept haben und verkniff mir weitere Beiträge.

Als sie endlich rauskamen, strahlten sie, trotzdem musste ich mir erst mal einen Rüffel abholen.

» Konntest du nicht noch so lange warten? «

Denise schüttelte den Kopf.

» Ja, sorry, ich wollte den Vorschlag gleich raushauen und habe überhaupt nicht daran gedacht. Wie ist es denn gelaufen? «

Susi holte aus: » Dank meiner berühmten Hartnäckigkeit, haben wir die Damen vom Sekretariat doch noch rumgekriegt, bei der Hannewald zu Hause anzurufen und siehe da, sie hat kurz Zeit für uns! «

Sie war sichtlich zufrieden mit dem Erreichten und auch Denise betonte noch einmal: » Du hättest dabei sein müssen, wie sie die Dringlichkeit zum Ausdruck gebracht hat « und lachte mit Susi los.

» Wann ist denn eure Audienz bei Hanne «, wollte ich wissen, » klappt es denn, dass wir uns danach vielleicht noch bei Roger treffen können? «

Beide überlegten laut: » Um 16 Uhr bei ihr, vielleicht maximal eine Stunde. Ja, und von da aus zu Roger, vielleicht eine halbe Stunde. Also 17.30 Uhr bei ihm? «

Für mich war es ok und ich schrieb die Zeit in die Runde. Daraufhin fing es wieder bei Denise an zu piepen und sie guckte noch einmal kurz grimmig rüber.

» Wie wär's, wenn du lautlos für diese Gruppe einstellst «, versuchte ich zu kontern, entschuldigte mich aber nochmal.

» Ist wahrscheinlich sowieso besser, wenn nicht jeder Post Geräusche macht «, sagte sie.

Dafür war es wieder das Geräusch der Schulglocke, das jede weitere Konversation beendete.

» Na gut «, sagte ich, » wir drücken euch die Daumen für nachher und freuen uns auf euren Bericht, wenn wir uns bei Roger treffen, tschüss. «

» Ich wünsch dir jetzt auch viel Glück bei deinem Versuch «, rief Denise, » tschüss. «

Ich musste ganz nach oben in den Physikraum und wollte mich nicht verspäten, weil ich bei einem Versuchsaufbau helfen sollte. Wenn man das einigermaßen hinbekam, hatte man bei Professor Hubert mindestens eine Drei auf dem Zeugnis sicher.

Also strengte ich mich an und als schließlich alles soweit funktionierte und der gewünschte Gasdruck erreicht wurde, gratulierte mir der Professor und notierte sich etwas in sein Heftchen.

Ich war erleichtert und konnte mich die nächste Zeit erstmal entspannen, während die anderen den Versuch analysieren mussten.

Jetzt aber schnell nach Hause, dachte ich am Ende der Stunde, Hausaufgaben machen und ab zu Roger.

Olli war pünktlich um 17 Uhr bei mir und wir wollten gerade starten, als meine Mutter noch rief: » Ihr fahrt aber nicht zum See, oder? «

» Nein, nein «, beruhigte ich sie, » nur zu Roger ein bisschen an seinem Computer spielen. Wir sind so gegen 20 Uhr zurück, ok? «

Meine Mutter freute sich.

» Dann grüß ihn mal schön, bis nachher. «

Als wir bei Roger ankamen, bestellte ich die Grüße und sagte: » Wenn wir in Zukunft öfter mal bei dir sind, dann spielen wir offiziell dein neuestes Computergame, ok? Nur zur Info. «

Roger verstand und meinte: » Das können wir sowieso noch machen, solange nicht alle da sind. «

Olli war von Rogers Vorschlag fasziniert.

» Auf diesem riesigen Schirm, klasse! « feierte er ab.

Wir spielten schon eine ganze Weile, bis ich nochmal auf die Uhr sah und nervös wurde. Die beiden müssten doch längst hier sein, dachte ich.

Gerade als ich ihnen eine Nachricht schreiben wollte, ermahnte mich Olli zur Geduld.

» Hast recht, sie werden schon kommen «, sagte ich, um mich selbst zu beruhigen.

Wir waren schon in Level drei, als es endlich klingelte und Olli, der gerade dran war, seufzte ein wenig.

» Na los, wird bestimmt spannend, was die beiden zu erzählen haben «, sagte ich und zog ihn am Arm.

» Ist ja gut, ich komme schon. «

Wir hatten es uns auf der Couch gemütlich gemacht und staunten, dass die ganzen gepackten Kisten immer noch verschlossen mitten im Raum standen. Aber er hatte zwei neue passende Sessel organisiert, so dass zumindest jeder bequem Platz hatte.

Als Denise mit Susi ins Zimmer kam und wir alle die Hände hoben, konnte man sofort ihre Freude und ausgelassene Stimmung erkennen.

» Ey, das war so cool «, meinte Susi.

» Und du bist Roger? Hi «, sagte sie zu ihm und er erwiderte das » Hi «

» Sie hat uns grünes Licht gegeben «, schaltete Denise sich ein, doch Susi übernahm gleich wieder.

» Deine Freundin war unglaublich. Wie sie Frau Hannewald um den Finger gewickelt hat, das hättet ihr sehen müssen «, erzählte sie, » es war ganz ungezwungen, wir brauchten nicht mal die Masken und dann hat sie uns Tee angeboten. «

» Sie hatte sogar den leckeren Roiboos Tee «, fuhr Denise jetzt fort. » Also, wir setzten uns mit genügend Abstand ins Wohnzimmer und sie fragte, was los sei, ob es um Corona gehe und ich sagte nein, ausnahmsweise mal nicht. Wir haben uns ein Projekt überlegt, das wir an unserer Schule ausprobieren wollen. Die Ankündigung soll noch rechtzeitig in der Juli Ausgabe der Schülerzeitung erscheinen, darum die Eile. Christine könnte morgen alles für den Druck fertig machen, damit wir noch in die letzte Ausgabe vor den Ferien reinkommen. Daraufhin nickte Frau Hannewald und schien zu verstehen, da sie ja am nächsten Tag nicht in der Schule sei. Dann wollte sie weiter von unserem Anliegen hören. Wir fuhren also fort und erklärten, dass wir von der Entwicklung schockiert sind, dass immer mehr Menschen *Rechts* wählen. Wieso begreifen die nicht, dass sie unsere Demokratie zerstören und sich stattdessen dem Hass und der Gewalt zuwenden. So hatte ich versucht eine gewisse Resignation deutlich zu machen. Damit hatten wir sie neugierig gemacht. « Sie guckten uns stolz an und Susi berichtete nun weiter:

» Uns schwebt da eine Art Friedensbewegung vor, deshalb planen wir eine Abstimmung zu machen, bei der alle Schüler wählen können, ob sie sich Frieden oder Krieg wünschen. Und da so was vielleicht Kontroversen hervorrufen könnte, wollten wir uns vorher ihr Einverständnis holen, hatte ihr Denise plausibel erklärt. Daraufhin ließ sie uns mit der Entscheidung ganz schön zappeln. Sie wollte erst noch wissen, wie wir die Auswertung machen. Denise war ganz in ihrem Element, denn sie bot der Direktorin einen super Kompromiss an. «

» Sie könne die Ergebnisse unter Verschluss halten, wenn sie das für richtig hielt, war meine Idee «, fuhr Denise nun wieder fort, » und tatsächlich, ihre nachdenkliche Mine hellte sich auf und sie sagte zu uns: Ich finde eure Idee wirklich bemerkenswert. Ich wünschte, wir hätten uns damals auch so etwas trauen können. Dann wollte sie wissen, ob wir uns schon Gedanken gemacht hätten, wie das Ganze ablaufen soll. Wir waren ja bestens vorbereitet und zeigten ihr den Artikel der Schülerzeitung, einen Screenshot von dem Wahlfenster, erklärten, dass jeder Schüler mit seinem Handy aus wählen könne und schlugen den 15.07. als Wahltag vor. «

» Sie war total beeindruckt «, prustete Susi raus und Olli konnte sich nicht mehr beherrschen: » Wahnsinn, ihr seid die Größten «, rief er, » Unglaublich! «

Jetzt war es an mir, meine Begeisterung zu zeigen und ich stand auf und umarmte Denise ganz fest. Dann sagte ich noch: » Großartig, du bist die Beste. Und du natürlich auch, Susi, vielen Dank für euren Super Einsatz. «

Roger war auch beeindruckt und gratulierte den beiden, aber ich war mir nicht sicher, ob für ihn die Entwicklung der Vorwahl der Grund war, oder ob sein Interesse eher Susi galt.

Ich hatte bemerkt, wie er sie ganz schön interessiert mit seinen Augen fixiert hatte, während die beiden berichteten.

» Sie hat uns also gestattet, eine schulweite Wahl zu organisieren, wenn sie das Ergebnis vor Veröffentlichung begutachten dürfe «, fasste Denise noch einmal zusammen, » und wir waren damit einverstanden. «

» Den 15.07. in der zweiten Pause fand sie auch in Ordnung. Sie hat uns den Termin sogar schriftlich bestätigt, hier ist ihre Unterschrift. «

Susi zeigte uns triumphierend das Dokument.

» Habt ihr Christine schon Bescheid gegeben? « fragte Olli.

» Nein, müssen wir noch machen «, sagte Denise, » bleibt es denn nun dabei, organisieren wir eine großangelegte Schülerwahl? «

Sie blickte rüber und ermöglichte es mir somit, die endgültige Entscheidung zu treffen.

» Also gut, lasst uns eine Wahl organisieren! «

Wir jubelten und feierten den offiziellen Startschuss unserer Kampagne. Denise schickte noch das OK an Christine und somit hatten wir die Weichen gestellt.

» Und wie wollt ihr das mit Veronica Forrest anstellen? «

Roger verstand es unsere Euphorie wieder zu bremsen.

» Das Ziel ist doch der WVD und nicht die Schülerwahl. «

» Hast ja recht «, meinte ich, » aber vielleicht hat unsere Sonderbeauftragte in Sachen VF etwas Neues zu berichten. «

Susi brachte sich wieder in Position und sagte: » Na klar, VF kommt in die Stadt und zwar an dem Wochenende nach der Wahl. Premierenkarten sind in stark begrenzter Stückzahl zu bekommen und ich wüsste da jemanden, den man bezirzen müsste, damit wir zumindest zu zweit dabei sein könnten. «

» Ist aber alles noch sehr vage, besonders wegen Corona «, fügte sie hinzu.

» Unsere Wahlaktion mit offiziellem Endergebnis, würde sie bestimmt auch beeindrucken «, meinte Denise abschließend.

» Und ich habe uns ein super Fernglas organisiert, zum beschatten «, sagte Olli.

» Du siehst, es ist alles perfekt durchdacht «, sagte ich zu meinem Cousin, » jetzt ist nur die Frage, ob du bis zum 15.07. eine Rohvariante für die Schulwahl mit dem Computer hinbekommst. «

» Selbstverständlich, das ist kein Thema, kleine Fische «, erwiderte er und hoffte auf Anerkennung von Susi, die aber nur murmelte, sie müsse mal verschwinden.

Ich wollte währenddessen von Denise wissen, warum es denn so lange bei Frau Hannewald gedauert hätte.

» Sie war sehr redselig und wurde emotional bei dem Thema über Rechtsextremismus und berichtete von eigenen Erfahrungen. Schließlich kamen wir auch nicht um eine Belehrung herum, wie wir uns in Corona Zeiten verhalten sollten und worauf wir bei der Wahl achten müssten. Aber ich denke, sie ist zufrieden und hofft bestimmt, dass die Aktion sich rumspricht und unserer Schule einen guten Ruf verschafft. «

Als Susi zurückkam, mussten wir auch langsam aufbrechen.

» Es wird Zeit «, sagte ich und bedankte mich bei Roger.

» Ist es ok, wenn wir uns einmal die Woche bei dir treffen? « fragte ich ihn.

» Klar, mir hat's Spaß gemacht, das Computer spielen «, sagte er mit einem Augenzwinkern.

» Mir auch, besonders auf dem riesigen Screen «, bestätigte Olli, der das Zwinkern wohl nicht gesehen hatte, dann aber verstand: « Ach so, *das* Computer Spiel. «

Wir hoben zum Schluss alle nochmal die Hände und verließen die Wohnung.

» Fahren wir zusammen? « wollte Olli wissen.

» Wenn ihr nicht zu schnell seid, wär's super «, antwortete Susi, » die Fahrt hierher war ganz schön heftig. «

Wir fuhren ganz entspannt und freuten uns, dass es so schön voranging und alles klappte, wie wir uns das vorgestellt hatten.

Kurz vor 20 Uhr kamen wir bei Denise an und konnten sehen, wie uns jemand hinter der Gardine beobachtete.

» Ich geh lieber schnell rein «, sagte sie, winkte mit den Händen und gab mir noch ein Luftküsschen.

» Bis morgen. «

Wir verabschiedeten uns alle gegenseitig und fuhren ebenfalls heim.

Es war noch nicht lange hell, als ich wach wurde, konnte aber nicht wieder einschlafen, weil die Vögel so laut waren. Ich überlegte mir, welche Lehrer uns heute unterrichten würden und welche wir davon ansprechen könnten, um uns bei dem Vorhaben zu unterstützen.

Also bei Frau Özkan war klar, da muss Olli ran. Denise wollte Frau Borchert dazu bitten und ich könnte mir..., ja wen?

Mir fiel niemand ein. Es sollte schon jemand sein, der mit dem Thema vertraut ist und nicht unbedingt Sport oder Musik unterrichtet.

Verflixt, mir muss doch jemand einfallen.

Eigentlich als Scherz dachte ich an Herrn Lundkauski, aber dann wurde mir immer klarer: Ja, doch!

Er hatte enorme Ahnung vom Nationalsozialismus und auch wenn wir ihn immer für ein wenig rechts gehalten haben, so doch nur, weil er uns auf dem *Kieker* hatte. Es würde mir vielleicht sogar ein paar Fleißpünktchen einbringen. Auf einmal fand ich den Gedanken richtig gut, doch was würde Olli wohl dazu sagen?

» Hast du 'n Knall, ich setz mich mit dem doch nicht privat an einen Tisch «, kreischte Olli, als ich ihm beim Betreten des Klassenraumes von meinem Vorhaben berichtete.

» Herr Brandt, gibt es ein Problem? « wollte Herr L. wissen, der schon an seinem Tisch saß und nur darauf wartete, dass einer seiner Lieblinge zu spät kommt.

» Diesmal nicht, Herr Lundkauski «, mischte ich mich geschickt ein, damit Olli keine Dummheiten machen würde, » wir haben daraus gelernt. «

Ich guckte Olli eindringlich an: » Nicht wahr? «

» Keine Probleme hier «, sagte nun auch Olli und Herr L. schien sich zu entspannen.

Es klingelte und der Unterrichtsstoff war endlich mal interessant. Es ging um die *friedliche Revolution zur Wiedervereinigung 1989*. Ich meldete mich sogar einmal und konnte seine Frage richtig beantworten.

Also nahm ich meinen Mut zusammen und ging in der Zwischenpause zu ihm nach vorne.

» Sie sind ja heute so aufmerksam, Herr Reimann, stimmt etwas nicht? «

» Haben sie gerade einen Scherz gemacht «, dachte ich, hatte es aber wohl doch laut ausgesprochen, denn er antwortete irgendwie darauf: » Ich bin nur so ernst, wenn man meine Autorität untergräbt. «

» Na gut, probieren wir es aus «, sagte ich und berichtete ihm kurz von unserer Idee einer schulweiten Wahl zwischen Frieden und Krieg.

» Und wir bräuchten Unterstützung von ein paar lustigen Lehrern. «

» Vorsicht «, schmunzelte Herr L. für einen ganz kurzen Augenblick, wurde dann aber sofort wieder ernst und sagte:

» Alle Achtung, solche Gedanken von ihnen? Kommen sie doch in der Pause ins Lehrerzimmer zu mir, dann sehen wir weiter. «

» Gut «, sagte ich und war angenehm überrascht, » ich komme dann. «

Ich setzte mich wieder auf meinen Platz und machte diesmal nur ein richtiges Daumen hoch zu Olli.

In der Pause schrieb ich gleich an Denise: » Ich bin mit Herrn L. im Lehrerzimmer verabredet, kommst du auch dahin? «

Wir trafen fast gleichzeitig dort ein und Denise hatte ein Fragezeichen im Gesicht.

» Herr Lundkauski? «

Olli pflichtete ihr bei: » Verstehe ich auch nicht. «

» Ihr werdet schon sehen «, sagte ich und klopfte.

Frau Borchert öffnete die Tür und als uns Herr L. sah, rief er:

» Sie dürfen kurz rein. «

» Hallo Frau Borchert «, begrüßte sie Denise, » hätten sie vielleicht auch kurz Zeit? «

» Worum geht es denn? » fragte sie.

Wir setzten uns mit genügendem Abstand an den langen Tisch und blickten den beiden gegenüber in die Augen.

» Wir haben von Direktorin Hannewald die Erlaubnis erhalten, eine Schülerwahl zu organisieren. Da es dabei um ein heikles Thema geht, würden wir uns gerne absichern, quasi die Fakten und Formen begutachten lassen, ob alles korrekt ist. «

» Und es geht dabei um Frieden und Krieg? « fragte Herr L. in ganz anderem Tonfall als sonst.

» Genau, erstmal ganz pauschal. Uns würde interessieren, ob sich dabei jemand outet und klar den Krieg verherrlicht, oder sich keiner traut, was denken sie? «

Ich blickte ihn an.

» Gar nicht so verkehrt die Idee. Wenn die Scham, Krieg zu wählen immer noch größer ist, dann sollte es auch möglich sein, an die Kinder ranzukommen, die mit rechten Sprüchen auffallen. «

» Ja und die hört man leider immer häufiger «, bestätigte Denise.

Woraufhin auch Frau Borchert nickte und meinte: » Das beobachten wir auch immer mehr. «

» Also zu den Fakten «, kam Olli auf den Punkt, » die Wahl soll am 15.07. steigen und morgen steht die Ankündigung in der Schülerzeitung. «

Während er stolz zusammenfasste, kam Frau Özkan durch die Tür.

» Bonjour Monsieur Brandt «, sagte sie erfreut, » est-ce que vous avez un problème? «

Olli antwortete aber lieber auf Deutsch: » Frau Borchert und Herr Lundkauski helfen uns bei einer Schulaktion für den Frieden und wir wollten sie auch noch fragen, ob sie vielleicht mitmachen? «

» Ich hörte was vom 15.07.? «

» Genau «, sagte ich jetzt, um das Treffen langsam zu beenden, » und wenn die Aktion erfolgreich wird, dann wollen wir sowas weltweit anregen. «

Olli unterbrach mich und ergänzte: » Sie kennen doch so viele Sprachen, helfen sie uns auch? «

» Also gut «, meinte sie, als sie sah, wie Kollege und Kollegin wohlwollend nickten.

» Wir halten sie auf dem Laufenden «, sagte ich und bedankte mich vielmals bei ihnen.

Nachdem die Tür hinter uns zuging, holten wir alle erstmal tief Luft.

» Dass der olle L. so entspannt sein könnte, wer hätte das gedacht. War doch ganz ok ihn mit einzuweihen «, sagte Olli.

» Über die weltweiten Krisen kennt er sich bestimmt gut aus und hat sicher alle Fakten parat «, stimmte nun auch Denise mir zu, » gut gemacht. «

» Mit den Dreien haben wir gute Chancen, auch danach das große Ziel zu erreichen. «

Ich war zufrieden, denn wir hatten ihr Interesse geweckt.

Fast das Aus

Ich war heut spät dran. Maike hatte mich zu Hause ausquetschen wollen und ich verzog mich aufs WC. Als sie endlich aus dem Haus ging, musste ich mich beeilen. Heute war aber keineswegs eine Ausnahme.

Verschwitzt kam ich bei Denise, Susi und Christine an, die eifrig die Schülerzeitungen verteilten und ich sah sogar auch Lehrer, die sich ein Exemplar geben ließen.

» Es ging nicht schneller, meine Schwester wollte mich nicht in Ruhe lassen. «

» Man riecht's «, sagte Susi und rümpfte die Nase.

» Wie läuft's denn? « brannte ich vor Neugier.

» Prima! Wie viele Exemplare haben wir schon verteilt? « rief Denise Christine zu.

» Hundert Stück sind gleich weg, ich bin voll begeistert «, strahlte Christine.

Ich sah, dass Mirko sogar mithalf, nahm mir einen Stoß und ging zu ihm.

» Ich hab dir doch gesagt, 'ne Schülerzeitung ist cool. «

» Nicht schlecht «, antwortete Mirko, » was ihr vorhabt, Respekt. Christine hat mich ein bisschen eingeweiht. Das könnte vielleicht was bewirken. «

» Schön, dass du das so siehst «, sagte ich, » bin sehr gespannt, wie viele mitmachen. «

» Ich sag dir, wer da ist, wird auch in der zweiten Pause abstimmen, auch wenn er sich ein Smartphone ausleihen muss «, meinte Mirko zuversichtlich.

» Mag sein. «

Ich gab zwei Siebtklässlern je ein Exemplar und merkte dann, dass einer wieder dieser Junge von Eis Hennig war.

Er verschwand aber geschickt gleich hinter der Tür und als ich Mirko fragte, ob er den Jungen kennt, wusste er nicht wen ich meinte.

Es würde gleich zum zweiten Mal klingeln, deshalb packten wir zusammen.

» 153 Stück, ich musste sogar den letzten Packen auch noch aufmachen. Die Sache hat sich sofort rumgesprochen. «
Christine war voller Begeisterung.

Sie ging auf Mirko zu: » Danke, dass du so schön mitgeholfen und die schweren Taschen getragen hast, Liebling. «

» Willst du mir damit sagen, dass die Vierte noch fast voll ist und du würdest dich freuen, wenn ich sie wieder mitnehme? «
Mirko versuchte charmant zu spielen, aber wir kauften ihm das nicht ab.

» Es reicht, wenn du die Tasche gleich vorne in die Aula stellst. Da habe ich einen kleinen Tisch organisiert «, freute sich Christine.

Wir gingen gerade rein, als ich den Bus sah, in dem meine Schwester saß und war ein bisschen schadenfroh, denn pünktlich schaffte sie es nicht mehr.

Diese Schadenfreude sollte sich später rächen, aber davon ahnte ich noch nichts. Ich holte noch schnell ein frisches Shirt aus dem Spint und war pünktlich zum Stundenbeginn in der Klasse.

Ich langweilte mich durch Deutsch und Mathe. Erst als Englisch fast zu Ende war, wurde mein Puls etwas höher.

Wir konnten in den Pausen die letzten 47 Stück auch noch loswerden und wollten uns gleich bei Eis Hennig treffen, um den großen Erfolg mit der Schülerzeitung zu genießen.

» Wir sind in aller Munde! « freute sich Christine. Sie und Mirko waren mitgekommen und feierten noch zusammen mit uns.

Dadurch war ich deutlich später als Maike zu Hause und als ich den Flur betrat, sah ich gleich die Schülerzeitung mit dem Artikel auf dem Schränkchen liegen und wunderte mich.

Die konnte doch nicht von Maike sein, sie kam zu spät und in den Pausen war sie auch nicht in der Aula gewesen. Ich muss gestehen, ich war auch erfreut darüber, dass sie keine bekommen hatte, denn meine Eltern wollte ich noch nicht einweihen.

Jetzt schien sie es also doch schon übernommen zu haben.

» Kommen sie mal rein, Junger Mann «, rief meine Mutter aus dem Wohnzimmer.

» Junger Mann? «

Ich wunderte mich und ging zu ihr. Vielleicht war sie ja stolz wegen der Story, aber weit gefehlt.

Drinnen saß die ganze Familie und mein Vater fing mit ernster Stimme an: » Als junger Mann muss man lernen, dass es Konsequenzen haben kann, wenn man sich nicht an Absprachen hält. «

Oh Mann, mir wurde ganz weich in den Knien und ich sank noch einigermaßen geschickt in den Sessel.

War da nicht die Zunge von Maike zu sehen?

Zumindest deutliche Genugtuung konnte ich in ihrem Gesicht erkennen, denn sie schien zu wissen, was da jetzt kommen würde.

» An welche Absprache soll ich mich denn nicht gehalten haben? « wollte ich ganz formell wissen und verzog immer noch keine Miene. Dachte aber im Hinterkopf natürlich an das Treffen am See.

» Fällt dir da wirklich nichts ein? « fragte jetzt meine Mutter.

Gerade, als ich mich entschlossen hatte, weiter auf unschuldig zu machen, sah ich auf dem Couchtisch Maikes Smartphone liegen.

Zum Glück konnte ich das Bild darauf noch für eine Sekunde sehen, bevor es verschwand und ich erkannte den See mit ein paar Menschen.

Plötzlich schwante mir Übles: Sie wissen es!

Ich hatte keine Chance die Panik noch zu vertuschen, als mein Vater sagte: » Ich glaube, es ist ihm wieder eingefallen « und sah mich mit mahnendem Blick an.

» Junge, was hast du dir bloß dabei gedacht. So unvernünftig! Ich glaube, du hast immer noch nicht begriffen, dass es hier um unser aller Leben geht und kein Videospiel ist. «

» Das kennen wir gar nicht von dir. «

Meine Mutter war inzwischen fast den Tränen nah.

» Wolltest du uns etwa anlügen? «

Das Donnerwetter schien kein Ende zu nehmen und je länger es dauerte, desto fieser wurde das Grinsen von meiner Schwester, die es sichtlich genoss.

» Du brauchst dich gar nicht so zu freuen «, meinte meine Mutter nun zu Maike, » dein ewiges zu spät kommen macht auch schon überall die Runde, also geh lieber hoch auf dein Zimmer. «

» Jetzt müssen wir über die Konsequenzen reden. Du bekommst zwei Wochen Hausarrest. Wir haben schon mit der Schulleiterin gesprochen, dass wir dich nun doch wegen Corona hier behalten wollen. Du bekommst alle Schulsachen online, wie viele deiner Klassenkameraden auch. «

Ich konnte das Ausmaß dieses Übels noch nicht überblicken und es wurde noch drastischer. Ich hatte noch versucht, mich zu rechtfertigen und wollte von unserer tollen Aktion berichten, doch mein Vater unterbrach mich sofort:

» Lass gut sein, dass kannst du dir sparen. «

» Wir haben auch bei Ehlerts angerufen «, fuhr meine Mutter fort.

» Ihr habt was? « rief ich entsetzt, » das wird ja immer schlimmer, wie konntet ihr mir das nur antun. «

» Das geht alles ganz allein auf deine Kappe, wir mussten sie informieren «, betonte mein Vater mit strengem Blick.

Ich war fix und fertig. Wenn bei mir schon dermaßen der Punk abging, wie würde das Seeabenteuer wohl beim Vater von Denise ankommen. Ich traute mich gar nicht zu schreiben, geschweige denn anzurufen und hoffte, irgendwann auf ein Signal von ihr.

Nichts, den ganzen Abend, gar nichts.

Irgendwann wollte ich aber doch wissen, wie es bei ihr aussieht und schrieb eine unverfängliche SMS wegen der Schulaufgaben.

Mein Handy summte, endlich, doch die Nachricht war von Olli:

» Mensch Martin, so ein Mist, ich bin erstmal raus. Ich muss zu Hause bleiben, jetzt doch wegen Corona. «

Nicht Olli auch noch, verzweifelte ich, wie sollen wir denn jetzt weitermachen?

Ich schrieb zurück: » Ich hab zwei Wochen Arrest bekommen, und du? «

» Bei mir sind's auch zwei, die Klausuren dürfen wir dann wieder mitschreiben, toll! « antwortete Olli.

» Bei Denise scheint es sogar wieder Handyverbot zu geben, sie meldet sich gar nicht mehr «, schrieb ich noch, woraufhin Olli wissen wollte: » Wieso auf einmal dieses ganze Theater, hast du 'ne Ahnung? «

» Ich befürchte, meine Schwester steckt dahinter. Sie hat mich verpetzt und meinen Eltern ein Foto vom See gezeigt, auf dem wir zu sehen waren. «

» Dann war sie es also doch hinter den Bäumen, so eine Schlange, na warte! «

Es folgten diverse Emojis, die Wut ausdrückten.

» Und dann hat meine Mutter in der Schule angerufen und auch direkt bei Denise zu Hause, echt übel! «

» Riesen Übel «, kam zurück.

Ich hörte Schritte im Treppenhaus und legte das Handy weg. Ich bekam gerade noch das Buch aufgeschlagen als die Tür aufging.

» Martin «, sagte meine Mutter wieder mit etwas sanfterer Stimme, » warum machst du es uns so schwer. Wir wollen dich doch nicht bestrafen. Du musst aber auch verstehen, wie wichtig es im Moment noch ist, dass man sich an die Ausnahmeregeln hält. «

» Ist ja richtig, nur, weil wir so ein wichtiges Projekt in der Schule begonnen haben. «

Ich versuchte doch noch mal zu argumentieren, aber meine Mutter schaltete auf Durchzug.

» Dann schlafe gut, die zwei Wochen sind schnell vorbei. Wenn du fleißig lernst und das Zeugnis gut aussieht, wird Papa sich bestimmt wieder beruhigen. «

Ich nickte enttäuscht und machte das Licht aus.

» Gute Nacht. «

Ich konnte ewig nicht einschlafen, weil mich die Lage von Denise noch zu sehr beschäftigte. Würde sie mir das übelnehmen? Ich war verunsichert und wälzte mich hin und her. Wie kommen wir da bloß wieder raus?

Ich wachte mit gefühlt nur einer Stunde Schlaf auf und war wie gerädert.

» Wir fahren jetzt los «, hatte meine Mutter gerufen.

» Und macht keine Dummheiten, sonst lernt ihr uns richtig kennen! « ließ mein Vater folgen.

Das hatte gesessen. Ich wollte nur noch jedem weiteren Ärger aus dem Weg gehen und hoffte, sie würden bei guter Führung die Strafe vielleicht mindern.

Ich versank wieder im Halbschlaf, bis das Zufallen der Haustür mich erneut weckte. Jetzt rappelte ich mich doch hoch und konnte eben noch durch das Fenster sehen, dass Maike gegangen war.

Na cool, sie ist auch weg, freute ich mich und ging runter in die Küche. Erstmal was essen, dann kommt mir bestimmt eine Idee, was ich die acht Stunden lang machen könnte, die meine Eltern noch weg sind.

Ich quälte mir einen Marmeladentoast rein, der nicht runtergehen wollte und das Müsli schmeckte irgendwie auch nicht, weil ich fand, dass die Milch nicht mehr gut war. Auf jeden Fall war klar, ich musste wissen, was mit Denise ist und wie hart ihre Eltern sie bestraft haben.

Ich könnte mich kurz rausschleichen und Steinchen an das Fenster von Denise werfen. Dann könnte sie mir einen Zettel runterwerfen und ich hätte sie wenigstens kurz gesehen.

Und dann ist zufällig ihr Vater gerade im Zimmer und guckt stattdessen aus dem Fenster. Nein, zu riskant!

Ich bräuchte das Fernglas von Olli, dann könnte ich die Lage ausspionieren und ihr mit einem Spiegel Lichtzeichen geben.

Aber wie komm ich da bloß ran, Olli wohnt im 6. Stock?

Vielleicht kann er das Fernglas runterwerfen, oder am Seil herablassen? Nee, zu auffällig!

Meine Gedanken gingen hin und her, doch ich fand keine Lösung. Als ich wieder in mein Bett gehen wollte, sah ich durch das Wohnzimmerfenster zufällig jemand im Garten rumschleichen. Zuerst bekam ich einen Schreck, besann mich dann aber, weil mir nicht entgangen war, dass diejenige Person recht klein gewesen ist.

» Das ist doch nicht etwa, na warte! «

Ich wollte gerade über die Terrasse rausstürmen, konnte mich aber noch rechtzeitig bremsen und schlich nun ebenfalls vorsichtig in mein Zimmer.

Ich griff mein Handy und wollte diesen kleinen Knirps endlich fotografieren, damit ich Beweise für meine Paranoia hätte. Dann schlich ich oben auf den Dachboden und legte mich auf die Lauer.

Da hinten bei den Himbeersträuchern, da ist doch jemand.

Jetzt sah ich ganz deutlich eine Bewegung. Da bist du also, komm zeig dich.

Ich wartete ewig, hatte es mir aber auf einer alten Matratze inzwischen bequemer gemacht.

» Willst du nicht mal gucken, ob ich überhaupt noch da bin «, versuchte ich ihm zu suggerieren, » vielleicht bin ich ja zum Fenster raus. «

Nach einer Stunde war es endlich soweit. Ich hatte mir mit den Sachen vom Dachboden eine Art Stativ gebastelt und mein Handy mit Zoom auf die Sträucher scharf eingestellt. Klick, klick, klick, ich machte gleich eine ganze Serie, als er hervorgekrochen kam. Hab dich!

Ich rannte mit dem Handy vorsichtig die Treppen runter und verschwand noch rechtzeitig auf dem kleinen Klo, unten neben der Küche. Dann spülte ich, kam wieder raus und ging demonstrativ die Treppe hoch, damit er mich nun sehen konnte.

Ich sah, wie er sich wieder hinter die Himbeeren verkrümelte und war stinksauer. Wer bist du und wer schickt dich?

Auf dem einen Bild konnte man sein Gesicht gut erkennen und genau, es war dieser komische Typ von Eis Hennig. Ich setzte das Bild in die Gruppe, mit den Worten, kennt ihr den, als mir endlich ein Licht aufging.

Die Gruppe, Roger, genau! Er muss uns jetzt helfen, muss mehr Arbeit übernehmen.

Ich wandte mich daraufhin konkret an ihn und beschrieb ihm unsere missliche Lage. Aber es war Susi, die sich kurz darauf meldete und schrieb: » Bin nochmal so davon gekommen und werde heute Abend versuchen, mit Denise Kontakt aufzunehmen. «

Ich war begeistert.

» Es scheint, als habe sie Handyverbot «, schrieb ich und Susi antwortete: » Davon gehe ich auch aus. Deshalb will ich ihr mein Altes zukommen lassen, damit wir wenigstens wieder texten können. «

Das war endlich mal eine gute Nachricht. Ich fühlte mich etwas erleichtert und wünschte ihr viel Glück. Dann ließ ich noch einige Danke Zeichen folgen.

» Aber den Jungen kenne ich nicht «, schrieb sie noch zurück, » sorry. «

Nachdem wir offensichtlich erstmal fertig waren, schrieb Olli als nächster: » Ich kenne ihn auch nur vom Sehen. «

» Er beobachtet mich heute schon den ganzen Tag und kniet am Zaun hinter den Himbeeren «, schrieb ich und guckte durchs Fenster, um mich nochmal zu vergewissern und ja, er war noch da.

» Vielleicht hat er ja auch das Foto am See gemacht «, überlegte Olli.

» Los, schnapp ihn dir und nimm ihn in den Schwitzkasten bis er redet. «

Nur zu gerne hätte ich meinen Frust an ihm ausgelassen, aber ich schlug vor: » Vielleicht tun wir lieber so, als würden wir es nicht merken, dann können wir ihm später noch eine Falle stellen. «

» Du meinst, ihn mit falschen Informationen füttern? «

Olli fand die Idee gut: » Wir können ihn uns ja später immer noch vornehmen «, grins.

Ich schickte ein grinsendes Emoji zurück.

» Sollen wir lieber die ganze Wahl abblasen? « wollte Olli noch wissen. Ich hatte aber noch Hoffnung.

» Warten wir erstmal ab, was Roger und Susi noch bewegen können. «

» Mir ist vorhin die CPU abgeschmiert «, schrieb Roger nach Ewigkeiten, » musste neue Bauteile besorgen und dann war erstmal löten angesagt. Aber jetzt scheint wieder alles zu laufen.

» Ist ja echt blöd, dass ihr drei außer Gefecht seid, aber mit Susi kriege ich das schon hin. «

Wie hatte er das jetzt gemeint, ich war etwas irritiert, aber er meinte es wirklich ernst.

» Ich kann die Plakatvorlagen von Denise ausdrucken und mit Susi zusammen vor- und in der Schule aufhängen. Und Susi kann die ersten Tests durchführen, um sich auf der Webseite zu registrieren und schon mal die Eingabemaske zur Abstimmung aufrufen. Das müsste Montag alles schon funktionieren. Ihr bekommt dann natürlich auch den Link und könnt es euch ebenfalls angucken. «

» Klingt gut «, schrieb ich zurück und Daumen hoch.

Olli schickte auch Daumen hoch und die Hände.

» Wir sind noch da! «

Langsam wurde es dunkel und ich hörte unseren Kombi vorfahren. Maike war inzwischen auch schon nach Hause gekommen, verschwand aber sofort in ihrem Zimmer und der Junge musste irgendwann gegangen sein.

» Wir sind wieder zurück, ist alles in Ordnung hier? « wollte mein Vater wissen.

» Na klar, ich war den ganzen Tag zu Hause «, sagte ich beim Runtergehen, » wie war der Wind? «

» Ab Sieben die übliche Flaute, aber bis zur Scharfen Lanke sind wir gekommen. «

» Isst du mit uns, wir haben noch Bouletten und Kartoffelsalat übrig? « fragte meine Mutter.

» Ja gerne «, ich freute mich auf die Abwechslung.

» Und wie war es mit Maike? « wollte Papa wissen.

» Sie war den ganzen Tag weg «, sagte ich.

» Ja, sie übt bei ihrer Freundin fürs Abitur «, erklärte mir meine Mutter.

Ich räumte alles ab, wischte den Tisch sauber und wollte gerade den Geschirrspüler einräumen, als mein Vater sagte: » Du brauchst dich gar nicht so ins Zeug legen, unser Entschluss steht fest, zwei Wochen. «

» Aber ich freu mich trotzdem, wenn du den Spüler weiter einräumst «, ergänzte meine Mutter.

Also machte ich das noch fertig und verschwand auf mein Zimmer. Ich war so gespannt, hatte Susi die Aktion wirklich durchgezogen und für Denise ein Handy organisiert?

Inzwischen war es schon halb Elf, als Susi uns eine neue Telefonnummer schickte.

» Nimmst du die bitte mit in die Gruppe auf «, bat sie mich.

Ich war ganz aufgeregt.

» Denise, bist du da? « sendete ich sofort.

» Hi Martin, hallo Rest der Gruppe, hier bin ich wieder, muss aber sehr vorsichtig sein. Und danke Susi, du bist meine Rettung. «

» Ohne Handy geht ja gar nicht, deine Eltern sind krass «, schrieb Olli, » das hätte meine Mutter nicht gewagt. «

» Meine fand das auch übertrieben, aber gegen meinen Vater kann sie nichts machen. «

» Und du bist beobachtet worden? « wollte sie von mir wissen.

» Ja, kennst du seinen Namen? «

Ich schickte nochmal das Bild.

» Nein, aber ich glaube, er hat noch eine Schwester auf der Schule, die vielleicht gerade Abi macht. «

» Interessant «, schrieb ich zurück, « und die wahrscheinlich rein zufällig die beste Freundin meiner Schwester ist. «

» Das würde Sinn machen «, schrieb Olli und bedankte sich auch bei Susi.

» Wir machen doch weiter, oder? « fragte Denise in die Runde, woraufhin wir alle die Hände sendeten.

Etwas später schickte ich ihr noch privat ein paar Herzchen an die Nummer und wollte wissen, ob sie mir das verzeihen könne, dass meine Eltern bei ihren angerufen hatten.

» Ist nicht deine Schuld, aber was ist nur mit deiner Schwester los? « fragte Denise.

» Vielleicht war sie eifersüchtig, dass ich jetzt so viel Aufmerksamkeit bekam und sie mit dem Abi in der Tasche die Heldin sein wollte, keine Ahnung. «

» Aber 'ne miese Tour «, schrieb Denise, » das zahlen wir ihr heim. «

Ich war ziemlich überrascht von ihrer Reaktion.

Es muss schon ziemlich heftig zu Hause gewesen sein, wenn sie auf solche Gedanken kam, folgerte ich und darum schrieb ich auch nochmal: » Sorry. «

» Susi und Roger werden die Aktion übernehmen und ich glaub, Susi ist von Roger ganz schön fasziniert. «

Ich dachte, es würde noch mehr von Denise kommen, aber es blieb eine Weile ruhig.

» Meine Eltern «, schrieb sie nach fünf Minuten.

» ich kann es kaum erwarten, dich wieder zu sehen, aber mach lieber keine Dummheiten. Küsschen, schlaf gut. «

Ich schrieb: » Ich habe auch riesen Sehnsucht nach dir, werde aber artig zu Hause bleiben. Küsschen zurück und schlafe auch gut. «

Was für ein Tag, dachte ich und das nun zwei Wochen lang. Ich überlegte, wie wir Maike so richtig schön aufs Glatteis führen könnten und merkte, wie meine Zuversicht und die Energien zurückkamen. Die Zeit wird noch kommen.

Der Sonntag verlief recht ähnlich.

Meine Eltern fuhren morgens zum Boot raus, meine Schwester verschwand wieder zum Abi lernen und auch der Knirps saß genauso hinten im Garten und wartete.

Ich hatte viel zu lernen, ließ mich aber ab und zu am Fenster und in der Küche blicken, damit es ganz natürlich wirkte.

In der Gruppe passierte auch nichts, alle schienen wie gelähmt. Der Frust, bei dem schönen Wetter zu Hause bleiben zu müssen, steckte tief.

Einmal täuschte ich an, als würde ich mich rausschleichen, ging aber nur zum Briefkasten. Das war das Highlight des Tages, denn ich grinste in mich hinein, als ich bemerkte, dass der Knirps sich hektisch, weiter rechts hinter dem Kirschbaum versteckte.

Ansonsten hoffte ich nur, dass Roger mit der Seite weiter voran kam und dass die Plakataktion morgen auch ohne uns klappen würde.

Diesmal war Nudelsalat übrig geblieben, den ich abends mit meinen Eltern aß. Dann schrieb ich im Bett noch mit Denise und das war's auch schon. Gähn!

Susi und Roger hatten am Montagmorgen beim Plakate kleben im Hof und vor der Schule, durch Mirko und Christine Unterstützung bekommen, so konnten sie alles bewältigen. Susi gab auch zwei im Lehrerzimmer ab und hängte einige in die Flure. Selbst an die Direktorin hatte sie gedacht und eins im Vorzimmer abgegeben.

» Sehen echt klasse aus, super Positionen «, schrieb ich, als Susi ein paar Bilder in die Gruppe postete, » und auch dir nochmal ein großes Kompliment für den Entwurf, Denise. «

» Hat sich total gelohnt «, schrieb Roger auf einmal ganz aktiv, » wir bekamen vom alten Hausmeister rotes Klebeband, auf das wir immer, 1,50m Abstand, schreiben sollten und er erkannte mich sogar noch von früher. «

» Es bildeten sich sofort kleine Grüppchen vor den Plakaten «, schrieb Susi und Frau Borchert gab mir zum Glück den Tipp mit dem Hausmeister, bevor Frau Hannewald wegen Gefährdung alles stoppen würde. «

» Super «, schrieb Denise und auch Olli gratulierte.

» Ihr könnt jetzt auch schon unter diesem Link die Webseite erreichen und euch registrieren lassen, dann bekommt ihr einen Passcode, den ihr bei der Wahl eingeben müsst «, schrieb Roger erneut.

» Und ich hab schon einen «, freute sich Susi, » funktioniert super einfach, top, Roger. «

Ich war gespannt, konnte mich aber, solange wir am Chatten waren, beherrschen, nicht auch gleich alles auszuprobieren.

» Hast du einen Counter eingerichtet? « fragte Olli.

» Ja, sowohl für das Aufrufen der Seite, als auch die Anzahl der Codes, die in Umlauf gehen «, erwiderte Roger, » und natürlich sieht man dann auch, wieviel Stimmen abgegeben werden, wenn es soweit ist. «

» Tadellos «, schrieb ich, » ganz genau so ist es perfekt. «

» Und die Effekte beim Öffnen, Anklicken und Quittieren, es macht total Spaß «, freute sich Denise, die inzwischen den Link schon verfolgt hatte, » Roger, du bist ein Genie! «

Jetzt war ich zu neugierig und musste mich auch kurz aus dem Chat ausklinken.

» Boah, verdammt gut «, stieß ich hervor, als das Geräusch der Schulklingel ertönte und mich die folgenden Worte auf der Seite begrüßten: » Das ist Deine Chance, Du hast die Wahl! Registriere Dich jetzt und Du kannst am 15.07. in der zweiten Pause an der großen Schülerwahl zum Thema Frieden oder Krieg teilnehmen. «

Ich drückte den Registrieren Button und konnte nun meine Handynummer eingeben. Als nächstes war es möglich, seinen Namen einzutippen, aber es war nicht Pflicht. Natürlich stand auch groß der Hinweis auf der Seite, dass alle Daten vertraulich behandelt werden und niemandem irgendwelche Nachteile entstünden, egal ob oder was, er oder sie, wählen würde. Und man könne die Registrierung wieder rückgängig machen. Als nächstes hatte man noch die Möglichkeit anzugeben, ob man Lehrer ist. Und dann stand sie auch schon da, die 5-stellige Zahl, die zur Teilnahme an der Wahl berechtigte.

» Hervorragend! «, schrieb ich nun, denn alles war wie besprochen und super umgesetzt.

Olli hatte inzwischen auch seinen Code erhalten und kam mir gerade noch zuvor.

» Es macht total Spaß durch die Seite zu navigieren und wie die verschiedenen Bilder von Denise aufpoppen, allererste Sahne. «

» Es sind schon 25 Klicks und drei Kommentare «, schrieb Susi, » und das schon nach zwei Stunden. «

» Ja, die Kommentarfunktion habt ihr ganz toll mit reingenommen «, meldete sich Denise, » ich will gleich auch noch einen schreiben. «

Auch das Impressum und die Namen der verantwortlichen Schüler konnte man sehen und wir waren alle stolz.

» Die Seite steht, bravo Roger! «

Ich ging bestimmt noch zehnmal auf die Seite, um den Counter hochzutreiben und stimmte dem Kommentar von Rose1809 zu, der offenbar von Denise war. Ich selbst nannte mich aber nur Martin und bedankte mich öffentlich bei allen, die dazu beigetragen hatten, die schöne Idee mit der Wahl umzusetzen.

Die nächsten Tage regnete es, doch das störte mich nicht. Selbst im Garten saß niemand mehr, trotzdem riskierte ich lieber nichts, die Worte von Denise waren mir noch deutlich in den Ohren. Zwischen uns war wieder alles bestens, sie hatte es mir auch wirklich nicht übel genommen.

Die Situation in der wir waren, beide mit zwei Wochen Arrest, nur darauf wartend, dass endlich das Wochenende nach der Wahl wäre und wir uns wieder umarmen und küssen könnten, vereinte uns noch stärker. Wir schrieben uns in den Nächten stundenlang und träumten vom gemeinsamen Urlaub. Ich sollte Susi mal Geld dafür geben, dass sie die Prepaid Karte für Denise immer wieder auflädt, dachte ich.

Ha, wieder reingefallen, ich kann nicht, hab ja Arrest.

Oder ich müsste sie mal mit Schulkram her lotsen, dann könnte ich ihr Geld und einen Zettel für Denise zustecken.

Aber das könnte meine Schwester natürlich auch, macht sie ja auch schon.

Jetzt ging das wieder los, bleib locker, mahnte ich mich und schickte Susi nur ein » Danke « und bekundete ihr meine Bereitschaft, mich an den Kosten zu beteiligen.

Sie freute sich und dankte mir.

Ansonsten war lernen, lernen und nochmal lernen angesagt.

Mir rauchte allmählich der Schädel.

Ich ließ mir genüsslich eine Badewanne ein, tauchte hinein und wollte Bergfest feiern.

Endlich, die erste Woche war geschafft und auch wenn ich zu Hause bleiben musste, stieg die Vorfreude auf Mittwoch enorm an.

Wir haben die 500 Klicks Marke mit der Seite fast erreicht und so viel mehr sind wir auch gar nicht an der Schule, frohlockte ich. Überlegte dann aber, wenn allerdings jeder wie ich zehnmal die Seite aufruft, sind wir vielleicht doch nicht so weit, wie ich erst dachte.

Aber auch die Registrierungen kamen langsam in Schwung. Da waren es mittlerweile 117. Die anderen waren sehr überrascht von den guten Zahlen, aber ich hatte irgendwie mehr erwartet, bei dieser genialen Idee. Vielleicht sind die Menschen noch nicht bereit dazu, in Frieden und Harmonie zu leben, da wär ich doch sofort dafür. Die bescheuerten Machtspielchen einiger Politiker und die Profitgier der Konzernbosse, bestimmen das Leben so vieler Menschen.

Die fühlen sich wahrscheinlich auch noch dazu berufen, unsere Gutmütigkeit auszunutzen.

» Nein! « wütete ich und schlug mit der Faust aufs Wasser, dass es nur so spritzte. Ich werde das beenden, beschloss ich voller Überzeugung.

» Alles gut bei dir, Martin? « hörte ich von draußen eine Stimme.

Es war meine Mutter, die wissen wollte, wie lange ich noch gedenke in der Wanne zu bleiben.

» Bin gleich fertig «, antwortete ich leicht erschrocken und stieg endlich aus dem Wasser.

Meine Haut war schon etwas schrumpelig geworden und ich bemerkte, dass ich eine Stunde in der Wanne gelegen haben musste.

In der Gruppe hatte sich inzwischen auch etwas getan, denn Olli war der Umstand, die Hälfte geschafft zu haben, auch nicht entgangen und schickte allen ein Prost!

Ich war inzwischen der Letzte der fehlte und war immer noch ganz kämpferisch eingestellt. Darum schrieb ich: » Es ist noch nichts erreicht, wir sind noch ganz am Anfang. Lasst uns das Feiern auf später verschieben. «

Daraufhin schrieb mir Denise privat: » Martin, was ist los, sei nicht so streng, wir haben doch schon Tolles erreicht und die Hälfte vom Arrest ist um! «

Sie hatte natürlich recht und ich besann mich, wieder auf Kuschelkurs zu gehen.

» Aber ein bisschen Party soll erlaubt sein «, ergänzte ich meinen Chat in der Gruppe, » immer noch besser als lernen. «

Dann ließ ich viermal das Sektglas folgen und natürlich auch die Hände.

Langsam wurde es Zeit, nicht nur die Wahl im Auge zu behalten, sondern auch das darauf folgende Wochenende zu planen. Schließlich sollte der erste Kontakt mit VF hergestellt werden. Bislang kamen aber auf unsere Einträge bei Instagram, Facebook und Co. noch keine Reaktionen und diesmal wurde Denise unruhig: » Ich finde es gemein, dass sie sich gar nicht meldet, habe ich was falsch gemacht? «

Ich schickte einen Mülleimer und beruhigte sie sofort:

» Ich fand's perfekt, nicht zu aufdringlich, interessant um Neugierde zu wecken und sachlich unsere Ernsthaftigkeit betont. Vielleicht hatte sie nur noch keine Zeit zu antworten. «

» Auf andere Posts hätte sie aber schon geantwortet «, schrieb Denise, nur wenig aufgeheitert und immer noch enttäuscht.

» Wir sollten uns auf jeden Fall eine Alternative überlegen «, dachte ich mir und stellte den Gedanken in die Gruppe.

Olli hatte seine Idee von der Brosinski wieder aufgegriffen und hoffte wahrscheinlich auf Unterstützung von Roger.

» Ich halte mich da raus «, schrieb Roger aber zu seinem Pech zurück.

Glücklicherweise war Susi von Iris Burbon auch nicht sonderlich angetan, also mussten wir jemand ganz anderes suchen, nur wen?

Wir beschlossen, das Thema zu vertagen, weil keine sinnvollen Vorschläge mehr kamen.

Roger hatte es inzwischen geschafft, die Kommentare der Webseite, dank einer selbstgebastelten App, direkt auf die registrierten Handys umzuleiten und der Traffic wurde immer größer. Das förderte den Hype noch zusätzlich und er hatte am Sonntagabend schon 300 Downloads seiner App. Er fragte in der Gruppe nach, ob wir wollen, dass Werbung in der App auftaucht.

» Wir könnten damit etwas Geld machen «, schrieb er und fügte ein Bündel Geldscheine an. Wir anderen waren uns aber einig, zumindest vor der Schulwahl noch darauf zu verzichten.

300 Downloads, das hieße ja, es gab schon über 300 Registrierungen. Ich war länger nicht auf der Seite und tatsächlich, 343 Registrierungen.

Das sind knapp zwei Drittel, jubelte ich jetzt, so langsam wird's doch interessant.

Auch ohne unseren persönlichen Einsatz, sprach sich die Wahl immer mehr rum und wir fieberten dem Mittwoch entgegen.

Morgen ist es also soweit! Ich wollte noch ein letztes Mal versuchen, meine Eltern davon zu überzeugen, mich bitte zur Schule gehen zu lassen und berichtete euphorisch von den Fortschritten bei der Wahl, stieß aber nur auf taube Ohren.

» Martin, ist ja alles schön und gut «, erwiderte mein Vater, » wir finden deine Idee schon auch bemerkenswert, aber es muss leider ohne dich laufen. Der Arrest geht bis zum Wochenende, daran hättest du früher denken müssen. «

» Wie, bis zum Wochenende? Freitag sind die zwei Wochen rum «, protestierte ich, denn am Samstag wollte ich endlich wieder aktiv dabei sein, um die geplante Aktion mit VF zu unterstützen.

» Bis Montag zum Schulbeginn, du kannst höchstens mitkommen, wenn wir wieder zum Segeln rausfahren. «

Ich sackte in mich zusammen.

» Warum seid ihr so gemein? « fragte ich frustriert zu meiner Mutter blickend, die sich noch gar nicht eingeschaltet hatte.

» Sieh mich nicht so an «, entgegnete sie, » solche Zeiten hat jeder mal durchmachen müssen, auch wir. «

Leider tröstete mich das gar nicht und ich verschwand sauer in meinem Zimmer.

» Mist! «

Ich schrieb gleich an Denise: » Muss am Wochenende doch noch zu Hause bleiben und kann dich noch nicht sehen, geschweige denn abends zur Premiere mitkommen. «

Denise antwortete mit einem traurigen Emoji und schrieb:

» Ich darf auch erst Montag wieder raus, die haben sich wohl abgesprochen. «

Als wir unser Dilemma in die Gruppe schrieben, antwortete Olli etwas später ebenfalls total frustriert: » Bei mir auch, erst Montag. «

Was denken die sich überhaupt dabei. Ich kann mich an Fotos meiner Eltern von früher erinnern, auf denen sie lauter Button mit der Aufschrift *Frieden schaffen ohne Waffen* an ihren Jacken hatten. Und soweit ich mich erinnere, haben sie sich auch auf einer Großkundgebung für den Frieden kennengelernt.

Und jetzt wollte ich das vollenden und durfte nicht. Ich kriegte mich nicht mehr ein, Erwachsene können so stur sein.

Roger indes schien nicht ganz so unzufrieden mit der Situation zu sein, denn es sah aus, als würde er nun mit Susi die Premiere besuchen können.

» Susi, wir werden das schon schaukeln, wie mit den Plakaten, oder? « schrieb er und auch Susi war jetzt nicht sonderlich enttäuscht über unsere Situation, drückte aber wenigstens ihr Mitgefühl aus.

» Tut mir leid für euch, aber dann soll es so sein. Roger und ich gehen am Samstag zur Premiere. «

Zumindest der Plan schien noch im Bereich des Möglichen, aber alles von den anderen machen zu lassen, schmeckte mir gar nicht. Ursprünglich wollte ich mit Denise da hin.

Olli hatte ohnehin nicht dieses Interesse da aufzutauchen und war natürlich einverstanden. Er schrieb: » Gut, dass Roger schon älter ist, für nächtliche Action ist er bestimmt besser geeignet und Susi sieht ja auch schon recht erwachsen aus, meinen Segen habt ihr. «

Vielleicht waren Denise und ich wirklich noch etwas zu schülerhaft.

» Also gut «, schrieb ich, » ihr habt unser vollstes Vertrauen. «

» Ihr schafft das, ich bin mir sicher «, ergänzte Denise.

Schön, dass wir für alle Probleme immer Lösungen finden konnten. Es ging schließlich um das Ziel, welches wir gemeinsam erreichen wollten und nicht um unsere Egos, erkannte ich und fand mich endgültig damit ab.

Der große Test

Heute ist also die große Probe an unserer Schule.

Ich hatte mir den Wecker gestellt, als würde ich zur Schule fahren, um Susi und Roger vor Schulbeginn viel Glück wünschen zu können. Schließlich sollten sie auch noch die letzten Unentschlossenen vor Ort zum Abstimmen bewegen. Wenn tatsächlich 500 Stimmen zusammen kämen, wäre es schon ein riesen Erfolg, das wären über 95%.

Von so einer Wahlbeteiligung könnten die Parteien nur träumen, stellte ich für mich fest und war sehr zuversichtlich.

Aber würden sich auch alle für Frieden entscheiden? Gab es selbst bei uns schon die sogenannten Protestwähler?

Ich war so gespannt und rutschte am Frühstückstisch unruhig hin und her.

» Machst du eigentlich auch mit bei der Wahl «, fragte ich Maike, die gerade runterkam und erst zur zweiten Stunde zur Schule musste, » oder boykottierst du? «

Sie guckte etwas argwöhnisch und sagte dann: » Als ob ich was für Krieg übrig hätte. «

Ich nickte anerkennend und sagte: » Schön zu hören, du wärst wahrscheinlich auch die Einzige gewesen. «

» Wie ist denn so die Resonanz «, wollte meine Mutter beim Tisch abräumen wissen.

» Wenn alle, die sich registriert haben auch abstimmen, dann kommen wir nah an die 100% ran «, berichtete ich ihr überschwänglich, » und ich wär so gern live dabei «, murmelte ich noch leise.

Egal, es läuft ja auch so.

Es war ca. erste Pause und auch Olli war schon ganz hibbelig.

» Den Moment, wenn alle in der zweiten Pause ihr Handy zücken um abzustimmen, hätte ich zu gern persönlich miterlebt «, schrieb er.

Und Denise bestätigte: » Ich auch « und schickte den traurigen Emoji.

Ich ergänzte das Ganze mit noch zehn weiteren davon.

» Leute, läuft doch «, schrieb Susi, » ihr seid trotzdem die Helden der Schule. «

Und Roger schrieb in fetten Ziffern: » 517! Laut eurer Liste sind somit, bis auf fünf, alle für die Wahl registriert und ich fahre jetzt nach Hause, um zur Not eingreifen zu können, wenn das System doch überlastet wird. «

» Na dann toi, toi, toi «, schrieb Olli, » und siehst du sofort ein Ergebnis? «

» Ja, das könnt ihr auch, wenn ihr euch mit dem Passwort Schülerwahl1507 in der App einloggt. Dann lassen sich die Zahlen in Echtzeit mitverfolgen «, schrieb Roger noch.

» Großartig, so haben wir doch noch ein bisschen Live-Feeling, auch von zu Hause aus «, schrieb Denise, » danke. «

Olli und ich schickten den Daumen hoch.

Dann machte ich mir noch schnell eine Tüte Popcorn in der Mikrowelle, verschwand auf mein Zimmer und wartete.

Jetzt war die Spannung kaum noch auszuhalten. In fünf Minuten müsste die Glocke zur Pause klingeln, dann würde die Abstimmung offiziell beginnen. Die Umrandung auf der Webseite würde dann rot werden, um zu demonstrieren, dass das Wahllokal jetzt geöffnet ist. Kurz vorher sollte noch eine riesige Uhr als Countdown die letzten Sekunden runterzählen.

4 - 3 - 2 - 1 - Los geht's.

Die Webseite wurde also rot und bei Roger brachen die Lichter zusammen, na gut, im übertragenen Sinne, denn die Datenmenge, die bei ihm nun eintraf, war gigantisch. Ich wollte natürlich einer der Ersten sein und brauchte nur noch auf Frieden tippen.

Ich jubelte, es funktioniert, als ich den Balken für Frieden in die Höhe schießen sah und die Zahlen schon längst 3-stellig waren. Trotzdem lief Rogers System super stabil und es gab immer noch keinen Klick auf Krieg.

Auch Denise hatte gleich am Anfang gewählt und schrieb mir dann: » Du hattest recht, gratuliere, es könnte nicht besser laufen! Küsschen. «

Ich war noch so konzentriert und genoss es auf einmal, die Ergebnisse ganz bequem von der Couch aus zu erfahren, dass ich ganz vergaß, ihr zu antworten. Nach fünf Minuten hatten wir schon über 400 Friedensstimmen, als mein Handy wieder summte.

Cooles Gimmick Roger, nickte ich grinsend, als ich sah, dass die Nachricht von der App kam, die alle fünf Minuten daran erinnerte abzustimmen. Daraufhin kam noch ein guter Schwung, so ca. 50, aber, ich muss gestehen, es gab inzwischen leider auch drei Stimmen für Krieg, die weiße Weste war dahin.

Der dritte Reminder der App war noch etwas länger und aufdringlicher, letzte Chance sozusagen. Von den 517 Registrierten hatten nun 513 gewählt. Olli hatte sich seinen Klick bis zum Schluss aufbewahrt, er wollte unbedingt der Letzte sein und pokerte noch.

Die letzte Minute wurde nun runtergezählt und genau auf die Sekunde kamen dann auch die vier fehlenden Klicks. Irgendwie erinnerte es mich an diese Online-Auktionen, wo man am Ende immer noch überboten wird.

Geschafft, alle 517 registrierten Schüler waren erfasst. Die Schulglocke läutete und alle mussten wieder in die Klasse.

Ich nicht, lächelte ich verschmitzt. Ich kann mich zwar jetzt nicht feiern lassen, aber gut so. Die anderen Schüler kennen das Ergebnis ja gar nicht und würden mich bestimmt löchern und versuchen, eine Gesichtsregung in mein Pokerface zu bringen.

Es wäre mir sicherlich schwer gefallen, denn wir mussten ja den Mund halten, so war es mit Frau Hannewald vereinbart.

Ich dachte an Susi und schrieb ihr: » Fahr lieber nach Hause, nicht, dass dir die Kids das Ergebnis entlocken. «

» Keine Sorge, ich bin zusammen mit Roger nach der dritten Stunde gefahren «, schrieb Susi zurück, » hatte mir auch schon sowas ausgemalt. «

» Ich hab schon das Lehrervoting «, schrieb Roger, » und bin etwas schockiert, denn von den 35 Lehrern hat tatsächlich einer für Krieg gestimmt. «

» Kannst du rausbekommen, wer? « fragte ich ihn.

» Leider erstmal nicht. Ich werde dann mit Susi das offizielle Ergebnis zu Frau Hannewald bringen und wir melden uns danach bei euch, tschau «, schrieb er daraufhin.

Wir schickten unsere Hände und » vielen Dank « zurück.

Puh, das war ganz schön aufregend. Ich ließ die Anspannung ein wenig raus, warf mich auf die Couch und atmete tief durch. Es hatte echt super funktioniert. Nur die drei Looser, die Krieg gewählt haben, wurmten mich etwas. Aber ich denke, Frau Hannewald kann zufrieden sein mit dem Schülerergebnis, nur dem einen Lehrer sollte sie lieber kündigen.

Wir wollten die Spannung noch ein wenig hochhalten und veröffentlichten zunächst nur die Wahlbeteiligung, nachdem Susi das Ok der Direktorin erhalten hatte.

Sie ist, auf Rogers Bitte hin, alleine zu ihr rein, während er draußen wartete.

Das Endergebnis wird morgen in der ersten Pause bekannt gegeben, stand nun in der App und vielen Dank an euch alle fürs Mitmachen.

Endlich erinnerte ich mich daran, dass mir Denise ja ein Küsschen geschickt hatte. Wie konnte ich das nur vergessen haben. Ich schickte gleich drei zurück und bat vielmals um Entschuldigung.

Sie war tatsächlich ein wenig angesäuert, schrieb dann aber:
» Ich kann verstehen, dass du abgelenkt warst. «

» Verzeihst du mir? « schrieb ich und schickte ihr einen süßen Sticker. Es war eine Erdbeere in Herzform mit niedlichem Gesicht.

» Na klar. «

Sie schickte mir nun einen ähnlich süßen Sticker zurück und ich war so richtig glücklich.

Morgen zur ersten Pause wäre ich natürlich dann doch gerne in der Schule gewesen. So konnte nur Susi die Lobeshymnen genießen und sich den Dank der Lehrer alleine abholen.

Sie schrieb: » Herr L. wollte dir sagen, dass sie den einen Lehrer schon ausgemacht hätten. Es ist der eher unscheinbare Herr Liebert gewesen, den wir mal in Geografie hatten. «

» Das ging ja schnell. Ich glaube, er stand eh kurz vor der Pensionierung «, antwortete ich, » vielleicht ein alter Kriegsveteran. «

Stimmt, die habe ich ja ganz übersehen. All die Menschen, die bereits Krieg miterleben mussten, könnten die sich durch einen Klick überhaupt davon befreien?

Was ist, wenn sie womöglich denken, dass nur ein Krieg wirklich Frieden bringen kann?

Ich sah auf einmal die Kontroversen, die auf uns zukommen würden. Nach diesem Ergebnis von gestern war ich aber weiterhin positiv eingestellt.

Es müssten alle exakt zur gleichen Zeit wählen, natürlich Frieden, das sollte man jedem vermitteln, überlegte ich. Dann könnten sofort danach die friedlichen Verhandlungen beginnen und jeder wäre erstmal in Sicherheit. Die Bewegung muss so groß werden, damit die Menschen davon überzeugt wären, dass Frieden so einfach zu erreichen ist.

Man sieht ja an Hand von Corona, wenn sich alle an die Absprachen halten, kann selbst ein Virus aufgehalten werden.

Wenn keiner mehr kämpft und alle stattdessen zu Hause bleiben, müsste man doch auch die Größenwahnsinnigen dieser Welt, aufhalten können, dachte ich.

Ich erinnerte mich noch, wie entsetzt meine Eltern waren, als die Amerikaner, bei der letzten Präsidentschaftswahl, den republikanischen Kandidaten gewählt hatten. Sie befürchteten, dass er womöglich einen Krieg anzetteln könnte, wenn man ihn beleidigen würde. Es sah ja schon fast danach aus.

Diese bescheuerten Egos mancher Menschen, ich verstehe sowas nicht. Wie kann man solche Narzissten frei rumlaufen und auch noch Politiker spielen lassen.

Ich konnte mich kaum beruhigen.

Es müssten nur genügend Menschen an das Gute glauben und durch Frieden geeint werden, dann lässt sich unsere Welt verändern, war ich mir sicher.

Jetzt würde es schwer werden. Wie wollen wir die ganze Welt erreichen und vom Frieden überzeugen? Wir hatten es ja noch nicht einmal geschafft, mit VF Kontakt aufzunehmen.

Ich war mittlerweile, wie auch Denise, schwer enttäuscht und bedauerte meinen Vorschlag.

Warum sollte sie auf Roger und Susi eingehen, wenn sie scheinbar kein Interesse hatte. Aber als Ersatz irgendeine abgedroschene *GZSZ* oder *DSDS* Fratze zu nehmen, wäre alles andere als glaubwürdig. Die könnte man wahrlich nicht ernst nehmen.

Ich fing an zu verzweifeln. Susi kniete sich aber weiter voll rein und hielt an der Premierensache fest.

Sehr lobenswert sei sie hier erwähnt, auch wenn es ihr möglicherweise mehr darum ging Roger zu beeindrucken.

» Ich habe Kontakt zu einem Freund meines Vaters aufgenommen. Er würde mir und Roger zwei Presseausweise ausstellen, wenn wir eine offizielle Bestätigung bekämen, für die Schülerzeitung einen Artikel schreiben zu dürfen. Und das wird mir Christine sicherlich bescheinigen «, war Susi sich sicher.

» Als Verantwortliche der Zeitung ist das bestimmt kein Problem «, erklärte sie uns ihren Plan.

» Ihr könnt ja nochmal alles versuchen «, schrieb ich.

Ich drückte die Daumen, aber meine Zuversicht war irgendwie verschwunden.

Am Freitag erinnerte ich meinen Vater erneut daran, dass die zwei Wochen nun vorbei seien. Er wiederholte aber nur noch einmal, dass ich zum Segeln mitkommen könne, oder sonst hier bleiben müsse.

» Mir ist nicht nach Familie, wenn ihr so doof seid «, murmelte ich, » dann bleib ich lieber noch zwei Tage in Quarantäne allein zu Hause. «

Ich kam mir vor wie Kevin und wollte mir ein paar Fallen für meine Schwester ausdenken. Den Türgriff ihres Zimmers rotglühend erhitzen, stand ganz oben auf meiner Liste.

Ich war immer noch sauer, als mir langsam etwas dämmerte. Vielleicht war sie es ja, zusammen mit ihrer Freundin und dem Knirps, die für Krieg gestimmt hatten, nur um mir wieder eins auszuwischen und den 100% Erfolg zu verhindern.

Auf einmal machte alles Sinn und ich wurde mir immer sicherer. Aber das war's doch, mir kam eine fiese Idee.

Sie dachten sicher, die Wahl ist geheim. War sie ja auch. Aber wenn man sie daran genügend zweifeln ließe und so tat, als wisse man von der Direktorin, dass auch die drei Kriegswähler unter den Schülern die Schule sofort verlassen müssten, wäre das bestimmt ein super Schreck und eine angemessene Lektion.

Ich freute mich riesig über meine Idee und bekam wieder etwas bessere Laune.

Olli und Denise waren auch begeistert.

» Wenn sie denkt, alles fürs Abi umsonst gelernt zu haben, wird sie sicherlich fluchen «, schrieb Denise.

» Und wenn Frau Hannewald mitspielt, ihr habt doch inzwischen so einen guten Draht zu einander «, meinte Olli, » dann wird es richtig lustig. «

» Und dem Jungen werde ich Sonntag den Köder zu schlucken geben «, schrieb ich.

» Er heißt übrigens Fred Anklamm und seine Schwester Hannah «, meinte Denise, » habe ich recherchiert. «

» Na toll, dann kann dieser Fred auch ruhig denken, dass er von der Schule fliegt «, postete Olli und grinste per Emoji.

Wir grinsten nun alle Drei und schickten die Hände.

» Jetzt kommt mal wieder runter «, schrieb Susi, » wir müssen uns erstmal ganz auf morgen konzentrieren. «

» Ich dachte auch, dass es darauf ankommt «, fügte Roger an.

» Ok, ok «, schrieb ich, » ihr habt recht. «

» Wisst ihr schon, was ihr anzieht? « wollte Denise wissen.

Und Olli schrieb: » Ihr braucht auch noch eine richtige Kamera, oder wollt ihr sie mit euren Handys beeindrucken? «

Olli hatte gar nicht so unrecht.

» Habt ihr denn irgendwas Brauchbares und vielleicht auch ein Mikro? « mischte ich mich ein.

» Na höchstens von der Schule «, schrieb Susi, » werde nachher Christine auch noch danach fragen, einverstanden? «

» Und die Presseausweise bekommst du morgen? « wollte Denise wissen.

» Ja, direkt vor Ort «, schrieb Susi, » wir müssen um Punkt 19 Uhr am Hintereingang warten, dann gibt er sie uns und wir können dann vorne offiziell rein. «

» Wer kommt denn noch so alles? « fragte Olli.

» Der Regisseur und der Produzent des Filmes. Auch noch einige Schauspieler, aber eher unbekannte. Mir sagen die Namen jedenfalls nichts «, antwortete Susi.

» Also, dann ist der Ablauf soweit klar? « fragte ich.

» Ich mache mich um 18 Uhr auf den Weg und miete mir wieder einen Miles Wagen. Dann hole ich Susi von zu Hause ab und wir fahren zum roten Teppich, so sollte es klappen «, schrieb Roger.

» Sehr schön, guter Plan «, schrieb ich zurück, » also dann, nochmals viel Glück. «

» Und seid bitte nicht ganz so direkt und fordernd «, bat Denise die beiden, » sonst wird sie euch abblitzen lassen. «

» Keine Sorge, kennst mich doch «, antwortete Susi.

Und ich kannte Denise nur zu gut und wusste, dass sie diesen Tipp genau deswegen noch loswerden wollte.

Es sah richtig voll aus vor dem Kino. Roger postete uns ein Bild mit vielen Menschen. Alle zwar noch mit Maske und genügend Abstand, aber es war was los. Susi schickte uns ein Selfie mit ihrem Outfit, von dem Olli und ich ganz beeindruckt waren.

Denise fand das Kleid auch sensationell, war aber wohl ein bisschen traurig, es nicht selber tragen zu können.

» Muss ich dir mal ausleihen, ist echt ein Traum von Kleid «, schwärmte Susi.

» Jetzt aber volle Konzentration bitte «, schrieb ich.

Als Susi sich nach einer Stunde meldete, waren wir natürlich voll gespannt und dann das: » Leute, so ein Reinfall. Ratet mal, wer als Einzige nicht gekommen ist? «

Es war wie verhext momentan.

» Das kann nicht wahr sein «, schrieb Denise, » so eine blöde « und ergänzte eine Kuh als Emoji.

Ich war auch schwer enttäuscht, hatte aber auch kein wirklich gutes Gefühl mehr gehabt bei der Sache.

» Wisst ihr, warum sie nicht da war? « fragte Olli.

» Der Produzent bedauerte es nur bei der Begrüßung, ging aber nicht auf irgendwelche Gründe ein «, antwortete Roger, » ich glaub, die können wir abhaken. «

Was soll's, dachte ich, die angefallenen Kosten für Plakate, Telefon usw. hielten sich zum Glück noch in Grenzen. Ich war bereit, mein Erspartes in den Pott zu werfen und die Sache mit der Wahl endgültig zu beenden.

» Dann sollten wir uns jetzt voll auf die Klausuren in der nächsten Woche konzentrieren «, schrieb Denise, » damit die nicht auch so ein Reinfall werden. «

Es folgte ein trostloser Sonntag, das Wetter war auch nicht so toll und meine Eltern blieben zu Hause.

» Was ist denn los Martin «, hatte meine Mutter gefragt, » die Wahl war doch ein toller Erfolg? «

» Ja schon, aber wir hatten uns noch andere Sachen überlegt, die wir jetzt verworfen haben «, antwortete ich, » daher meine Enttäuschung. «

» Und dass du morgen wieder zur Schule raus kannst, ist das nichts? «

» Ja schon «, antwortete ich erneut mit demselben enttäuschten Tonfall, » Klausuren schreiben macht schon Spaß. «

» Verstehe, du möchtest lieber für dich alleine schmollen, korrekt? «

» Ja schon «, begann ich wieder, als mein Vater mich unterbrach.

» Junge, hör schon auf «, sagte er sichtlich genervt von meiner Unzufriedenheit.

» Ich geh *ja schon* «, sagte ich, die beiden letzten Worte betonend und verdrückte mich, bevor mein Vater noch irgendwas erwidern konnte.

Dadurch, dass meine Eltern hier geblieben waren, hatte sich Fred auch nicht blicken lassen und ich konnte nicht mal an Plan B weiter basteln. Und dann hatte ich plötzlich das Gefühl, sämtliche Formeln für die Physik Klausur wieder vergessen zu haben, sodass jetzt auch noch Panik dazu kam und ich am liebsten alles hingeschmissen hätte.

Ich legte mich völlig fertig ins Bett und schlief tatsächlich ein.

Als ich später wieder aufwachte, dachte ich kurz, es sei schon Morgen und bekam einen riesigen Schreck. Sah dann aber, dass es kurz vor 20 Uhr war und entspannte mich wieder.

Wo hatte ich denn meinen Spickzettel gelassen, auf dem alles Wichtige stand?

Auch wenn ich ihn lieber nicht benutzen wollte, so war er zum Üben schon noch bestens geeignet.

Genau, ach ja, stimmt, sagte ich zu mir, als ich ihn endlich fand und nochmal durchging.

So schwer war das doch gar nicht. Ich muss nur den jeweiligen Druck und die Dichten der Materialien berücksichtigen und die Maßeinheiten korrekt umwandeln. Ich kann das doch, beruhigte ich mich.

Als ich mir nochmal alles angeguckt hatte, ging ich in die Küche, machte mir ein paar Stullen und verschwand wieder nach oben. Ich aß im Bett und krümelte das Laken voll. Eigentlich wollte ich nur noch mit Denise texten und dann schlafen gehen, aber sie meldete sich nicht. Vielleicht war sie noch mit ihren Eltern zusammen. Manchmal dauerte es etwas länger, bis sie antwortete. Aber diesmal kam gar nichts, war ihr Guthaben vielleicht aufgebraucht?

Ich hatte mich schon damit abgefunden ohne Küsschen den Abend zu beenden, was meine Laune nicht gerade verbesserte und drehte mich im Bett in meine Schlafposition.

Als ich gerade am Einschlafen war, summte es doch noch und es war Denise.

» Martin, das wirst du nicht glauben, rate mal, wer mir vorhin auf Instagram geschrieben hat, na? «

Ich gähnte und musste mich erstmal sammeln.

So langsam schaltete sich mein Gehirn wieder ein.

» Doch nicht etwa VF??? «

» Sie hat alles aufgeklärt «, sagte Denise. » Ein Kameramann hatte sich infiziert und sie musste kurzfristig in Quarantäne. Deswegen konnte sie auch nicht zur Premiere nach Berlin, weil ihr gesamter Terminkalender durcheinander geraten war. «

» Und stell dir vor, sie hätte uns wirklich gerne getroffen, weil wir ihre Neugierde ein bisschen geweckt haben «, sagte sie weiter.

» Das hört sich ja ganz gut an «, meinte ich und spürte auf einmal leicht erhöhten Puls.

» Glaubst du, sie ist vielleicht doch bereit uns bei der Aktion zu helfen? «

» So weit ist sie noch nicht gegangen «, meinte Denise, » aber ein erstes Interesse konnte ich bei ihr wohl wecken. Das dumme ist, sie bleibt jetzt erstmal zwei Monate in Hamburg, um einiges nachzuholen und ist völlig verplant, was ihre Zeit angeht. «

» Das klingt mir aber eher nach einem Rückzieher, naja, immerhin hat sie sich doch noch gemeldet. Danke, dass du mir Bescheid gesagt hast «, antwortete ich und konnte ihr wenigstens noch ein Küsschen durchs Telefon geben.

» Hast du schon geschlafen? « wollte sie nun wissen.

» Na fast «, gähnte ich, » morgen früh ist gleich Physik dran. «

» Bei mir ist in der fünften Stunde Englisch angesagt «, meinte sie, » also alles Gute und viel Glück, Küsschen. «

» Auch viel Glück für dich. «

Ich beendete das Gespräch und schickte ihr noch zwei Küsschen hinterher. Sie ging aber nicht weiter darauf ein und ich versank endgültig im Schlaf.

Ich konnte nach der Klausur gleich wieder nach Hause fahren, hatte mir aber vorgenommen, Denise nach der fünften Stunde abzufangen, um sie endlich wieder richtig küssen zu können. Ich war zufrieden mit meinen Antworten und wusste nicht recht, ob die Aktion jetzt doch irgendwie weitergehen würde.

Auf einmal fielen mir die Worte meines Vaters wieder ein, dass man manchmal kreativ sein müsse, um seine Ziele zu erreichen.

Gut, also sei jetzt bitte kreativ, dachte ich und machte es mir auf der Couch gemütlich. Dann setzte ich meine Kopfhörer auf und hörte mir die neuen Songs von Ocean Sphere an. Gleich der erste Titel *Dream* veranlasste mich, genau dies zu tun. So träumte ich, wenn Veronica Forrest nicht nach Berlin kommt, dann fahren wir halt zu ihr nach Hamburg.

Das ist es! Meine Begeisterung war sofort wieder da.

Wenn unsere Eltern verreist sind, fahren wir mit Roger im Mietwagen nach Hamburg, das könnte klappen. Und diesmal keine Zweifel, Basta und erst recht kein Aber!

Meine Gedanken wurden immer utopischer und so mahnte ich mich zu voller Konzentration während der Klausuren.

Ach ja, jetzt war es soweit, fiel mir rechtzeitig ein.

Ich dachte intensiv an Denise und wollte ihren Geist stärken, denn jetzt müsste die zweite Pause gerade vorbei sein und sie würde die Klausuraufgaben gestellt bekommen.

Dann schwang ich mich wieder aufs Bike und fuhr zurück zur Schule.

Mirko kam mir entgegen und fragte: » Auch schon fertig? «

» Ich hatte heute früh Physik und hole jetzt Denise ab. Wir sehen uns. «

» Wir sind am Samstag wieder am See, wenn ihr auch wollt «, rief er mir noch hinterher.

Jetzt musste ich mich doch noch beeilen um rechtzeitig vor der Aula anzukommen, bevor es klingelte.

Als es dann soweit war und die Tür aufging, konnte ich Denise nirgends sehen. Ich guckte in den Raum und fühlte Wehmut, wo war sie?

Ich drehte mich wieder um und dann stand sie da, mit Susi auf der anderen Seite der Treppe.

Sie winkte und strahlte, diesen Blick werde ich nie mehr vergessen.

Ich holte mein Handy hervor und machte ein Foto von diesem magischen Moment.

Susi stand mit dem Rücken zu mir und sah mich nicht kommen, deshalb zeigte Denise ihr eine verzeihende Geste.

Dann warf sie sich mir an den Hals.

» Martin! «

Ich war überwältigt von dieser Energie, die mir da entgegen kam.

» Denise! « erwiderte ich nun genauso enthusiastisch, als hätten wir uns zwei Wochen nicht gesehen. Moment, stimmt ja, wir hatten uns zwei Wochen nicht gesehen.

Wir küssten uns, bis ich sah, wie Susi uns beobachtete.

» Hi Susi «, sagte ich und wand mich geschickt aus den Armen von Denise, » wie ist es bei dir gelaufen? «

» Ganz gut, ich bin zufrieden «, antwortete Susi.

» Denise war schon nach 60 Minuten fertig. «

» Ehrlich? « ich blickte fragend Denise an, die ein wenig verlegen wirkte.

» Es war voll cool! Genau das, was ich am meisten geübt habe, kam ran. Ich hatte ein Foto von dir vor mich auf den Tisch gestellt und war dadurch so beflügelt. «

» Und wie war Physik? « fragte sie nun.

» Ich tat mich anfangs etwas schwer, aber ich denke, den richtigen Ansatz für die Lösung gefunden zu haben. Nachher konnte ich dann nicht nochmal alles kontrollieren, doch ich denke 'ne Zwei könnte es werden. Bin also sehr zufrieden. «

Jetzt strahlte ich, weil mir gerade mein Traum wieder einfiel und ich innerlich brannte, ihr davon zu erzählen.

Aber solange Susi dabei war, konnte ich mich noch beherrschen.

» Du hast doch was «, sagte Denise zu mir und blickte mir tief in die Augen.

» Ich wollte dir noch von meinem Traum erzählen, aber später erst, freu mich nur schon so darauf. «

Jetzt hatte sie angebissen und verstand.

» Du Susi, ich fahr erstmal nach Hause mit Martin, wir sehen uns dann später noch, ok? «

» Na klar, bis dann und tschüss Martin «, sagte Susi.

» Tschau Susi. «

Ich verzog noch keine Miene, konnte es aber kaum erwarten, mit Denise wieder allein zu sein.

» Na los «, sagte sie, » ich bin auch mit Rad da.

» Wollen wir uns im Park auf eine Bank setzen? « fragte ich.

» Ist gut, ich muss dann aber bald nach Hause, bin nämlich noch auf Bewährung «, schnaufte sie ein wenig genervt.

Wir fanden eine schöne Bank etwas abseits unter einer hohen Pappel und konnten uns endlich wieder küssen.

» Stimmt's, du bleibst auch zu Hause in den ersten Wochen der Ferien, während deine Eltern weg sind, oder? Wir hatten doch vom gemeinsamen Urlaub geträumt «, sagte ich bedächtig.

Sie blickte mich mit großen Augen an: » Was hast du vor? «

» Was hältst du von einem Trip nach Hamburg «, fuhr ich fort.

Es dauerte kurz, bis sie sagte: » Du meinst doch nicht etwa zu VF? «

» Nicht schlecht «, sagte ich, aber ihr Gesicht sah nicht so aus, wie ich erwartet hatte. Wo war die Begeisterung?

Stattdessen fragte sie skeptisch: » Wie stellst du dir das denn vor? «

Mein Gefühl sagte mir, ich solle erstmal den Mund halten, doch er sprudelte leider doch weiter: » Brauch doch niemand zu wissen und wir sind nicht am See. «

» Ach hör bloß auf «, mahnte sie mich, als ich nur das Wort See ausgesprochen hatte und gab mir einen scharfen Blick.

» Und wenn wir deinen Vater fragen, ganz offiziell? «

» Wenn er auch nur ahnt, dass ich was unternehmen werde, bleibt er bestimmt zu Hause, dann läuft gar nix. «

» Verflixt, ich hatte mir das so schön vorgestellt. «

Ich war sauer, gab aber noch nicht auf: » Und wenn wir das weiter mit der Schülerzeitung tarnen und eine Einladung aus Hamburg fingieren? Ich kann da sehr kreativ sein. «

» Du meinst so eine Art Schulprojekt? «

Denise hob die Augenbrauen ganz leicht nach oben, als sähe sie doch eine geringe Chance, » und weiter? «

» Wir könnten ein Auto mieten, mit Roger als Fahrer und suchen VF im Hotel auf, was sagst du? «

Sie wollte wohl noch mehr wissen, denn sie blickte weiterhin erwartungsvoll zu mir.

» Vielleicht zu fünft mit Olli und Susi, dann wird die Fahrt auch billiger und wir dokumentieren und filmen unseren Trip für die Schülerzeitung. Ganz offiziell mit Schreiben von Christine. «

Ich blickte sie leicht flehend an: » Reicht das fürs Erste? Mir ist der Gedanke auch erst vor zwei Stunden gekommen. «

» Also gut «, nickte sie, » ich werde es bestimmt versuchen. Aber die Sache muss wohl durchdacht und wasserdicht sein. «

» Wusste ich's doch «, triumphierte ich ein wenig, » hab's nämlich im Traum gesehen. «

» Ja, die Idee ist klasse «, sagte Denise, » aber auch riskant und wir müssen diesmal mit deiner Schwester aufpassen. «

» Oh ja, das stimmt «, bestätigte ich, » aber vielleicht geht sie ja auf einen Tauschhandel mit mir ein. «

Mehr wollte ich dazu nicht sagen, sondern küsste sie lieber noch die letzten Minuten, bevor sie weg musste.

Als ich nach Hause kam, stellte ich die Idee mit dem Road Movie Trip nach Hamburg gleich in die Gruppe und wollte in erster Linie von Roger wissen, ob er überhaupt fahren würde.

» Na klar, hab die ersten beiden Wochen Zeit im August «, verkündete er uns.

Susi schien von Denise schon instruiert worden zu sein und hatte ihr das Mitkommen längst zugesagt. Sie waren sogar schon dabei, am Alibi zu arbeiten, doch davon ahnte ich zu diesem Zeitpunkt noch nichts.

» Bin dabei «, schrieb sie deshalb nur knapp.

» Was war mit Olli? « wunderte ich mich und mir fiel ein, dass ich ihn heute noch gar nicht gesprochen hatte und bekam ein schlechtes Gewissen.

Aber er antwortete kurz darauf und schrieb: » Hab's mit meiner Mutter gerade abgeklärt, geht in Ordnung, bin auch dabei, geile Idee! «

Und dann schickte er noch fünf Party Emojis.

Ja, das war die Euphorie, die ich hören wollte.

» Also lasst uns ein super Alibi basteln, damit die Fahrt nicht wieder im Hausarrest endet. «

» Wir sind wieder da «, schrieb ich voller Euphorie.

Und Olli ergänzte: » Auch die Hände sind wieder da. «

In dieser Woche bastelte ich erstmal alleine an dem Tauschhandel. Das war aber wirklich nur Nebensache, denn meine ganze Aufmerksamkeit galt in erster Linie natürlich den Klausuren.

Je besser die Noten, desto mehr Argumente bei den Eltern, dachte ich mir und wollte die anderen nicht mit Gruppenchats ablenken. Sie mussten ja schließlich genauso viel lernen.

Als ich in einer Lernpause die Vorhersage für das Wochenende guckte, sah es nach viel Sonne aus. Meine Eltern wären bestimmt beim Segeln und die Situation wird wahrscheinlich zu verlockend werden, auch gleich wieder Party am See zu machen. Nachdem die meisten Klausuren geschafft waren, denkt sich meine Schwester bestimmt jetzt schon, dass wir garantiert auf dumme Gedanken kommen werden.

Ich konnte ihre Falle schon förmlich riechen, aber jetzt kommt mein Plan:

Ich täusche einen zufälligen Anruf von Roger vor, den Maike an der Tür lauschend so halb mitbekommen soll. Ich weiß, das macht sie ab und zu und denkt, ich würde es nicht bemerken. Aber auch ich habe so meine Tricks. Dann lasse ich deutlich das Wort *Kriegswähler* fallen und sage später noch *Samstag*, auch etwas lauter. Alles ganz unauffällig und rein zufällig, versteht sich. Wenn sie tatsächlich anbeißt, dann wird der kleine Fred am Samstag beobachten, wie Roger mir einen Umschlag vorbei bringt. Dann lassen wir ihn am Wohnzimmerfenster lauschen, wie Roger noch sagt, der ist für die Direktorin, da stehen die drei Namen drin.

Aber das Beste daran wäre, wenn meine Ahnung wirklich stimmt, dass die drei Kriegsstimmen in der Statistik nicht ernst zu nehmen waren. Im Endeffekt wollen doch alle Frieden.

Und mit diesem Brief und der Gewissheit, ich weiß, wer die drei Kriegswähler sind, wird sie mir aus der Hand fressen und mich und meine Pläne in Ruhe lassen. Vor allem, wenn ich verlauten lasse, dass Frau Hannewald uns sagte, dass die drei von der Schule verwiesen werden sollen.

Ich grinste und war sehr zufrieden. Jetzt muss Roger nur noch eingeweiht werden und die Operation *Tauschhandel* kann beginnen.

Nach Deutsch, Geschichte, Englisch und heute Mathe, waren die Klausuren so gut wie durch. Montag wäre dann nur noch Musik, also die Leichteste zum Schluss.

Ich hatte in der Woche auch den Köder für meine Schwester mit dem fiktiven Telefonat gelegt und saß wie üblich am Freitag genüsslich bei Eis Hennig und war voller Erleichterung.

Als nächstes kam Olli mit einem Riesenbecher.

Völlig tiefenentspannt grinste er und sagte: » Die Scheiße ist geschafft, jetzt kommt das Vergnügen, Digga. «

» Yo «, antwortete ich und ließ mir die Schokostückchen im Stracciatella Eis so richtig schmecken.

Olli hatte den Kirsch-Banane Becher mit einem Spritzer Likör genommen und bot mir an zu kosten.

Dann fragte er: » Glaubst du, deine Schwester hat angebissen und sie ist wirklich die eine von den Dreien? «

» Sicher bin ich mir nicht, selbst wenn Fred morgen wieder bei den Himbeeren hockt, heißt das noch gar nichts. «

» Sobald sie dann aber in mein Zimmer schleicht und den Umschlag findet, wird sie in ihm einen Zettel mit dem Wort *Erwischt* entdecken und dann bestimmt verhandeln wollen. «

Ich konnte sehen, dass Denise und Susi in der Schlange standen und auch gleich hier sein müssten und sagte zu Olli:

» Aber erstmal pst. «

Er nickte und schon kamen sie.

Wir standen auf und gratulierten uns gegenseitig so weit gekommen zu sein und freuten uns auf das Wochenende.

Es waren für heute schon 28°C angesagt worden und es sollten die nächsten Tage sogar über 30° werden.

Als Denise sich neben mich setzte, gaben wir uns ein Küsschen und ich fragte sie: » Bist du noch auf Bewährung, darfst du am Wochenende raus? «

» Nein, leider noch nicht, aber ihr könnt zu mir in den Garten kommen, meine Eltern sind nicht da «, betonte Denise.

» Der Nachbar hat dann immer ein Auge auf dich, stimmt's? « stellte ich fragend fest.

» Aber Besuch ist erlaubt? « wollte Olli wissen.

Denise nickte.

» Und der Pool steht noch? «

Sie nickte wieder.

» Und es ist auch Wasser drin? «

» Ja Olli und wir können auch reinhüpfen, also denkt an eure Badeklamotten. «

» Cool «, jubelte Olli.

» Das wird lustig «, freute ich mich.

Susi nickte ebenfalls und sagte: » Ein erster Vorgeschmack auf unsere Fahrt nach Hamburg. «

Ich sprach dann für Roger, dass er mit mir nachkommen würde, sobald bei uns das Haus leer ist und Fred im Garten lauert.

» Du meinst also, wenn die Falle zugeschnappt ist «, sagte Denise, die wieder sofort alles durchschaut hatte.

» Genau! «

Wir hoben unsere Eisbecher und waren voller Vorfreude.

» Jetzt sind wir am Zug «, frohlockte Olli.

Und diesmal belauschten uns keine Kids am Nachbartisch.

Letzter Schultag

Wie vermutet, fuhren meine Eltern gleich früh raus zum Boot und Maike verschwand auch wenig später zu Hannah. Jetzt war ich gespannt. Ich hatte gestern meinen Eltern beim Abendessen gesagt, dass Roger mich heute um 10 Uhr abholen würde und ich hatte darauf geachtet, dass Maike es beim Runterkommen auch mitkriegen konnte.

» Nun komm schon, Fred «, sagte ich zu mir, » wo bleibst du nur? «

Roger signalisierte mir, dass er eine Querstraße weiter bereit wäre und einen Umschlag dabei hätte.

Ich registrierte auf einmal vorne im Garten, direkt bei Mutters geliebten Hortensien, eine Bewegung. Da kroch doch jemand, na endlich.

Ich hatte die Terrassentür zum Wohnzimmer offen gelassen und wartete noch fünf Minuten, bis ich Roger das Zeichen zum losfahren gab. Jetzt war es kurz nach 10 Uhr und er klingelte.

Wir gingen ganz nach Plan vor und hofften, dass Fred uns belauscht und alles gehört hatte. Ich brachte den Umschlag nach oben und steckte meinen vorbereiteten Zettel hinein. Dann legte ich ihn in mein altes Geheimversteck, von dem ich wusste, dass Maike es kannte und griff meinen Rucksack mit den Badesachen. Wieder unten, machte Ich noch die Terrassentür zu und stieg zu Roger in den Mietwagen.

Perfekt, machte ich zu Roger das Zeichen und wir fuhren los.

Roger fuhr schnell um die nächsten drei Ecken, so konnte uns auch kein Fahrrad mehr folgen. Dann hielten wir hinter einem großen Campingwagen und warteten.

» Hi Martin, hat der miese Fred alles beobachtet? « wollte Roger wissen.

» Ich denke schon, warten wir's ab «, sagte ich.

» Du kannst jetzt hier rechts fahren «, gab ich ihm den Tipp, als er den Motor wieder startete, » dann sind wir gleich beim Haus von Denise. «

Roger stellte den Mietwagen in der nächsten kleinen Querstraße ab und wir gingen wieder nach vorn zum Eingang.

Ich konnte Olli hinter der Mauer zum Garten schon hören, der sich sofort in den Pool geschmissen haben musste und abfeierte.

Wir klingelten.

» Kommt rein und zieht die Schuhe bitte gleich aus «, sagte Denise, bevor sie mir ein Küsschen zur Begrüßung gab.

Roger war beeindruckt, es war alles so modern und großzügig eingerichtet. Das Wohnzimmer war bestimmt doppelt so groß wie bei uns zu Hause.

Susi war auch schon im Garten zu sehen und so zog ich mich vorher im Wohnzimmer mit Roger noch um, bevor wir rauskamen und Alarm machten.

» Hi «, rief ich und Olli spritzte mit dem Wasser.

» Total cool der Pool «, lachte er und freute sich über den Reim.

» Vorsicht «, klang es etwas drohend von Susi in Richtung Olli, weil sie sich gerade mit Sonnenschutz einsprühte.

Dann begrüßte sie mich und ging auf Roger zu. Wollte sie ihm etwa ein Küsschen geben? Roger wich ein wenig verlegen zurück, das hatten Denise und ich gesehen. Wir guckten uns beide ahnungsvoll an und schmunzelten.

Ich wollte jetzt aber zuerst auch ins Wasser und sprang hinein zu Olli.

» Herrlich, super Temperatur, Denise! «

Ich sah im Nachbarhaus jemand am Fenster stehen und winkte demonstrativ. Er winkte zurück und verschwand daraufhin.

» Wie stehen die Aktien «, wollte Olli von mir wissen, » hat Fred alles Wichtige mitbekommen? «

» Denke schon, ich habe mein Versteck mit einem Haar geschickt gesichert, wenn es heute Abend weg ist, dann haben wir sie. «

Wir klatschten ab und spritzten wild umher.

» Na wartet «, rief Susi, » und verabredete mit Denise, nun auch in den Pool zu kommen, um zurückspritzen zu können. «

» Na los Roger, ist noch genügend Platz «, rief ich ihm aufmunternd zu und Susi spritzte ihn an.

» Also gut «, sagte er und sprang zu uns mit einer mega Bombe, so dass fast der ganze Garten nass wurde.

Es war ihm dann aber wohl peinlich, soviel Wasser vergeudet zu haben, doch Denise beruhigte ihn: » Deswegen plantschen wir doch auch alle, dann brauch ich den Rasen später nicht zu wässern. «

Roger lachte und wir hatten riesigen Spaß.

Ehrlich, ich war abends ganz schön enttäuscht, als ich das Haar immer noch an derselben Stelle kleben sah, aber Maike war wohl auch nicht viel eher nach Hause gekommen. Vielleicht hatte sie sich nicht getraut zu suchen, weil Fred mich aus den Augen verloren hatte. Ich musste mir also für Sonntag einen Grund verschaffen, um aus dem Haus zu gehen, damit sie freie Bahn hatte.

» Papa «, sagte ich, als wir alle beim Abendbrot saßen, » darf ich mit Olli morgen zum Tennisplatz? «

» Na klar. Und du bist dir auch sicher bei diesen Temperaturen? « fragte er.

» Komm doch lieber mit uns zum Wannsee «, schlug Mutter vor, aber ich dankte ab und sagte: » Lieber nicht, muss auch noch für Musik lernen. «

» Und du Maike, musst du auch noch viel lernen? « fragte sie nun.

» Bin voll im Zeitplan. «

» Von welchem Bausenator hast du denn diesen Spruch geklaut «, haute ich raus und meine Eltern lachten.

Ich lachte nun ebenfalls und sah, wie sie ihre Faust ballte.

Olli kam schon recht früh, als meine Eltern noch am Zusammenpacken waren.

» Hallo Olli «, begrüßte ihn meine Mutter, » wie laufen die Klausuren? «

» Mutti, jetzt nicht am Sonntag über Schule reden «, meinte ich eindringlich zu ihr.

» Schon gut, Martin «, sagte Olli und antwortete: » Läuft prima, danke Frau Reimann. «

Wir spielten diesmal *best of five*, wie die Profis in Wimbledon und die Entscheidung fiel auch erst im letzten Satz. Schließlich war es Olli, der seinen ersten Matchball verwandelte, nachdem ich vorher zwei vergeben hatte.

» Gratuliere, gut gefightet. «

Ich wollte ihm erst die Hand geben, streckte dann aber den Ellenbogen vor und musste diesmal seinen Triumph einstecken.

Meiner sollte erst noch kommen, denn als ich mittags nach Hause kam, war tatsächlich das Haar verschwunden und der Zettel aus dem Umschlag war weg.

» Hast du *den* hier gesucht «, begrüßte ich Maike mit wedelndem Zettel in der Hand, auf dem Roger die drei Namen von ihr, Hannah und Fred geschrieben hatte.

» Komm nur her du kleiner... «

» Vorsicht «, unterbrach ich sie.

» Du weißt, was die Hannewald mit Herrn Liebert kurzerhand gemacht hat? « fragte ich sie und dachte: » Schachmatt. «

» Das wagst du nicht, es war doch nur ein Spaß «, wollte Maike die Situation abtun.

Aber ich konterte: » Wenn ich für das Abi ganz umsonst gelernt hätte, würde mich so ein dummer Fehler aber richtig ärgern. «

Das hatte gesessen.

» Na los du Gnom, was willst du? «

» Schon besser, geht doch. «

Ich grinste und ließ sie erstmal noch zappeln.

» Und kein Wort zu unseren Eltern «, betonte sie noch.

» Wieso, hast du etwa keine Lust auf zwei Wochen Hausarrest? « stichelte ich weiter.

» Na gut «, sagte ich schließlich, » zuerst schickst du mal diesen blöden Fred in den Kindergarten, der hat's nämlich vermasselt, dann sehen wir weiter. «

Somit sollte sich das schon mal erledigt haben.

Ich wollte diesen Triumph noch für mich behalten, schickte dann aber nur Olli die freudige Nachricht, dass ich Maike nun in der Hand hätte.

» Sie wird uns jetzt in Ruhe lassen «, schrieb ich und Olli schickte den Daumen hoch zurück.

Montagmorgen vor der Musikklausur, wollte ich Denise von der gelungenen Aktion berichten, aber sie kam mir zuvor und begrüßte mich mit den Worten: » Guck mal, was heute in der Post war, dieser Brief. «

Sie gab ihn mir. Ganz oben stand etwas von einem Management und ich las: » Sehr geehrte Frau Malroth «, das musste wohl der Nachname von Christine sein, dachte ich.

Also weiter: » Auf ihre Anfrage vom 03.07.2020 hin, hatten wir ihnen bereits gestattet, einen Bericht über den neuen Film mit Veronica Forrest zu drehen und im Rahmen einer Schüleraktion zu dokumentieren. Da Frau Forrest damals nicht nach Berlin kommen konnte, laden wir sie als Entschädigung dafür herzlich ein, uns mit einem Team in Hamburg zu besuchen. Einen Termin für ein Interview mit Frau Forrest können wir ihnen am 05. August 2020 um 16 Uhr anbieten. Wir übernehmen die Kosten für die Fahrt und würden ihnen zwei Zimmer im selben Hotel von Frau Forrest für eine Nacht buchen. Teilen sie uns bitte bis zum 19. Juli 2020 mit, wie sich ihr Interesse diesbezüglich verhält. Mit freundlichen Grüßen, usw. «

» Wow, ist ja klasse, Wahnsinn «, jubelte ich erst, » aber halt mal, 19. Juli? «

Ich bekam auf einmal einen Schreck: » Der ist doch schon vorbei! «

Langsam konnte ich ein leichtes Grinsen bei Denise erkennen, stand aber noch auf der Leitung.

» Wieso kam der Brief denn erst heute? « wollte ich wissen und guckte sie fragend an.

Jetzt kam ich völlig aus der Fassung, denn Denise konnte sich nicht mehr beherrschen und lachte schallend los.

» Wie, den Brief hast du geschrieben? « hatte ich endlich begriffen.

» Mit Susi zusammen, sieht doch amtlich aus, oder? «
Sie war total begeistert.

» Selbst du bist darauf reingefallen «, freute sie sich.

» Aber wieso das abgelaufene Datum? «

» Na Christine hatte sozusagen längst zugesagt, kann aber aus irgendeinem Grund doch nicht und ist nun auf der Suche nach jemandem, der sie vertritt. «

Ich schüttelte etwas ungläubig den Kopf: » Brillant, deshalb so spontan! Du bist großartig, das muss man dir lassen, das wird funktionieren «, war ich voll des Lobes.

» Ist zumindest den Versuch wert «, schmunzelte Denise.

Ich konnte mich kaum auf die Musikklausur konzentrieren, aber Denise mahnte mich zur Vernunft und wollte flüsternd wissen: » Ist das g-Dur oder eher e-moll? «

Ich guckte in der Partitur am Ende im Bass nach und flüsterte zurück: » Du hast recht, e-moll, aber ich glaub im Mittelteil wechselt es auf g-Dur. «

Ich schwafelte über das Thema, dass immer wieder leicht verändert auftauchte, je nach Gemütslage in Dur oder in moll und war mir sicher, Frau Wesel würde begeistert sein.

Auch Denise hatte den gleichen Ansatz genommen und war am Ende ebenfalls sehr zufrieden mit ihrer Klausur. Wir packten zusammen und verabschiedeten uns von Frau Wesel.

Die Klausur Ergebnisse der letzten Woche sollten nun, ab der ersten Pause, vor dem Sekretariat abzuholen sein. Dementsprechend lang war die Schlange bereits, als wir aus der Aula kamen. Wenn man so will, ging die Schlange mit Corona Abstand durch die gesamte Schule bis in die 2. Etage, aber es rückte voran.

Ich hatte also viel Zeit, meine Geschichte mit Maike lang auszudehnen und konnte mich nochmal tierisch freuen, wie sie mir auf den Leim gegangen war.

» Also gut «, sagte Denise zusammenfassend, » die Tarnung und deine Absicherung sind somit geschafft. «

Sie blieb weiter nüchtern und fuhr fort: » Jetzt muss ich das Ganze nur noch meinem Vater verklickern, dass es die große Chance für mich sei, jetzt schon fürs Abi die ersten Punkte mit diesem Workshop zu sammeln. «

Ich sah ein wenig enttäuscht zu ihr und wollte endlich ein Kompliment für meine Genialität hören, bevor ich ihr weiter zustimmte und wartete demonstrativ mit großen Augen.

Dann erlöste sie mich und sagte völlig unaufgeregt: » Große klasse Martin, wie du deine Schwester drangekriegt hast. «

Immer noch enttäuscht verstand ich ihre Zurückhaltung nicht recht.

» Du wolltest doch genauso, dass sie eins ausgewischt bekommt. Sie war es ja auch, die uns das 100% Ergebnis versaut hat. «

Aber Denise hatte inzwischen den Durchblick und sagte:

» Ich finde das merkwürdig. Was läuft da bloß zwischen dir und deiner Schwester? Du denkst immer nur an Rache, willst aber Frieden auf der Welt schaffen. Das passt irgendwie nicht zusammen. «

» Au Mann «, ich zuckte zusammen, » du hast ja völlig recht. « Plötzlich schämte ich mich, wie konnte es überhaupt so weit kommen? Ich versuchte laut zu rekapitulieren: » Die Fehde mit meiner Schwester begann, als ich zwei Jahre nach ihr, hier zur Oberschule kam. Wir standen immer wieder in Konkurrenz zueinander und jeder wollte unsere Eltern mehr beeindrucken, als der andere. Gemeine Sprüche und Witze die verletzten, die ersten Lügen bis hin zu Sabotage. «

Ich sah die Abwärtsspirale deutlich vor Augen.

» Und Rachepläne «, fügte Denise an, » das klingt nach Hass, der Grundstein für Krieg. «

Jetzt hatte ich es endgültig begriffen und sagte zu ihr: » Danke, du hast mir die Augen geöffnet. Ich werde das beenden. «

Inzwischen waren wir im Erdgeschoss angekommen und konnten das Sekretariat zumindest sehen. Mit Tischen hatte der Hausmeister einen Weg daran vorbei aufgebaut und Frau Hannewald kontrollierte streng den Mindestabstand.

Als wir bei ihr vorbeikamen, fragte sie mich, ob wir inzwischen in Erfahrung gebracht hätten, wer die Drei gewesen sind.

Ich machte auf bedauernd und sagte: » Das ist nicht mehr rauszukriegen, leider. «

» Ist schon gut, kein Problem, ich wollte sowieso nur mit den Schülern reden «, erwiderte sie.

Als wir endlich unsere Umschläge in den Händen hielten und im Hof zu unserem Baum gingen, küsste mich Denise plötzlich.

» Das war riesig, ganz toll Martin. Du hattest die Chance, deine Schwester richtig in Schwierigkeiten zu bringen und hast darauf verzichtet. «

» Ja, durch deinen gerade rechtzeitigen Denkanstoß. Vielen Dank nochmal. «

Olli saß schon am Baum und war sauer.

» Trotz der tollen Aktion habe ich bei Lundkauski nur eine Vier minus in der Klausur «, schimpfte er.

» Und die anderen Noten? « fragte ihn Denise.

» Die sind prima, drei Zweien und sogar eine Fins in Französisch. «

» Dann freu dich doch lieber darüber «, riet sie ihm nun.

» Also Denise hat heute den absoluten Durchblick «, sagte ich zu Olli, » hör lieber auf sie. «

» Mir hat sie eben klar gemacht, die Fehde mit meiner Schwester endlich zu beenden, weil ich mich sonst nicht wirklich ernsthaft um Frieden auf der Welt bemühen könnte. Logisch, oder? «

» Klingt irgendwie einleuchtend «, nickte Olli, » und wie sind eure Ergebnisse? «

» Physik und Mathe Eins «, sagte ich, nachdem ich meinen Umschlag aufgerissen hatte, » Englisch Drei plus und Deutsch Zwei minus. «

» Und Geschichte? « wollte Olli ungeduldig wissen.

» Ja, auch die übliche Vier minus. Na und, besser als Fünf plus, oder? «

Denise blickte anerkennend zu mir und schwärmte dann:

» Ich hab lauter Einsen, nur in Englisch eine Zwei plus. «

» Unglaublich, fabelhaft. «

Ich gratulierte ihr und auch Olli verneigte sich.

» Da kommt Susi «, rief Denise, » wie sind deine Ergebnisse? «

» Hab mich noch nicht angestellt, muss jetzt erst meine letzte Klausur schreiben, aber die Aula wird vorher noch *infiziert* «, sagte sie lachend.

Es klang ein bisschen nach Galgenhumor.

» Was ist los? « fragte Denise, die das sofort erkannte.

» Naja, ich war gestern den ganzen Tag bei Roger und hätte wohl lieber lernen sollen. «

Sie musste noch mit Bio ran. Dann zog sie einen kleinen Zettel raus und gab ihn Denise.

» Kannst du mich den noch kurz abfragen? «

Ich machte Olli ein Zeichen zum Aufbrechen und wünschte Susi noch viel Glück.

» Ja, viel Glück «, sagte auch Olli und ging mit mir zu den Fahrrädern.

» Mann, ich bin so happy, jetzt nicht mehr schreiben zu müssen «, sagte er und schnaufte tief durch.

» Ich auch «, freute ich mich und dann radelten wir heim.

Zu Hause zeigte ich meiner Mutter die Ergebnisse, sie war beeindruckt.

» Und wie war Musik heute? « fragte sie mich.

» Könnte noch eine Eins werden «, strahlte ich zuversichtlich.

» Junge, ich bin stolz, dass du dich so tapfer an den Hausarrest gehalten und fleißig gelernt hast. Hat Denise auch so gute Noten? «

» Sogar noch besser «, sagte ich beeindruckt, » sie ist unglaublich. «

» Was wollt ihr denn in den Ferien machen? « bohrte meine Mutter auf einmal. Mir viel spontan nichts Unverfängliches ein, also sagte ich: » Erstmal abwarten, wie die Zeugnisse aussehen, dann werden wir uns schon noch was überlegen. «

» Was dürfen wir denn? « wollte ich wissen, » zu fünft an den See, ist doch inzwischen erlaubt, oder? «

» Du hast recht, es gibt diverse Lockerungen. Deinem Vater würde ich von dem Plan lieber nicht vorschwärmen, er könnte noch was dagegen haben «, sagte sie, » aber ich rede heute Abend mal mit ihm. «

» Prima, Danke. «

Ich ging die Treppe nach oben, als Maike unvermittelt aus ihrer Tür in den Flur trat und mich in ihr Zimmer zerrte.

» Hast du etwa was gesagt? « wollte sie mit entschlossenem Ausdruck im Gesicht wissen.

» Hör mal Maike «, fing ich an, » was hältst du davon, wenn wir das *Kriegsbeil* endlich begraben? «

Ich musste grinsen, weil die Bezeichnung in unserem Fall nicht besser hätte passen können.

» Du meinst, weil wir für Frieden sind? «

» Genau! Wir lassen ab jetzt den anderen in Ruhe sein Ding machen und stehen nicht mehr in Konkurrenz zueinander «, sagte ich.

» Und die gemeinen Sprüche? « fragte sie.

» Ich werde versuchen mich zu beherrschen, einverstanden? «
Ich reichte ihr die Hand entgegen.

Sie zögerte kurz, aber gab mir dann auch die Hand.

» Frieden! «

Na bitte, dachte ich, so einfach geht das mit dem Frieden. Man
muss nur aufeinander zugehen und vergeben können.

Ich war echt stolz, dass geschafft zu haben und ging rüber in
mein Zimmer. Dort schickte ich Denise gleich eine Nachricht.

» Habe mit Maike Frieden geschlossen, was sagst du nun? «

Sie schickte mir Applaus in Form von einigen Emojis und war
begeistert.

» Wurde auch Zeit. «

Am Dienstag hatten wir uns in der zweiten Pause mit den
Lehrern verabredet. Sie hätten etwas für uns und wollten mit
uns sprechen.

Also trafen wir uns wieder am Lehrerzimmer und klopften.
Diesmal war es richtig voll, denn die Lehrer schienen das Ende
des Schuljahres auch etwas zu feiern.

» Setzt euch erstmal dorthin «, sagte Frau Özkan und deutete
auf den runden Tisch ganz hinten im Zimmer, » Herr
Lundkauski und Frau Borchert kommen auch gleich. «

Wir schlängelten uns vorsichtig an den Lehrern vorbei zu dem
Tisch und setzten uns.

» Die freuen sich ja mehr als wir über die Ferien «, bemerkte
Olli.

Denise war auch überrascht und bedankte sich für die
Zustimmung, die wir für unsere Wahlaktion von vielen
bekamen.

Jetzt betraten Herr L. und Frau B. das Lehrerzimmer, freuten sich als sie uns sahen und kamen an den Tisch. Frau Özkan hatte inzwischen einen großen Stapel Blätter geholt und setzte sich dann ebenfalls zu uns.

Sie sagte: » Wir haben eure Wahl genau mitverfolgt, hat ja super geklappt. «

» Diese Art der Abstimmung könnte Schule machen «, nickte Herr L., » und da ihr vorhabt, die ganze Welt zu erreichen... «

» haben wir eure Aussagen und Informationen von der Webseite in viele verschiedene Sprachen übersetzt «, vervollständigte Frau B. den Satz und meinte noch: » So könnt ihr schon die meisten Menschen auf der Welt ansprechen. «

Ich war sprachlos und deshalb antwortete Denise: » Das ist ja wunderbar. Wir hatten schon überlegt, wie wir das hinbekommen könnten. «

» Erste Sahne «, ergänzte Olli und Susi applaudierte.

» Nein, ihr habt den Applaus verdient. So eine tolle Initiative unterstützen wir natürlich sofort «, sagte Herr Lundkauski.

» Frau Hannewald war auch angetan und würde euch sicherlich ebenfalls dabei helfen «, ergänzte Frau Özkan.

Ich hatte meine Sprache inzwischen wiederbekommen und dankte nun auch vielmals.

Wir brachten den Stapel zu Roger, der aber sofort abwinkte:

» Könnt ihr vergessen, das tippe ich nicht alles ein. «

» Es kann doch jeder einen Teil übernehmen «, schlug Olli vor,

» und vielleicht übernimmt Susi auch noch den von dir? «

Er hatte inzwischen wohl auch begriffen und grinste zu Roger.

» Dann ist das also kein Geheimnis mehr? « sagte Roger und guckte Susi an.

» Wenn selbst Olli es weiß, dann wohl nicht mehr «, bestätigte sie ihn.

» Gut, jeder einen Teil «, akzeptierte Roger den Kompromiss.

» Wär natürlich von Vorteil, wenn wir die meisten Sprachen schon fertig hätten, bevor wir VF aufsuchen, oder was meint ihr? « fragte ich in die Runde.

Nachdem sich niemand mehr dazu äußerte, bat ich Denise, Olli ihren Brief zu zeigen, mit den Worten: » Er kennt die super Nachricht ja noch gar nicht. «

Es fiel mir schwer, ernst zu bleiben und auch Susi musste mit ihrem Gesichtsausdruck aufpassen. Nur Denise spielte das Ganze lässig durch.

» Stimmt ja, guck mal, den hatte Christine vom Management bekommen, nachdem sie die Anfrage für das Interview von Susi und Roger geschrieben hatte und VF leider nicht erschienen war. «

Sie gab Olli den Brief und erwähnte noch: » Christine kann aber im August nicht. «

Olli fing an zu lesen und man sah, wie seine Augen immer größer wurden. Er musste gerade bei den Fahrtkosten und der Hotelübernachtung angekommen sein, denn er konnte seine Begeisterung nicht mehr kontrollieren.

» Und wir fünf fahren stattdessen, stimmt's? «

» Stimmt «, sagte ich, » aber wir zahlen die Fahrt trotzdem selber. «

» Wieso denn «, protestierte Olli.

Susi konnte sich nicht mehr beherrschen und es brach aus ihr heraus: » April, April! «

Olli guckte ungläubig », was soll das denn heißen? «

» Der Brief ist ein Fake, den haben Denise und ich uns ausgedacht «, triumphierte sie.

» Ernsthaft? « Olli schien es noch nicht wahrhaben zu wollen.

» Und was ist mit dem Interview? «

» Müssen wir jetzt selber organisieren «, meinte Denise ernst.

» Dann ist das also nur die Tarnung für deinen Dad, ja? «

» Genau. « Sie nickte und kicherte: » Martin ist auch voll drauf reingefallen. «

» Hey, sorry Mann, wollte sehen, ob es dir auch so ergeht «, meinte ich versöhnend, « aber Olli war noch etwas verstimmt.

» Wir versuchen einfach alles genauso zu planen, wie es auf der fiktiven Einladung steht und fahren am 05. August nach Hamburg «, meinte Roger.

» Ja, auf nach Hamburg «, stimmten wir zusammen ein.

Soweit war es zwar noch nicht, aber Hamburg warf seinen Schatten schon voraus. Wir mussten uns nun alle darauf vorbereiteten und jeder hatte seine eigene Aufgabe für zuhause bekommen. Und nicht zuletzt mussten wir die ganzen Texte mit den unterschiedlichen Sprachen noch zusammenstellen und abtippen.

» Die hätten uns ruhig einen Stick geben können «, nörgelte Olli, weil er auch keine Lust aufs Abtippen hatte.

» Geht doch noch «, beschwichtigte ich ihn, » gibt deutlich Schlimmeres. «

Wir fuhren von Roger aus wieder im Korso hintereinander her nach Hause. Als wir an einer Ampel hielten, konnte ich bei allen die Vorfreude sehen.

» Das wird so großartig «, sagte Ich überschwänglich.

» Fragst du deinen Vater heute noch? « wollte Olli von Denise wissen.

» Nein, lieber erst mit dem Zeugnis in der Hand. «

» Und du hast den Brief auch nicht bei Roger gelassen? « erinnerte ich sie.

» Hab ihn dabei, danke, werde aber sowieso noch einmal alles auf schönerem Papier ausdrucken. «

» Echt toll gemacht «, sagte Olli noch einmal anerkennend, » natürlich wird dich dein Dad fahren lassen, erst recht bei den Zensuren! «

Susi nickte ebenfalls und dann fuhren wir weiter, bis zu der Kreuzung, an der wir uns trennen mussten.

» Also dann, bis morgen in der Schule, tschüss «, riefen wir uns zu.

Es war der letzte Schultag und alles schien bereitet, für einen versöhnlichen Abschluss von diesem seltsamen Corona Halbjahr. So große Überraschungen würde es nicht geben, was die Zensuren anging, denn die Klausuren waren mehr als die halbe Miete. Es ging nur um einzelne Punkte, die einem die Lehrer gut tun oder abziehen wollten.

Ich war sehr neugierig auf Geschichte und tatsächlich, Herr Lundkauski hatte mir doch noch Gutes getan. Meine Zensur war immerhin eine Vier plus und somit sechs Punkte, so gut wie noch nie.

Olli bekam eine glatte Vier und war auch zufrieden.

Aber Denise war echt die Krönung. Alles zwischen 12 und 15 Punkten, keine Schwäche. Durfte sie auch nicht haben, sonst wär's zu Hause ungemütlich geworden.

Sie war voller Zuversicht und gestärkt für das Gespräch mit ihrem Papa.

» Jetzt kann er wirklich nicht mehr mäkeln «, befand sie und wir stimmten ihr zu.

Susi schien nicht so wahnsinnig interessiert an ihren Noten zu sein. Sie war auch schon ein Jahr älter als wir und hatte sich längst deutlich unabhängiger von ihren Eltern gemacht. Dementsprechend hielt sich ihre Euphorie in Grenzen.

Sie wollte sich am liebsten gleich mit Denise treffen und weiter am Kontakt zu VF arbeiten.

» Sagst du mir gleich Bescheid, wenn du mit deinem Vater gesprochen hast? Ich komme dann später noch zu dir «, sagte Susi und Denise nickte.

» Mir sagst du auch bitte Bescheid «, sagte ich.

Olli zog mich daraufhin ein bisschen auf und wiederholte mit verstellter Stimme, die wohl meiner ähnlich sein sollte:

» Und mir sagst du auch bitte Bescheid. «

Denise empfand auf einmal ganz schön großen Druck und sagte nur kurz angebunden: » Ich schreib euch in die Gruppe und jetzt lasst mich bitte in Ruhe damit. Habt ihr nicht auch noch Sachen vorzubereiten? «

Wir verstanden den Wink und wechselten das Thema.

Die Glocke klingelte das letzte Mal für uns und die Ferien standen vor der Tür. Wir stürmten raus, verabschiedeten uns noch von einigen Lehrern und fuhren sofort nach Hause.

Ich hatte folgende Aufgaben übernommen, um die ich mich kümmern sollte. Die Route zu planen, einen Zeitplan festzulegen und später dann die Lebensmittel für die Fahrt zu besorgen.

Olli sollte sich um die Ausrüstung, sprich Kamera, Mikrofon, Aufnahmegerät und einen Scheinwerfer kümmern.

Das meiste davon müsste er von Christine bekommen können, die sich vorsorglich das ganze Schulequipment über die Ferien ausgeliehen hatte.

Na klar, Denise und Susi waren für den Termin zuständig und wollten direkt Kontakt zu VF aufnehmen, um das Interview am 5. August fest zu machen.

Und Roger musste die Webseite international aufpeppen und die ganzen Länder integrieren.

Viel zu tun, aber erstmal hing alles an Denise.

Ich hätte am liebsten gelauscht wie der kleine Fred, um direkt dabei sein zu können. Kümmerte mich dann aber doch um meinen eigenen Zettel und wartete auf ihre Nachricht.

Als mein Vater am Nachmittag von der Arbeit kam, begrüßte ihn meine Mutter und schwärmte: » Unser Sohn hat sich richtig ins Zeug gelegt, sieh nur, seine Zensuren sind besser als deine damals. «

Ich war gespannt auf seine Reaktion.

» Zeig mal her «, er brummelte etwas in seinen Bart, nickte ab und zu und sagte dann: » Ich gratuliere, Martin, da hast du dir ein paar Freiheiten verdient. Wenn du weiter vorsichtig bist und dich an die Corona Regeln hältst, dann kannst du in den Ferien machen, wozu du Lust hast. «

Ich guckte etwas ungläubig zu Mutti, die sich nun für mich freute.

» Aber nicht vergessen, du bist für dich selbst verantwortlich. Also denke auch an mögliche Konsequenzen und mach keine Dummheiten. «

Ich versprach, mich an die Regeln zu halten und war heilfroh, dass ich schon mal dabei sein konnte.

Der Vater von Denise hatte meist lange zu arbeiten, daher wurde ich noch nicht unruhig und ich wollte auch nicht mit irgendeinem Summen ihr Gespräch stören, was vielleicht gerade jetzt stattfand.

» Geduld, hab Geduld «, ermahnte ich mich, aber leichter gesagt als getan.

Ich starrte auf mein Handy und sah auf einmal im Gruppenchat: » Denise schreibt... «

Jetzt wurde ich völlig unruhig und nervös, was schreibt sie nur?

Endlich, es summte.

» Ich bin dabei und darf mitkommen, Yippie! « schrieb Denise, » Papa war beeindruckt von meinem Zeugnis und endlich mal angetan von meiner neuesten Berufsidee. Gegen eine zukünftige Journalistin hatte er nichts einzuwenden. «

Susi antwortete gleich als Erste: » Klasse, bin schon auf dem Weg zu dir, bis gleich. «

Olli und Roger machten es kurz und schickten jeweils ein paar fröhliche Emojis.

Ich brauchte noch und schrieb fast einen Roman, fand aber die richtigen Worte nicht. Dann verwarf ich nochmal alles und fing neu an.

» Denise, du bist die Beste, nun kann nichts mehr schief gehen. «

Und privat schickte ich ihr noch ganz viele Küsschen.

Sie dankte mir und wollte noch wissen: » Sehen wir uns denn morgen? «

Woraufhin ich zurück schrieb: » Unbedingt, melde dich, wenn du Zeit hast. «

Daumen hoch, schickte sie dann, ebenfalls mit ganz vielen Küsschen.

Endlich mal ein Tag um wieder runter zu kommen. Es waren zehn Tage mit viel Action gewesen und ich wollte mir gerade ein Schaumbad machen, als Denise mich noch davon abhielt.

» Wie sieht's aus, magst du rumkommen? Wollen wir wieder in den Pool gehen? « fragte sie.

Viel besser als Badewanne, dachte ich, schnappte meine Badehose und sprang die Treppe hinab. Schnell aufs Rad und schon war ich weg.

Statt zu antworten, wollte ich klingeln. Aber es war wohl etwas zu schnell, denn ich sah Denise vor dem Haus, wie sie sich gerade von ihren Eltern verabschiedete. Ich konnte noch rechtzeitig bremsen und um die Ecke biegen, bevor sie mich sehen konnten.

» Tschau, Kleine «, rief ihr Vater, stieg zu seiner Frau ins Auto und fuhr los.

Als sie außer Hörweite waren, klingelte ich aus der Nebenstraße und wusste, dass Denise meinen etwas spezielleren Klingelton kannte. Dann schmulte ich um die Ecke und sah, dass sie interessiert auf das Geräusch zuging. Ich wollte mich erst wieder hinter den Autos verstecken, so wie damals, als wir kurz vorm Zusammenkommen waren, entschied dann aber, sie direkt in den Arm zu nehmen.

Sie grinste, als sie um die Ecke kam und mich sah.

» Ich dachte schon, du steckst wieder hinter den Autos. «

» Jetzt nicht mehr «, grinste ich zurück und sie gab mir einen langen Kuss.

» Das war knapp, beinahe hätten mich deine Eltern noch gesehen «, sagte ich, um nach Luft schnappen zu können.

» Lass uns lieber reingehen «, meinte Denise und blickte sich nochmal um. Sie sah das Auto vom Nachbarn dort stehen und sagte bedauernd zu mir: » Schade, dass Herr Rhönnebach wieder zu Hause ist und aufpasst. Ich glaube, er beobachtet mich inzwischen schon aus eigenem Antrieb. «

» Hast du Angst vor ihm? « wollte ich wissen und sie nickte.

» Solange er immer nur hinter der Balkontür steht und guckt, geht es noch, aber trotzdem ist er mir irgendwie unheimlich. «

Wir schlichen leise in den Garten und wollten uns unbemerkt in den Pool gleiten lassen, aber wer stand natürlich wieder da oben? Herr Rhönnebach!

Ich versuchte wieder den Trick mit dem Winken, aber es dauerte nicht lange und er stand erneut da.

So ein Mist, dass könnte anstrengend werden, dachte ich, andauernd hoch zu winken und das auch noch beim Küssen.

Wir hielten uns daher nur ganz anständig am Rand des Pools fest und paddelten auf dem Rücken liegend leicht mit den Beinen, damit wir nicht absanken.

Völlig relaxt sagte ich zu Denise: » Weißt du noch, als wir Kinder waren und deine Geschwister noch hier waren, da waren wir auch öfter im Pool. Warum ist damals eigentlich nichts aus uns geworden? «

» Ja, gute Frage «, antwortete sie, » ich weiß aber noch, dass ich dich toll fand. Und an den Tag auf dem Boot bei euch, kann ich mich auch noch erinnern. Aber Irgendwie muss es damals Stress gegeben haben und deshalb schickten mich meine Eltern auf eine andere Oberschule. «

» Deswegen? «

Ich überlegte, denn ich konnte mich schließlich auch noch bestens an den Tag erinnern, aber dass da mit unseren Eltern etwas war, wusste ich nicht mehr.

» Wir wollten ja sowieso bald umziehen, da wäre die neue Schule näher gewesen «, sagte sie.

» Und dann kam doch alles ganz anders und wir blieben hier. «

Ich sah sie an und bemerkte, dass sie etwas traurig wurde.

» Ich hatte große Schwierigkeiten mit den Mitschülern auf dieser blöden Schule «, fuhr sie fort, » und als es hieß, dass sie nicht mal einen Musik Leistungskurs anbieten würden, stand für mich fest, die Schule zu wechseln. «

Dann wollte sie das Thema beenden und sagte abschließend: » Dadurch bin ich glücklicherweise doch noch auf deine Schule gekommen, zwar in eine Parallelklasse, aber alles ist auf einmal so schön. «

Sie gab mir ein kleines Küsschen und stieg aus dem Pool.

Ich plantsche nun wild herum, um den Rasen zu wässern, als sie » nun komm schon « energisch, aber nicht zu laut, sagte.

Ich begriff endlich und bat sie um ein Handtuch, als ich zu ihr auf die Terrasse kam.

» Kann ich dir gleich geben «, sagte sie, » einen Moment. «

Sie warf mir eins von oben aus dem Fenster runter.

Das » Vorsicht « kam fast ein bisschen spät, aber ich hatte die Situation rechtzeitig erkannt und es aufgefangen. Dann trocknete ich mich ab und ging hoch in ihr Zimmer.

Sie war beim föhnen und ich fing langsam an mich zu fragen, wie lange das wohl noch dauern würde, als sie sich fertig gestylt neben mich auf die Couch setzte.

» Du siehst toll aus «, sagte ich und konnte mir ein Späßchen übers Föhnen gerade noch verkneifen.

Sie bedankte sich für das Kompliment und wollte mir gerade etwas näher kommen, als ihr Handy summte.

» Das war ja klar «, sagte sie nun leicht enttäuscht und sah auf ihrem Display nach.

» Ist von Susi, so ein Pech, sie steht schon unten vor der Tür. Würdest du ihr bitte aufmachen, ich komme gleich nach. «

» Na klar «, antwortete ich und ging runter an die Tür.

Irgendwie brach gleich wieder Hektik aus, als Susi reinkam.

» Martin «, freute sie sich, als sie mich unerwartet sah, » hast du unseren Chat mit VF schon gelesen? Ist doch cool, oder? «

» Bin noch nicht lange hier, wir sind noch nicht dazu gekommen «, entgegnete ich ihr.

» Hab ich euch bei etwas gestört? « fragte sie ein bisschen schelmisch.

» Ha, ha «, sagte Denise von oben kommend.

» Du wolltest doch längst hier sein und ich dachte, wir zeigen Martin den Chat zusammen. «

Susi ließ es darauf beruhen und wir setzten uns ins Wohnzimmer an den Tisch. Dann machte sie den Fernseher an und ging so ins Internet, um ihren Instagram Account zu öffnen.

» Du hattest ein tolles Näschen «, machte mir Susi ein Kompliment, » ich kannte Veronica Forrest vorher eigentlich noch nicht. «

Jetzt war ich sehr gespannt.

Denise las laut vor, auch wenn wir selber alles gut erkennen konnten.

Ich genoss es, sie so euphorisch zu sehen. Jedenfalls ging es um ein Statement von ihr zu unserer Webseite über Frieden und Krieg. Und was sie da antwortete, war wirklich einleuchtend und ermutigend.

» Wir dachten zuerst, dass es bestimmt nicht von ihr selbst kommt «, meinte Susi, » denn normalerweise haben solche Promis immer jemand, der für sie das Antworten übernimmt. Aber dann gab sie sich deutlich zu erkennen und es klang authentisch. «

» Was hältst du davon «, wollten beide neugierig von mir wissen.

» Wir sind an ihr dran, das denke ich schon, aber jetzt müssen wir konkret werden. «

» Wollen wir die Geschichte mit der Schülerzeitung aufrecht halten? « fragte Denise.

» Oder den direkten Weg versuchen und sie einweihen? « sagte Susi.

» Wir können uns nicht entscheiden. «

Ich dachte nach und meinte: » Wie wär's mit einer Mischung aus beidem. Wir legen alle Karten auf den Tisch. Auch die Problematik mit unseren Eltern und dass wir deshalb das Ganze als Schüleraktion tarnen müssen. «

Beide nickten etwas überrascht und waren sich dann einig:
» So ist es wirklich am besten, danke Martin. VF wird das bestimmt verstehen. «

Der Road Trip

Der 5. August entpuppte sich tatsächlich als echter Glücksgriff, denn VF hatte an dem Tag Drehpause und lud uns ein, sie in einem Café in Hamburg zu treffen. Kein Scherz diesmal. Alles andere mussten wir aber selber organisieren und zahlen.

Als wir uns bei Roger diesen Montag trafen, war auch nicht mehr so viel Zeit.

» Also, was haben wir? « fragte ich in die Runde.

» Du meinst Geld? « fragte Olli zurück.

» Von mir aus, fangen wir mit dem Geld an «, sagte ich.

» Wieviel brauchen wir denn, Zweihundert? «

» Das könnte knapp werden «, schaltete sich Roger ein.

» Als ich vor zwei Jahren mit Peter und Alex da war, sind wir mit 200 € nicht sehr weit gekommen. «

» Was habt ihr denn in Hamburg gemacht «, wollte Susi neugierig wissen und bereute ihre Frage bereits.

Aber Roger hielt sich bedeckt und sagte: » Wir waren bei einem Konzert. «

» Habt ihr dort in der Jugendherberge geschlafen? «

» Theoretisch ja, aber wir kamen erst nach 7 Uhr morgens zurück und mussten um Zehn wieder raus sein. Für fünf Personen gibt es bestimmt ein Gruppenticket, nur wer hat Geld? « fragte Roger in die Runde. » Ich kann mir nach dem Umzug und durch den neuen Bildschirm nichts mehr leisten. «

» Also gut «, fing Susi an, » wenn wir die Tarnung offiziell beibehalten und tatsächlich ein Roadmovie drehen, dann könnten meine Eltern als Finanziers auftreten und die Fahrt steuerlich absetzen. Es scheint mir manchmal, als gäbe es für die beiden nichts Wichtigeres, als Sachen von der Steuer abzusetzen. «

» Die Idee klingt doch gut «, meinte Olli, » also brauchen wir diesmal eine echte Einladung von VF. «

» Ich glaub, das würde sie schon machen «, meinte Denise.

» Wieviel würden deine Eltern denn springen lassen? « wollte Olli nun wissen, » vielleicht müssen wir ja gar nicht in eine Herberge. «

» Du meinst richtig groß aufziehen das Ganze «, überlegte ich laut, » wieso nicht? «

» Also Susi, du checkst deine Eltern, wenn sie mal da sind und versprichst ihnen Steuersenkung. Mal sehen, ob das klappt. Gibt es sonst noch einen Plan B? « fragte ich.

» Die Briefmarkensammlung meiner Eltern heimlich verkaufen, plus doch die Jugendherberge «, witzelte Roger.

» Ist die heutzutage überhaupt noch was Wert? « fragte Susi.

» Eher nicht «, meinte Olli zu ihr, » du siehst, Plan A muss also klappen, denn du willst doch bestimmt nicht in so einer Herberge übernachten. «

» Gut erkannt «, antwortete sie.

» Was ist mit dem Auto? Hast du eine Kreditkarte für die Mietkaution, Roger? « fragte ich ihn.

» Wenn wir wieder ein Miles Auto nehmen, geht das klar. «

» Bis Hamburg und zurück, was würde das Kosten? « wollte ich nun wissen.

» Kommt drauf an, wie viele Tage und jeweils wie lange wir es brauchen. Kann sein, dass es ab dem dritten Tag deutlich günstiger wird. «

» Dafür kommt dann aber eine zweite Übernachtung hinzu «, sagte Susi und kalkulierte für ihre Eltern, » also summa summarum 1.000 €. Kommen wir damit hin? «

» Das nenne ich ein Wort «, sagte Roger, » wenn du die auftreiben kannst, dann wird es eine Supertour mit allem Komfort für dich. «

» Dann seht mal zu, dass VF uns eine Einladung schickt und wir eine offizielle Rechnung von Christine für die Buchhaltung deiner Eltern bekommen «, folgerte Olli.

» Jetzt noch die Webseite. Wie viele Länder haben wir inzwischen fertig? « fragte ich weiter.

» Die acht wichtigsten Sprachen sind drin, selbst Chinesisch. Damit können wir den Großteil aller Länder ansprechen. Dazu noch zehn spezielle afrikanische, soviel fehlt also nicht mehr. Die arabischen Schriften bereiten mir noch etwas Probleme. «

» Beim nächsten und letzten Treffen vor der Fahrt muss dann alles passen «, sagte ich und beendete die Sitzung mit den Worten: » Soweit so gut. «

» Wir kommen dem Termin mit VF immer näher «, sagte Denise.

Und Olli ergänzte noch: » Alle Ampeln sind auf grün. «

Denise hatte indes einen Brief von der Schule erhalten, in dem stand, dass es bei den 14 Punkten in Mathe auf ihrem Zeugnis eine Verwechslung gegeben hatte. Wie sich später herausstellte, waren es nur 12 Punkte, die korrekt waren. Deshalb musste sie noch einmal zur Hannewald.

» Halb so wild, ein bisschen überrascht war ich eh von der Eins gewesen «, sagte sie zu mir, » und dann werde ich ihr auch gleich von der geplanten Dokumentation erzählen und sie kann uns, wenn nötig, Rückendeckung geben. «

Ich musste irgendwie lachen, nicht wegen ihrer Zensur, sondern weil es für die einen ein Roadtrip war und für andere eine Dokumentation. Ich hatte aber das Gefühl, Denise hätte mein Lachen falsch gedeutet, deshalb erklärte ich ihr sofort den Grund.

» Ist trotzdem ein super Ergebnis, sei nicht enttäuscht. «
Diesmal lag ich richtig mit meiner Reaktion, denn sie dankte mir mit einem Kuss und sagte: » Hast recht. «

» Alle Ampeln blieben weiter grün «, um bei Ollis Worten zu bleiben, denn Susi machte das Unmögliche wahr.

Sie hatte tatsächlich 1.000 € bei ihren Eltern locker gemacht, damit wir eine super Doku drehen konnten. Ihr Vater gab uns sogar noch seine amtliche Digitalkamera mit, somit waren wir Hi End ausgerüstet.

Olli war total begeistert und ich glaube, er hatte es sich auch so vorgestellt, die meiste Zeit hinter der Kamera zu sein, um zu filmen. Alles sollte aus seinem Blickwinkel betrachtet werden. Die Idee überzeugte uns, denn dadurch brauchten wir anderen nicht so viel filmen.

Als nächstes eröffnete Roger ein Konto und zahlte mit Susi die ganze Summe ein. Er nannte es Friedenskonto, denn hier sollten später die Spenden eingezahlt werden. Mir gefiel der Name gut.

Das war also unser Startkapital.

Wir bekamen zwei EC-Karten, wovon Roger eine übernahm. Für die andere bestimmten wir Denise. Das war Susi sehr wichtig und somit abgehakt.

Wir hatten uns auch schon ein Ibis Hotel in der Nähe rausgesucht und zwei Zimmer für zwei Übernachtungen reservieren lassen.

Von Mittwoch bis Freitag, drei coole Tage Urlaub ohne die Eltern.

Ich freute mich schon und wäre am liebsten gleich losgefahren.

Die Einkaufsliste stand soweit fest. Ich hatte eine große Kühlbox von meinen Eltern organisiert und schrieb noch Kühlakkus auf den Zettel. Nachdem wir gestern bei Roger die letzten Einzelheiten geklärt hatten und es keine Probleme mehr gab, hätten wir durchaus heute schon fahren können. Meine Eltern waren nämlich bereits seit gestern weg und mit meiner Schwester war vereinbart: » Kein petzen mehr. «

Ich drehte Däumchen und sah mir nochmal die E-Mail von VF an. Denise hatte sie an alle weitergeleitet.

Sehr geehrte Frau Malroth, Ich würde mich sehr freuen, mit ihnen und ihrem Schülerteam ein Interview zu machen und lade sie herzlich zu einem Besuch bei mir nach Hamburg ein. Als Termin kann ich leider nur noch den 05. August 2020, ab 16 Uhr, anbieten. Es wäre schön, wenn sie den Termin wahrnehmen könnten und bin schon sehr gespannt auf ihren Besuch. Mit lieben Grüßen, Veronica Forrest.

Als ich ihre Unterschrift nochmal las, schüttelte ich leicht ungläubig den Kopf.

Wer hätte gedacht, dass mein Traum und meine Vision schon so viel an Realität bekommen würden. Selbst die Idee, eine prominente Persönlichkeit für uns zu gewinnen, schien zu funktionieren. Echt toll!

Ich goss nochmal die Blumen im Haus und das dauerte, denn es standen überall welche. Mutti hatte mich bestens instruiert und ich pokerte, indem ich drei Tage nicht gießen konnte. Eigentlich bräuchten sie jeden Tag Wasser, meinte sie noch und deshalb goss ich richtig viel in die Töpfe. Bei einigen kam unten natürlich ganz viel wieder raus und lief über den Teppich, ups. Ich versuchte mit Handtüchern wieder alles zu trocknen und hatte somit doch noch meine Beschäftigung für heute Abend gefunden.

Es war fast Mitternacht geworden, als ich endlich damit fertig war. Hat zwar eine Stunde länger gedauert als vermutet, aber nun gut. Ich beruhigte mich wieder, denn noch waren sieben Stunden übrig, die ich zum Schlafen hatte, bis der Wecker klingeln würde.

Und endlich klingelte er. Ich war durch die Vögel zwar schon vorher wach geworden, aber dennoch frisch und voller Tatendrang.

Erstmal duschen, frühstücken, Kulturbeutel packen und den Rest in den Rucksack stopfen, was halt noch rein muss, plante ich und natürlich immer gucken, ob sich im Gruppenchat was tut.

Roger schrieb nun: » Bin unterwegs. «

Das heißt, er hat den Wagen und fährt bei sich los. Dann sammelt er uns nacheinander ein und von Susi aus geht's dann auf die Autobahn.

» Bin bei Olli «, kam als nächstes, weil er auf der Route als erster lag.

» Bin drin «, schrieb Olli nun, » wir fahren weiter. «

Dann war ich an der Reihe. Letzter Kontrollgang, hab ich auch nichts vergessen?

Ich sagte dann noch zu meiner Schwester, dass ich die nächsten zwei Nächte nicht zu Hause bin und versschwand aus dem Haus.

Dann sah ich einen schwarzen Kombi um die Ecke biegen.

Kurz darauf bekam ich auf meinem Handy die Nachricht von Olli: » Sind bei Martin. «

Wir hievten die schwere Kühlbox mit den ganzen Getränken und dem Proviant in den Kofferraum.

Ollis Kameraausrüstung und der Scheinwerfer nahmen bereits viel Platz in Anspruch. Zusammen mit der Kühlbox und unseren Rucksäcken war der Kofferraum schon fast voll.

Ich stieg mit den beiden wieder ein und schrieb nun meinerseits in die Gruppe: » Bin drin, wir fahren weiter « und gleich darauf, » sind bei Denise. «

Wir stiegen wieder alle aus und begrüßten sie. Dann sah ich die große Tasche von Denise und dachte, das wird eng. Wir bekamen sie aber gerade noch hinten reingequetscht.

» Bin drin «, schrieb nun Denise, » wir kommen gleich. «

Sie hatte zwischen Olli und mir auf der Rückbank Platz genommen und wir begannen zu feiern.

» Los, Olli, schmeiß die Kamera an «, rief ich, aber Roger bat uns noch zu warten.

» Ich muss mich hier noch ganz schön auf den Verkehr konzentrieren «, erklärte er uns.

Wir verstanden und hielten uns dementsprechend zurück.

» Sind bei Susi «, schrieb Denise und grinste schon, als sie Susi sah. Ich sah nur ihre Tasche, die noch viel größer war als die von Denise und dachte, die passt nie und nimmer hinten rein.

Nachdem wir eine halbe Stunde damit verbracht hatten, den gesamten Kofferraum neu zu sortieren und immer mehr Klamotten in der Kühlbox und in der Kamerakiste landeten, schafften wir es doch noch, die Heckklappe zu schließen. Mit der Folge, dass wir die ganze Fahrt über unser Handgepäck auf dem Schoß und somit voll im Bild hatten. Dann hüpfte sie neben Roger, machte den Sitz netterweise noch weiter nach vorne und postete: » Bin drin, los geht's! «

Wir fuhren nochmal rechtsrum zur Tankstelle, obwohl uns das Navi zum linksabbiegen aufforderte und nun ständig wiederholte, dass wir wenden sollen, um auf die Autobahn zu kommen.

Als Roger nun an der Zapfsäule stand und voll tankte, lästerten wir über die Computerstimme und machten Witze.

Ich erklärte noch einmal den Ablauf für die Aufnahme, dass jeder sich nacheinander vorstellt und meinte zu Olli: » Ich denke, du kannst dann gleich loslegen, wenn du magst. «

» Ist gut «, sagte er, wartete aber noch, bis ihm Roger nach dem Bezahlen sein Ok gab. Er brachte die Kamera in Position, drückte auf Aufnahme und zog dann etwas Komisches aus Holz hervor: » Roadtrip for Freedom die Erste «, sagte er und machte mit dem Holzteil ein klatschendes Geräusch.

» Hab ich selbst gebastelt «, sagte er, » weil wir immer noch etwas erstaunt drein blickten. «

» Klein aber fein «, sagte ich, » und wir haben eine Klappe. « Daraufhin sagte Olli nochmal: » Roadtrip for Freedom die Zweite « und klatschte wieder mit der Miniklappe.

Dann sagte er im Erzählerstil: » Hallo, wir sind « und lenkte die Kamera auf Denise mit ihrem roten Täschchen und sie sagte:

» Denise Ehlert, 10. Klasse. «

Er schwenkte weiter zu mir und meinem etwas abgeranzten braunen Rucksack und ich sagte: » Martin Reimann, 10. Klasse. «

Als nächstes kam Susi an die Reihe. Doch weil selbst ihre Handtasche deutlich größer war als normal, hatte Olli die ganze Zeit die darauf abgebildete Sonnenblume vor der Linse.

» Ich bin Susanne Ahrendt, auch Zehnte. «

Roger schaute nun kurz in den Rückspiegel, den Olli inzwischen mit der Kamera fokussierte, weil er ihn nicht besser ins Bild setzen konnte und sagte dann: » Ich bin Roger Reimann, Cousin von Martin. «

» Und ich «, sagte Olli und gab die Kamera kurz zu mir rüber, damit man ihn auch richtig im Bild sehen konnte, » bin Olliver Brandt, auch noch in der Zehnten. «

Obwohl, wir waren ja jetzt offiziell im Kurssystem angekommen und hatten mit den Zeugnissen bereits die mittlere Reife erreicht.

Olli übernahm wieder und erzählte weiter von unserem Vorhaben, Veronica Forrest in Hamburg aufzusuchen und mit ihr ein Interview für die Schule zu machen. Dabei zoomte er auf das Navi, um unsere Reiseroute zu zeigen.

» Das Thema unserer Dokumentation soll Frieden sein und mit einer bemerkenswerten Schülerwahl haben wir auf uns aufmerksam gemacht. Die Lehrer unserer Schule unterstützen unser Projekt und selbst die Direktorin hat sich für das Engagement bedankt. «

» Jeder Schüler konnte mit seinem Handy zwischen Frieden und Krieg wählen «, schaltete ich mich ein.

Olli hielt die Kamera auf mich: » Unsere Idee ist es, dieses Prinzip weltweit zu organisieren. «

Als nächstes hatte Denise ihren Text: » Wenn alle Menschen sich für Frieden entscheiden, dann sollte es auch keinen Krieg mehr geben. «

» Klingt logisch «, bemerkte Susi und sagte dann in die Kamera: » Wir wollen jedenfalls keinen Krieg und werden die gesamte Menschheit mobilisieren, um den Frieden weltweit zu erreichen. «

» Wir arbeiten an einer Petition, für die sich jeder Mensch eintragen kann, was zur Teilnahme an einer weltweiten Wahl am 10.10.2020 berechtigt «, sagte ich und Denise beendete: » Der World Vote Day. «

» Egal welche Rasse oder Hautfarbe, es spielt keine Rolle, denn wir sind alle gleich «, sagte Susi.

Und Olli beendete die Szene mit einem Nicken der Kamera und den Worten: » Das stimmt. «

Wir freuten uns über die Szene und klatschten ab. Dann

machten wir sie aber doch noch dreimal zur Sicherheit, fanden aber den ersten Take am gelungensten.

Wir fuhren gerade am ehemaligen Grenzübergang Stolpe raus aus Berlin und jubelten: » Auf nach Hamburg! «

Während der Fahrt wollte Roger möglichst Ruhe haben und seine Metal Musik zum Entspannen hören. Ja, sagte er, das würde ihm dabei helfen.

Und ok, als Fahrtmusik war es irgendwie passend und wir waren einverstanden. Ab und zu machte Olli noch ein paar Szenen von der Fahrt ohne Text. Wie nannte er sie noch, Schnittbilder, genau und jeder sollte ein bisschen abfeiern, wenn man im Bild war. Und dann hatte er vor, das Ziel der Fahrt mit dem Ortsschild zu dokumentieren. Deshalb filmte er bereits schon 4km vor Hamburg, als der Klingelton des Telefons von Denise uns überraschte.

» Nicht meine Eltern «, gab sie erstmal Entwarnung, nachdem sie es herausgeholt hatte und wunderte sich, » könnte vielleicht VF sein. «

Roger machte die Musik aus und Olli filmte weiter. Dann sagte sie: » Ja, Hallo. «

» Hallo, hier ist Veronica Forrest «, sagte die Person und man konnte es mithören.

» Hallo «, antwortete Denise, » hier ist die Schülerin. Wir sind gerade in Hamburg angekommen. «

Als nächstes hörten wir: » Oh je, dass tut mir leid « und uns wurde schlagartig klar, was kommen würde.

Sie hatte wohl gehofft, dass wir noch umkehren könnten und hatte daraufhin ein richtig schlechtes Gewissen. Nach einer Pause sagte sie: » Also heute geht es leider wirklich nicht. Aber morgen Mittag werde ich mir zwei Stunden für euch Zeit nehmen, versprochen. Da kann der Regisseur sich noch so auf den Kopf stellen, einverstanden? «

Natürlich nickten wir alle und waren erleichtert.

Dann sagte Denise: » Na klar, wir wollten sowieso hier übernachten. «

» Dann bin ich beruhigt «, sagte VF.

» Kommt am besten um 12 Uhr zum Drehort. Die genaue Adresse schick ich dir aufs Handy. «

Wir nickten wieder und Denise bestätigte ihr den Vorschlag.

Gerade, als sie sich von uns verabschiedete, kam das gelbe Hamburg Schild. Irgendwie wollte aber nicht so recht Stimmung bei uns aufkommen, zu groß war noch der Schrecken. Wir erholten uns langsam und Susi besann sich als Erste: » Na gut, dann lasst uns Shoppen gehen. «

» Erstmal ins Hotel «, sagte ich, » dann sehen wir weiter. «

» Ja, erstmal aufs Zimmer, wenn nicht etwas dazwischenkommt «, unkte Olli.

» Hör auf «, unterbrach ihn Denise, » mir reichen die Überraschungen für heute, ich will mich nur noch ausruhen. «

Als wir im Hotel an der Rezeption standen, hatten sie zum Glück die beiden Zimmer für uns noch reserviert, aber leider auf verschiedenen Etagen.

» Nehmen wir, na klar «, sagte Roger und unterschrieb. Dann nahm er die beiden Schlüssel entgegen und gab einen davon Susi mit den Worten: » Dann nehmt ihr das Zimmer im zweiten Stock und wir Männer sind im Vierten. «

Olli fragte noch nach einem Gästebett, was erfreulicherweise kein Problem war.

Unser Zimmer war auch passenderweise etwas größer und hatte einen runden Tisch, an dem wir sogar zu fünft sitzen konnten.

» Super, gefällt mir, viel besser als damals «, freute sich Roger und testete die Matratze.

Olli und ich waren auch begeistert. Wir stürmten sofort auf den kleinen Balkon und Olli filmte die Aussicht. Dann rochen wir die See und den Fisch und freuten uns riesig.

» Was machen wir denn heute, ohne Termin, hier bleiben? « fragte mich Olli.

Ich zuckte mit den Achseln.

» Können wir gleich besprechen, wenn die Sisters hochkommen. «

Roger war just mit dem Duschen fertig als es klopfte.

Denise und Susi kamen rein und berichteten, sie hätten auch einen Balkon und wären sehr zufrieden mit ihrem Zimmer. Und den Drehort hätte Veronica aufs Handy geschickt.

Susi wollte immer noch unbedingt shoppen gehen und hatte es geschafft, auch Denise davon zu überzeugen, die sich in der Zwischenzeit anscheinend erholt hatte.

» Wir brauchen noch ein passendes Outfit für das Interview mit VF Morgen und wollen rüber ins Kaufhaus gehen. Und was macht ihr? « fragte Denise.

» Mal sehen, wir haben uns noch nicht entschieden, aber ich würd sagen, wir treffen uns um 18 Uhr wieder hier, ok? «

» Also in gut drei Stunden, das sollte reichen «, meinte Susi,

» geht klar. «

Wir verabschiedeten uns und ich hatte immer noch keinen Plan, wollte mich aber an Roger halten, denn er hatte schließlich die zweite EC-Karte. Ich denke, Olli hatte wohl auch diesen Gedanken, denn wir wichen nun beide nicht mehr von seiner Seite.

» Jungs, ihr wisst doch, wo ich hingehe, da dürft ihr nicht mit hin «, erklärte uns Roger eindringlich.

» Willst du auf die Reeperbahn? «

» Genau. «

» Und wieso nicht? « protestierte Olli, » wir sind schließlich 16 und dürfen sowas schon sehen «

» Du kennst dich ja gut aus «, meinte Roger.

» Weißt du auch, was uns da erwartet? « fragte er mich nun und ich nickte.

» Da stehen hübsche Frauen in den Schaufenstern und winken einem zu, stimmt's? «

» So ungefähr «, meinte Roger, » wir müssen dann aber unbedingt zusammen bleiben. Keiner geht in die Seitenstraßen und es werden keine Faxen gemacht, habt ihr verstanden? «

» Ok. «

Wir versprachen es und nickten.

Wir fuhren mit dem Auto in die Nähe und parkten. Dann gingen wir den interessanten Teil einmal hoch und runter und aßen dabei Burger, Eis und Popcorn. Roger trank ein Bier, aber wir wollten lieber 'ne Limo und ich muss gestehen, ich fühlte mich irgendwie, als wäre ich auf einem Rummel. Viele Menschen hatten eine Art Kostüm an, zum Teil aus hautengem Leder und bei einigen mussten Olli und ich gut ablachen, als wir sie sahen.

Nach zwei Stunden kamen wir wieder am Anfang an und ich wollte von Denise wissen, wie es bei ihnen gelaufen ist, doch sie schrieb nicht zurück. Fünf Minuten später rief ich an, doch ihr Handy war aus, es ging sofort die Mailbox ran.

» Was ist los? Ruf bitte zurück «, sprach ich drauf und sagte dann zu Roger: » Kannst du mal bitte bei Susi probieren, der Akku von Denise ist wohl leer. «

Aber auch Roger hatte kein Glück.

» Ebenfalls aus, ist ja komisch «, stutze er, » vorhin hatte sie noch 100% aufgeladen. «

Auch ich war mir sicher, dass Denise immer auf genügend Akku achtet und deshalb wurde mir ganz schön komisch im Magen.

» Lasst uns bitte zum Kaufhaus fahren und nachschauen, vielleicht finden wir sie, was meint ihr? «

Die beiden stimmten mir zu und wir fingen auf einmal an zu rennen, denn nun hatten wir alle so ein blödes Gefühl.

Wieder im Auto auf dem Weg zurück, überlegten wir, wie wir am besten vorgehen sollten und entschieden uns, dass jeder einen Eingang übernimmt und dann eine Etage durchkämmt. Wir checkten unsere Akkus, alle noch voll und vereinbarten, spätestens nach einer halben Stunde uns wieder zu treffen.

» Am besten bei der Geschäftsleitung «, meinte Olli, » die wissen ansonsten vielleicht etwas. «

» Also gut «, sagte Roger und fuhr in die Tiefgarage vom Kaufhaus.

Dann nahmen wir die Treppe zur Straße raus, verteilten uns ringsum auf die drei großen Eingänge und die Suche konnte losgehen.

Ich kam als erster bei den Rolltreppen an und hielt beim Hochfahren Ausschau nach den beiden, doch ich sah nur Roger, wie er aus einer anderen Richtung kam und ebenfalls zu den Rolltreppen unterwegs war.

Meine Aufgabe war es nun, die dritte Etage abzusuchen, aber da waren hauptsächlich Elektronik Geräte, wo es eher unwahrscheinlich war sie zu finden.

Vielleicht nebenan in der Sportabteilung, dachte ich und sah auch zwei Mädchen, von denen die eine aber rote Haare hatte und die andere so gar nicht nach Denise aussah.

Im dritten Stock sind sie nicht, war ich mir jetzt sicher und fuhr eins runter mit dem Fahrstuhl, wo die Geschäftsleitung sein sollte.

Im zweiten Stock waren hauptsächlich Sachen für Männer und Bettwäsche. Demzufolge hatte auch Roger nichts gesehen und er stand bereits an der Tür zu den Geschäftsräumen und wartete.

» Hast du was gesehen? « fragte er mich, als ich zu ihm kam.

Ich schüttelte den Kopf.

» Und du? «

» Nee, auch nicht «, erwiderte Roger.

» Vielleicht hat Olli ja mehr Glück. «

Er hatte beim Knobeln die Damen Etage bekommen und ließ noch auf sich warten.

Ich schrieb ihm: » Hast du was entdeckt? «

Aber er antwortete nun ebenfalls nicht mehr.

» Das gibt's doch nicht «, ich war am Verzweifeln, » was ist hier nur los? «

Inzwischen war die halbe Stunde fast rum und wir beschlossen, nun zur Geschäftsleitung zu gehen.

» Vielleicht können wir sie auf den Monitoren erkennen «, sagte Roger und klopfte.

Als uns die Tür aufgemacht wurde, konnte ich jemand reden hören.

Es war die etwas weinerliche Stimme von Denise, die mit einer fremden Person sprach.

Ich war so erleichtert und rief sofort ganz laut: » Denise! «

Sie rief nun ebenfalls nach mir und kam uns eilends entgegen. Dann drückte sie mich und bedeutete Roger, dass Susi auch da hinten sei und warten würde.

» Wie habt ihr uns denn gefunden? « fragte sie mich völlig verblüfft.

» Ihr habt auf unsere Anrufe nicht reagiert, da haben wir uns große Sorgen gemacht und wollten euch suchen. Was ist denn passiert? « wollte ich nun von ihr wissen.

Sie schluchzte etwas und sagte: » Es war so gemein. Wir hatten uns beide ein schönes Kleid ausgesucht und gingen in die Umkleide. Neben unserer Kabine war ein nettes, etwas älteres Pärchen und er saß davor und wartete. Als wir uns umgezogen hatten und im großen Spiegel ansehen wollten, kam seine Freundin auch gerade raus und hatte genau dasselbe Kleid an, wie das von Susi. Dem Freund schien es wohl sehr zu gefallen, denn wir hörten ihn sagen: Es sitzt so schön eng und betont die Taille, du siehst spitze aus, Schatz! Dann sahen Susi und ich wieder in den Spiegel und fanden unsere Kleider plötzlich nicht mehr eng genug. Irgendwie schienen sie Gedanken lesen zu können, denn sie boten uns an kurz aufzupassen, während wir die Kleider eine Nummer kleiner raussuchen konnten. Als wir wieder zurückkamen, waren sie schon fast am Gehen und winkten uns zu. Dann zogen wir also unsere neuen Kleider an und sie sahen auch bei uns wirklich spitze aus. Wir haben uns so gefreut... «

Plötzlich wurde ihre Stimme wieder traurig, fast wütend.

» Dann hat Susi auf einmal bemerkt, dass unsere Handtaschen mit den ganzen Sachen weg waren. Was für ein Schreck! Und mein Handy mit der Adresse von Veronica war auch futsch! «

» Gestohlen, von dem Pärchen? « fragte ich.

» Ich denke schon, wer sonst hätte es sein können. So eine Gemeinheit. «

Ich versuchte sie zu trösten als mein Handy unpassender weise summte.

Zuerst wollte ich gar nicht gleich reagieren, sah dann aber, dass die Nachricht von Olli kam.

» Ach ja, vielleicht sollten wir ihm sagen wo wir sind «, dachte ich und klickte seine Textmeldung dann doch an.

» Ich habe die Taschen von Susi und Denise gesehen «, schrieb er, » ich glaub die sind ihnen gestohlen worden. «

» Olli, du bist ein Genie «, jubelte ich.

Zugegeben, die Tasche von Susi mit der Sonnenblume war schon sehr auffällig und dazu noch die rote von Denise. Eher unwahrscheinlich, dass beide zweimal am gleichen Ort auftauchen.

» Echt gut kombiniert, Herr Brandt «, nickte ich anerkennend und war begeistert von der heißen Spur.

» Bleib dran, stimmt, die sind weg. Wo bist du? « schrieb ich zurück und machte Denise daraufhin Hoffnung: » Olli hat eure Taschen entdeckt und verfolgt momentan die Diebe. «

» Das müssen wir sofort dem Detektiv mitteilen. Ihr seid ja die Größten «, rief sie.

Wir erklärten gerade dem drahtigen Typen unsere Spur, der anhand der dicken Oberarme bestimmt dreimal die Woche im Fitness Studio trainieren musste, als Olli auch schon wieder schrieb: » Bin jetzt Rathaus Ecke Pelzer. Sie setzen sich hier in ein Café. «

» Wir kommen gleich mit dem Detektiv zu dir. Er sagt auch der Polizei Bescheid «, schrieb ich, » behalte sie im Auge, bis gleich. «

» Logo «, schrieb er zurück.

Als wir uns der Ecke näherten, konnte ich Olli ein Stück weiter sitzen sehen, wie er einen Kakao trank. Er hatte mich auch schon gesehen und machte dann eine unauffällige Kopfbewegung in Richtung zweier Typen, die drei Tische weiter rechts saßen. Ich erkannte nun ebenfalls die nicht gut versteckte Sonnenblumentasche und berichtete dem Muskelpaket die Lage.

Daraufhin ergriff er sofort die Initiative, näherte sich vorsichtig von hinten an und griff den beiden dort sitzenden Männern an den Kragen. Der eine wollte gerade versuchen sich zu wehren, als auch schon das erste Polizeiauto um die Ecke bog.

Die Sirene schien ihn schlussendlich davon abzuhalten, Ärger zu machen. Zwei Beamte stürmten zum Café und übernahmen die Männer.

Der Detektiv kam nun mit den Taschen zu uns und meinte, wir sollten mal reinschauen, ob noch alles da ist. Für die Beweisaufnahme müssten wir sie aber später nochmal der Polizei zeigen.

Ihre Handys waren zwar ausgeschaltet aber drin. Auch die Geldbörsen und die EC Karte waren noch da.

» Es ist wohl noch alles da «, sagten wir dem Detektiv erleichtert, » dürfen wir die Handys jetzt wieder anmachen? « Er nickte.

Als zwei weitere Autos mit Sirenen kamen und er dem einen Polizisten gesagt hatte, wo sie uns finden könnten, gingen wir wieder zurück zum Kaufhaus, während die Diebe im Polizeiauto abgeführt wurden.

Dort angekommen gratulierte der Detektiv Olli zu seinem beherzten Handeln. Wir waren auch noch total begeistert von dieser Rettungstat, als Olli uns erklärte: » Ich hatte so eine Sonnenblume während der Fahrt die ganze Zeit vor Augen und dachte, ich sehe nicht recht, als ich gerade durch den Eingang gehen wollte und bemerkte, wie ein Fremder versuchte eine solche Tasche unter seiner Jacke zu verstecken. Und als kurz darauf ein anderer Typ mit einer roten Tasche, wie der von Denise rauskam, war ich mir sicher. «

Susi und Denise fielen Olli beide nochmal um den Hals und gaben ihm ein Küsschen. Roger und ich blickten uns an und taten aus Spaß so, als wären wir eifersüchtig auf Olli, als er zu uns sah. Ihm schien es sehr zu gefallen, denn er freute sich wie Bolle über seine Glanztat.

» Hast du dir verdient «, nickte ich ihm zu.

Nachdem wir uns über zweieinhalb Stunden mit der Polizei unterhalten hatten, durften wir nun offiziell die Taschen wieder an uns nehmen und ins Hotel gehen.

Es war inzwischen nach halb acht, als es an unserer Zimmertür klopfte.

Weil Susi es geschafft hatte, die beiden Kleider für die entstandenen Umstände umsonst zu bekommen, wollten beide uns damit überraschen. Es war ein umwerfender Anblick, als sie nun durch die Tür kamen. Olli pfiff und Roger und ich waren ganz aus dem Häuschen.

» Die ganze Aufregung hat sich wenigstens wirklich gelohnt, ihr seht großartig aus «, sagte ich und gab Denise ein Küsschen.

Als Susi sich auf den Schoß von Roger setzte und ihm ebenfalls ein Küsschen gab, war wieder alles in Ordnung und wir grinsten zu Olli, der nur abwinkte und die Kamera anschmiss.

Am nächsten Morgen wollten wir die Fragen für das Interview noch einmal durchgehen und checkten auch die Webseite, ob alles funktioniert.

Die Petition hatten wir ausgedruckt und wollten von VF eine erste Unterschrift für die Aktion bekommen und bildlich festhalten.

Damit sollte dann die große Kampagne offiziell starten und Veronika Forrest als Patin ihr Gesicht dazu geben.

Wir gingen zusammen in den Frühstücksraum und waren etwas überrascht, wie viele Menschen da waren. Aber alle versuchten irgendwie den Abstand einzuhalten und waren sehr auf Rücksicht bedacht. Das blieb mir nicht verborgen und ich gratulierte ihnen insgeheim zu dieser Disziplin.

Wir aßen uns alle satt und packten dann die Sachen in das Auto. 15 Minuten sollte die Fahrt laut Navi dauern.

Wir kamen viel zu früh am Drehort an und waren überrascht, dass er in einem Park gelegen war. Riesige Scheinwerfer waren aufgebaut und überall standen große LKWs.

Wir hörten eine Stimme etwas durch ein Megaphon sprechen, konnten es aber nicht verstehen.

» Da ist sie «, rief Susi, » ich kann sie sehen. «

Auch Denise hatte sie entdeckt und deutete mit dem Finger auf einen kleineren Wohnwagen und sagte: » Das muss die Maske sein. Komm Susi, lass uns mal hingehen. «

Zu uns sagte sie noch: » ihr wartet hier erstmal, ok? «

Wir nickten und Olli filmte.

Sie gingen in Richtung Wohnwagen, als VF sie bemerkte und zu sich winkte. Dann redeten sie kurz miteinander und kamen wieder zurück.

» In einer halben Stunde kommt sie in das Park Café da hinten. Wir können uns schon mal dort einrichten und einen schönen Tisch reservieren. «

Wir holten unsere Sachen aus dem Auto und schleppten alles zum Café. Wir baten einen Kellner, uns beim Zusammenstellen zweier Tische behilflich zu sein und erzählten ihm, was wir vorhätten. Er war einverstanden und wir bauten uns ein bisschen abseits mit unserem Equipment auf. Dann bestellten wir Kaffee, Tee und Kakao bei ihm und machten es uns gemütlich.

Als sie kam, lächelte sie. Wahrscheinlich aus Gewohnheit, denn es war eine Kamera auf sie gerichtet. Uns wurde aber schnell genug klar, dass es ein ehrliches Lächeln war, denn sie begrüßte uns ganz freundlich.

» Hallo, ich bin Veronica und nennt mich bitte auch so. «

» Hallo Veronica «, antwortete Denise und stellte sich für die Kamera nun auch nochmal mit ihrem Vornamen vor.

Wir anderen folgten ihrem Beispiel und setzten uns. Wir hatten ihr einen Stuhl am Ende des einen Tisches neben Denise reserviert und saßen am zweiten Tisch außerhalb des Bildes hinter Olli, der gerade die Klappe betätigte. Susi hatte Denise fast genauso schön gestylt und Veronica schien beeindruckt von dem professionellen Outfit.

» In welcher Klasse seid ihr? « fragte sie mit einem bemerkenswerten Ausdruck im Gesicht und Denise sagte:

» Jetzt Oberstufe und wir würden ... dir, Veronica, gerne unsere Idee vorstellen, wie wir Frieden auf Erden erreichen wollen. Und zwar so professionell wie möglich, mit Herz und großer Leidenschaft. Was halten sie davon? «

Denise stockte etwas, weil sie nun doch » sie « gesagt hatte, aber Veronica nickte nur und gab ihr zu verstehen, dass es so schon am besten sei in einem Interview.

Dann sagte sie: » Wer möchte nicht Frieden auf Erden erreichen. Ich wollte das auch immer als Kind. Tja, und jetzt, wo ich im Prinzip viel mehr Möglichkeiten habe etwas zu tun, ist dieser Wunsch völlig in Vergessenheit geraten. Deshalb hat mich euer Anschreiben durchaus interessiert, denn ihr gebt mir die Gelegenheit, diesen Wunsch mit euch zusammen wieder mit Leben zu füllen. Eure Schulwahl hat mich sehr beeindruckt. Ich bin auf eurer Seite gewesen, nachdem du mich kontaktiert hattest, Denise und fand es toll gemacht, wie ihr die Gegensätze von Frieden und Krieg herausgearbeitet habt. Also lasst mal hören, welche Rolle kann ich dabei spielen, wie kann ich helfen? «

Das klang genau so, als war sie sich bereits im Klaren darüber, eine Rolle in Martins Fünf zu übernehmen, dachte ich etwas abgelenkt, denn besser hätte sie nicht reagieren können.

» Weiter so Denise, dass machst du toll «, bedeutete ich ihr und machte das passende Handzeichen dafür.

Sie schien nun auch die letzte Nervosität abgelegt zu haben und wurde ganz klar und gefasst. Dann sagte sie:

» Für die Genauigkeit der Fakten haben wir drei Lehrer und auch die Schuldirektorin auf unserer Seite. Es sind zwei Sachen nötig, bei denen wir gerne ihre Unterstützung haben würden. Zum einen wäre da unsere Petition, die wir bekannt machen und möglichst viele Unterschriften sammeln wollen. «

» Na klar «, sagte sie, » meine sozialen Kontakte kann ich dafür gerne mit einbringen und meine Follower sind euch gewiss sicher. Darf ich die Petition mal sehen? «

Nachdem ihr Denise den vorbereiteten Zettel in die Hand gab, begann sie zu lesen.

» Das sieht sehr klar und wohldurchdacht aus «, sagte sie und griff zu dem Kugelschreiber, den Denise vor sich auf dem Tisch zu liegen hatte. Dann guckte sie überprüfend zur Kamera und unterschrieb mit ihrem Namen.

Sie bemerkte die Begeisterung, die von uns dreien hinter Olli nicht mehr zu verbergen war und fuhr fort: » Aber du sagtest zum einen, was gibt es noch? «

» Wir wollen irgendwie eine Art Spendengala organisieren und mit dem Geld weltweit Helfer ausstatten. Dann könnten diese selbst in die entlegensten Siedlungen vordringen, um vom WVD 10.10.2020, dem World Vote Day, zu berichten. Es zählt für uns wirklich jede Stimme, jeder soll sich beteiligen können. Und als Moderatorin bzw. Gastgeberin für das Spendenevent hatten wir an sie gedacht. «

» Ich weiß nicht, ob ich momentan dafür die Zeit habe... «, Veronica zögerte und sagte dann: » Obwohl, ich kenne da jemand von ARTE, der so etwas aufziehen könnte. Ich muss mal überlegen. «

Sie grübelte eine Weile und schien eine Menge Sachen zu überdenken. Wir warteten alle gespannt und blickten sie voller Hoffnung an.

» Also gut, ich sag euch was. Ich sehe hier wirklich eine gute Chance und ihr scheint davon ja sehr überzeugt zu sein, dass spüre ich ganz deutlich. Bruno Mangosi, ein guter Freund von mir, würde bestimmt eine Spendengala für uns auf ARTE machen, auch wenn er es jetzt noch nicht weiß und ich rühre gewaltig die Werbetrommel. Das könnte funktionieren. «

» Ja, das könnte funktionieren «, wiederholte Denise und beendete somit die Einstellung.

Wir drei hinter Olli klatschten frenetisch.

» Das war ganz toll, Denise «, sagte Veronica nun etwas persönlicher, » ich bin so froh, dass wir dieses Gespräch für den Frieden doch noch hinbekommen haben, trotz meiner vielen, unwichtigen Termine. Wir bleiben ab jetzt ständig in Kontakt, du wirst das bestimmt ganz toll machen. «

Sie schüttelte Denise die Hand, so als sei es abgemacht und musste dann gehen, weil aus dem Megaphon inzwischen immer deutlicher » Veronica « zu hören war.

» Olli, du bist doch noch drauf geblieben und hast ihre Zusage per Handschlag aufgenommen? « wollte ich neugierig wissen, denn das wäre der Knaller.

Er nickte: » Na logisch, Martin. «

Ich hätte ihn küssen können, entschied mich dann aber lieber für Denise, der ich somit ein riesen Kompliment machen wollte.

» Das liegt dir im Blut, du hast so souverän gewirkt, sensationell. «

» Ja danke, Martin, ich bin noch so aufgeregt. Sie macht wirklich mit und das genauso, wie du es geplant hast. Das ist phantastisch, oder? «

Wir bestellten fünf Eis, auch wenn sie extrem teuer waren, aber wir hatten etwas zu feiern und ließen es krachen.

Ich war höchst erfreut, denn die Idee von Martins Fünf war tatsächlich Realität geworden.

Wobei, wir waren ja längst zu fünft mit Susi. Dann die drei Lehrer und Direktorin Hannewald plus jetzt Veronica, macht zusammen zehn, rechnete ich in Gedanken und grinste.

Das passt doch zum 10.10.

Als wir alles abgebaut und zusammengepackt hatten und dem Kellner Bescheid gaben, dass wir zahlen wollten, wirkte er überrascht und fragte: » Das war doch Veronica Forrest an eurem Tisch, oder? «

Wir strahlten stolz und nickten.

» Sie unterstützt unser Vorhaben, für eine weltweite Friedenskampagne zu werben «, sagte Denise.

Er stutzte ein wenig ungläubig, freute sich dann aber mit uns und bedankte sich für das großzügige Trinkgeld.

» Kommt mal wieder vorbei «, sagte er noch und winkte uns nach, als wir gingen.

Endlich waren wir wieder im Hotel. Wir warfen uns erschöpft auf die Betten, denn es war ganz schön aufregend und anstrengend gewesen. Denise und Susi waren auch mit auf unser Zimmer gekommen und wir guckten uns auf dem kleinen Kamera Bildschirm die Aufnahmen von Olli an.

» Perfekt, Olli «, befanden wir einstimmig, » du hast es drauf. Top! «

» Muss gar nicht groß geschnitten werden «, sagte Olli zu Denise, » du warst absolut professionell. «

» Danke «, erwiderte sie ein bisschen verlegen, » ihr habt mir so viel Kraft gegeben, es ging alles wie von selbst. «

Nachdem wir noch eine Weile bei Rogers Musik abgehangen hatten, gingen die Damen etwa gegen Mitternacht runter in ihr Zimmer. Wir versuchten auch zu schlafen, mussten aber immer wieder ungläubig lachen, weil es so super geklappt hatte.

Dementsprechend müde waren wir am nächsten Tag und verschoben die Abfahrt nach Berlin um zwei Stunden, bis wir alle wieder fit waren. Ich fand mein Duschzeug nicht und Olli suchte noch nach seiner Miniklappe.

Roger ging schon vor zum Frühstücksraum, um sich mit Susi und Denise zu treffen und um einen Tisch für uns zu belegen. Als wir endlich die letzten Sachen gefunden hatten und ebenfalls runter gingen, saßen die drei zusammen und waren fast fertig.

» Na endlich «, meinte Susi, die am liebsten gleich losgefahren wäre.

» Ja sorry «, sagte ich, » wir sind aber noch rechtzeitig zum Check Out an der Rezeption gewesen. «

Wir machten uns noch Proviant für die Rückfahrt und fuhren im Fahrstuhl mit unserem Gepäck in die Tiefgarage. Dann stopften wir wieder alles in den Kofferraum und es konnte losgehen, zurück nach Berlin.

Wir baten Roger, ausnahmsweise während der Fahrt auf seine Musik zu verzichten, weil wir ganz schön fertig waren. Selbst Olli hatte die Kamera mal aus der Hand gelegt und machte die Augen zu.

Damit wir nicht alle einschliefen und Roger somit der Einzige wäre, der wach bleiben musste und das auch noch ohne seine Musik, sagte er völlig unerwartet etwas ganz Bedeutsames:

» Also Martin, ich bin echt beeindruckt, was aus deiner Spinnerei, Entschuldigung, *Vision*, geworden ist. Habt ihr, ich meine haben wir, eigentlich auch schon einen Plan, wie der Frieden nach der Wahl aussehen soll? «

Durch diese Frage hatte er natürlich sofort meine Aufmerksamkeit erlangt und ja, ich hatte mir mal ganz grob ein paar Punkte überlegt. Aber die Ansätze müssten halt auch fundiert sein.

In meinem Kopf ratterte es, weil ich auf einmal so viele Möglichkeiten sah, wie man Ungerechtigkeiten auf der ganzen Welt völlig ausschalten könnte.

» Danke Roger, du bist das Genie! «

Er guckte mich fragend an und hatte die Bedeutung seiner Worte noch nicht rekapituliert, merkte dann aber, was ich im Schilde führte.

» Du denkst, wir könnten über die globale Zukunftspolitik bestimmen? «

» Genau das «, bestätigte ich ihn, » also alle mal kurz aufgepasst, was fällt euch zum Thema Ungerechtigkeiten auf der Welt ein. «

Ich war gespannt, was den anderen bislang so aufgefallen war und welche Dinge ihnen besonders am Herzen lagen.

Wir waren zwar erst 16, aber ich denke, das Wichtigste, worum es im Leben geht, haben wir durch Schule und Medien längst begriffen.

Wir sind da durchaus auf einige interessante Punkte gestoßen, aber dazu komme ich erst später, wenn wir die Ansätze etwas mehr konkretisiert haben.

Zunächst sollten wir aber mit der Petition weiter arbeiten, die Veronica unterschrieben hatte und sie entsprechend in unsere Webseite einbauen. Darin ist ja auch schon viel Politik enthalten und hier kommt sie zum Nachlesen.

Diese Petition ist eine Initiative der Friedensbewegung WVD 10.10.2020 e.V. und beinhaltet folgendes:

Wir organisieren eine weltweite Wahl für den Frieden und fordern alle Politiker und Machthaber auf, eine freie, geheime Abstimmung zwischen Frieden und Krieg jedem Menschen auf dieser Erde zu gestatten.

Des Weiteren muss gewährleistet werden, dass niemand, der wählen geht oder von zu Hause aus daran teilnimmt, mit irgendwelchen Repressalien rechnen muss.

Dies ist eine friedliche Wahl, niemand darf darunter leiden.

Wir wollen jede einzelne Person erreichen, völlig gleich, welcher Hautfarbe, Geschlecht, Nationalität oder Gesinnung sie angehört. Es spielt keine Rolle, denn wir sind alle Eins, Bürger unserer großartigen Welt.

Mit deiner Unterschrift bekommst du die Möglichkeit, dich am 10.10.2020 für globalen Frieden zu entscheiden.

World Vote Day 10.10.2020, mach mit für den Frieden!
Entscheide jetzt!

Dann kam ein Feld für die Unterschrift und Im Kleingedruckten stand noch, dass man einen 10-stelligen Code per E-Mail, in der App oder per Post bekommen würde, der zur Teilnahme berechtigt.

Ich würde da sofort unterschreiben und dass Veronica Forrest dies bereits getan hatte, machte mich stolz.

Gegen 16 Uhr kamen wir in Berlin an und der Berufsverkehr war noch voll im Gange, aber der Stau schien sich langsam aufzulösen.

» Super gefahren, Schatz «, sagte Susi zu Roger und wir drei von der Rückbank stimmten gähnend zu.

» Lässt du mich zuerst raus? »

Roger nickte und sagte: » Hat ja wirklich alles bestens geklappt. Ich setze euch dann in umgekehrter Reihenfolge wieder ab, klar? «

» Prima, ist so am sinnvollsten «, sagte ich.

Als Denise an der Reihe war, gab ich ihr noch ein Küsschen und dann war ich als Nächster auch schon dran.

» Danke nochmal Roger, coole Aktion. «

Ich machte mit Olli noch das Handzeichen und verschwand.

Wieder zu Hause, puh, tief durchatmen.

Oh weh! Ich sah, wie ein paar von Muttis Blumen leicht den Kopf hängen ließen und kümmerte mich als erstes darum. Meine Schwester war nicht da, so konnte ich mich danach völlig entspannen und alles nochmal Revue passieren lassen:

Wie war das doch gleich? Zuerst quasi die Absage, dann Vertagung auf Donnerstag, der riesen Schreck im Kaufhaus, Ollis Rettungstat, das tolle Interview mit VF, ihre Unterschrift mit dem Handschlag und natürlich ihre Idee mit ARTE.

Warum nicht gleich ARD oder ZDF, haderte ich ein wenig, aber dann dachte ich, doch, ist sogar noch viel cooler auf ARTE, muss sich halt nur rumsprechen.

Ich sank erschöpft und zufrieden in mein Bett und schlief in meinen Klamotten ein.

Als Maike kam, wurde ich nochmal kurz wach und erzählte ihr, dass bei mir alles in Ordnung sei.

Dann zog ich mich aus, gähnte ganz lang und schlief sofort wieder ein.

Die Spenden Gala

Mein Handy musste schon etliche Male gesummt haben, bevor ich endlich davon wach wurde, denn In unserer Gruppe kursierten bereits diverse Fotos von der Fahrt und Olli kündigte an, dass der Film am Nachmittag in der Rohversion fertig sei.

Gleich schon wieder Action? Noch im Halbschlaf entschied ich mich, erstmal noch nicht am Chat teilzunehmen. Die Luft war bei mir ganz schön raus, ich brauchte neue Energien.

Eine Stunde später raffte ich mich endlich auf und ging in die Küche. Im Kühlschrank stand eine Riesenschale mit feinsten Erdbeeren. Ich konnte mich nicht beherrschen und naschte eine, dann noch eine, inzwischen mussten es zehn gewesen sein. Früher hätte ich versucht es zu vertuschen. Jedoch in Zeiten des Friedens mit Maike, machte ich eine Haftnotiz an die Schale, auf der ich versprach, die Nächsten zu holen und zu bezahlen. Ich fühlte mich gleich besser und aß noch ein paar. Die waren aber auch zu lecker, selbst ohne Zucker.

Was für ein Energieschub, alle Anstrengung der letzten Tage schien wie weggewischt. Die Zuversicht wuchs wieder an und ich dachte über eine neue Weltordnung nach.

Es klingelte und ich sah durch das Fenster Olli, Susi und Denise auf ihren Rädern.

» Was ist los, Mann «, rief Olli, als ich das Fenster öffnete, » du bist zu spät. «

» Zu spät wofür? « fragte ich, völlig unwissend was er meinte.

» Ich komme runter, einen Moment. «

Ich zog mir schnell eine Hose an und machte die Haustür auf.

Alle drei zeigten auf ihr Handy und bedeuteten mir, es kursiert ein Foto von uns mit VF, wie wir im Café in Hamburg sitzen.

Ich hatte mein Handy oben im Bett gelassen und sah mir das Bild auf dem Phone von Denise an. Dann las ich, was darunter geschrieben stand: » Sind das ihre, Frau Forrest? «

» So ein Schwachsinn, was soll das denn «, rief ich sehr erbost, » wer postet denn so einen Müll? «

Ich war völlig aufgeregt, aber die Drei hatten sich längst im Chat abreagiert und inzwischen den großen Nutzen dieses Artikels erkannt.

» Ist doch beste Werbung «, meinte Olli.

» Wir fahren jetzt zu Roger und wollen an einer Erklärung basteln, die wir dann dem Schreiberling zukommen lassen «, fuhr er fort.

» Hast du noch geschlafen? « fragte mich Denise.

Ich gähnte demonstrativ und sagte: » Bestimmt…, nicht! Ich hatte drei harte Tage und ihr? «

» Schnee von gestern. Roger erwartet uns, also los Martin «, sagte Susi.

» Ok, ok, putz mir nur noch die Zähne und zieh mir was Vernünftiges an, dann können wir. «

Wir kamen bei Roger an und wenigstens der war auch nicht ganz so frisch, aber er ließ uns rein.

» Seht mal, Veronica hat sich inzwischen auch gemeldet, nachdem ich ihr den Link zum Foto geschickt habe «, sagte Denise.

Sie überflog die Nachricht und sagte dann noch: » Sie sieht das genauso wie wir, eine gute Chance für weitere Aufmerksamkeit. «

» Also gut «, begann ich und nahm das Ruder scheinbar wieder in die Hand.

» Ich schlage vor, wir versuchen zu ermitteln, wer dieser Paparazzi ist und kündigen ihm eine tolle Story an. «

» Haben wir schon längst «, grinste Olli, » Susi hat herausgefunden, dass der Schreiberling Antal Ögün heißt und auch nicht viel älter ist als wir, vielleicht 19. «

Ich war beeindruckt.

» Und ihr seid gar nicht müde heute Morgen gewesen? « wollte ich wissen.

» Dann verratet mir doch bitte, was wir ihm als Story verkaufen wollen. «

» Na das Interview natürlich, das ist perfekt. «

Olli gab Roger einen USB Stick und wir gingen rüber vor den großen Bildschirm. Olli musste die ganze Nacht an dem Video geschnitten haben, denn er hatte die komplette Fahrt perfekt wiedergegeben und das Interview mit eingebaut.

» Alles schon fertig. Das Gespräch können wir ihm dann ohne die ganze Fahrt drum herum geben. «

» Ihr seid echt die Größten. Es ist unglaublich, was aus dieser Sache geworden ist. Es läuft inzwischen fast wie von selbst, danke Leute. «

Das Video von Olli war großartig, echt Oscar verdächtig.

15 Minuten in der Kategorie Kurzfilm. Spannend, informativ und lehrreich und mit dem Höhepunkt, dem Gastspiel von Veronica Forrest.

» Sensationell, dafür bekommen wir alle eine Eins «, kriegte sich Susi kaum wieder ein.

» Bravo! Darf ich es Veronica schon schicken? « wollte Denise wissen.

» Für mich ist es perfekt, gekauft, oder wie sagt man? «

Olli zierte sich erst ein wenig, denn er hätte da gerne noch ein paar Kleinigkeiten ändern wollen, gab dann aber sein ok.

Denise schickte VF also das Video und schlug ihr unsere Idee vor, dem Schreiberling das Interview zuzuspielen, damit er noch mehr über uns berichten könne.

» Hervorragend! « betonte ich nochmal.

» Jetzt wird es Zeit, den offiziellen Startschuss zu setzen. Schaffen wir das bis zum 10. August? « wollte ich von Roger wissen.

» Du meinst am Computer oder den Eintrag als Verein? «

Wir hatten uns beim Erstellen der Petition überlegt, offiziell einen Verein zu gründen, der als Grundlage dienen sollte.

» Beides «, sagte ich bestimmend, » weil ja inzwischen alles wie von selber zu gehen schien. «

Denkste!

» Du hast gut reden «, antwortete Roger, » ich hab mir viele Gedanken machen müssen, wie sich das System immer weiter aufrüsten lässt, ohne dabei zwischendurch offline gehen zu müssen. Die ganze Welt soll ja schließlich ohne Einschränkungen jederzeit auf die Webseite zugreifen können. Und es muss auch immer sofort eine Datensicherungskopie erstellt werden. Dabei werden Unmengen an Daten anfallen, die ich im Moment kaum bewältigen kann. Eine kräftige Finanzspritze könnte Wunder bewirken. «

» Natürlich, du musst aufrüsten «, sagte ich, als ich endlich begriffen hatte, worauf er hinaus wollte.

» Soll von mir aus so sein. Seid ihr auch damit einverstanden, das restliche Geld der Fahrt in mehr Leistung zu investieren? « Alle stimmten zu.

» Cool «, freute sich Roger, » aber ihr müsst euch um den Verein kümmern, dafür habe ich wirklich keine Zeit. «

» Abgemacht, das schaffen wir, nicht wahr? « fragte Olli uns.

» Irgendwie schon, müssen gleich mal im Netz googlen «, sagte ich.

Denise war gerade dabei unseren Kontostand zu überprüfen, als auf einmal ihr Kopf merklich zuckte. Sie sah ungläubig auf ihr Smartphone.

Susi hatte den Gesichtsausdruck wohl auch gesehen, denn sie fragte: » Was ist los, fehlt etwas? «

» Im Gegenteil, hier steht etwas von einer 10.000 € Spende, kann das sein? «

Sie war immer noch fassungslos.

» Hast du die Kontonummer auf unserer Seite oder in der App veröffentlicht? « fragte sie Roger.

» Nein, das wollte ich erst mit euch absprechen. «

Ach ja, ich hatte es vorhin nicht erwähnt, dass im Kleingedruckten der Petition auch unsere Kontonummer abgedruckt war. Davon hätte nur VF wissen können. Aber sie hatte doch keine Kopie erhalten.

» Sehr seltsam «, wunderten wir uns, » woher kam das viele Geld? «

» Umso besser «, meinte Roger, » damit lässt sich so richtig was anfangen. «

Seine Augen funkelten geradezu und er faselte etwas von » 900 Terrabyte, Gigantisch! «

Ich hatte inzwischen mit meinem Handy herausgefunden, dass man zur Gründung eines Vereins sieben Gründungsmitglieder braucht, die eine Satzung beschließen und unterschreiben müssen. Ein Notar beantragt daraufhin mit dieser Satzung den Eintrag ins Vereinsregister. Zwei Tage später müssen zwei gewählte Vorstände die Anmeldung beglaubigt unterschreiben und dann sendet der Notar diese Anmeldung an das Vereinsregister, ganz einfach.

» Kennt jemand einen Notar? Wen nehmen wir als weitere Gründungsmitglieder auf? Und was ist eine Satzung? « fasste ich die offenen Fragen zusammen.

» Ich könnte mir Christine und Mirko als Nummer 6 und 7 vorstellen «, schlug Denise vor.

» Hört sich gut an «, meinte Olli, » soweit ich weiß, ist mein Dad ein Notar, aber wir haben leider überhaupt keinen Kontakt. Vielleicht hat ja meine Mutter dazu eine Idee. «

» Also gut. Olli besorgt den Notar, Denise und Susi instruieren Christine und Mirko, Roger pimpt sein System auf und ich bastele bis Montag an der Satzung. «

Alle nickten und hoben die Hände, bis auf Roger.

» Kann mir vielleicht jemand beim Computerkauf und beim Tragen helfen? «

Wir guckten alle etwas teilnahmslos in Richtung Zimmerdecke, als stünde dort eine plausible Ausrede, bis sich Olli schließlich erbarmte.

Dann hob auch Roger die Hände und sagte: » Startschuss ist der 10. August und wir treffen uns wieder hier um 10 Uhr, so soll es sein. «

Im Endeffekt war meine Aufgabe für den Sonntag die leichteste, empfand ich auf einmal und lud mir aus dem Internet entspannt ein PDF-Dokument herunter. Darauf waren schon alle wichtigen Punkte vorgegeben und ich druckte es aus. Es fehlten nur noch ein paar Angaben, die man bequem einsetzen konnte.

Als da wären:

- Name des Vereins: Friedensbewegung WVD 10.10.2020
- Der Zweck: Globalen Frieden auf Erden schaffen
- Datum der Gründung: 10.08.2020
- Sitz des Vereins: Hm, bei Roger vielleicht, grübelte ich, das wäre am einfachsten

Dann müssen am Ende noch alle Sieben unterschreiben, fertig. Und ab zum Notar.

Ich holte mein Handy, um den Triumph in die Gruppe zu stellen und hatte wohl wieder etliche Nachrichten vorher im Chat verpasst.

Ich war der Letzte? Das kann doch nicht sein, dachte ich, hatte ich schon wieder so lange geschlafen?

Olli hatte gestern Nacht bereits als Erster geschrieben, dass sämtliche Computer Teile bei Roger aufgebaut und bereit waren, in Betrieb zu gehen. Und er hätte gerade von seiner Mutter einen guten Tipp für ein Notariat bekommen, in dem ein Bekannter von ihr arbeitet.

Denise postete etwa vor einer halben Stunde, dass sie und Susi gerade auf dem Heimweg von Christine wären und mit ihr und Mirko die Teilnahme an der Gründung abgemacht sei.

Und selbst Roger kam mir noch um fünf Minuten zuvor, als er schrieb: » Endlich ist alles verkabelt, angeschlossen und integriert. Das System fährt hoch und die Treiber sind geladen. Ready for Takeoff! «

Hut ab, dachte ich und schrieb dann nur knapp und ein wenig enttäuscht: » Satzung fertig. «

Alle gratulierten mit den Händen und ich kam mir irgendwie als Depp vor.

Ich fragte, ob sie mich wieder mit dem Rad abholen könnten, damit ich nicht verschlafe.

Woraufhin Olli ein grinsendes Emoji schickte und schrieb: » Na klar, wir holen dich um 9 Uhr ab. «

Den Rest des Sonntages hatte ich tatsächlich mal meine Ruhe und dachte über vieles nach.

Irgendwie war mir die Rolle des Ideengebers ein wenig aus der Hand geglitten und ich wollte deshalb unbedingt für die wichtigen Impulse bei der Entwicklung einer neuen Weltordnung sorgen.

Wenn wir einfach mal den Punkt Profit komplett aus allen Überlegungen rausnehmen, gäbe es doch keinen Grund mehr für Ungerechtigkeiten, erkannte ich. Dann müsste man dafür sorgen, dass es jedem Einzelnen gewährleistet sei, ein Grundeinkommen zu erhalten, genügend Wohnraum zur Verfügung steht und freie medizinische Hilfe jederzeit in Anspruch genommen werden kann. So sollte es allen Menschen in gewissem Maße gut gehen.

Die einzelnen Länder müssten dementsprechend Geld aus einem *Welt Topf* für jeden Bürger erhalten, um somit dieses Level zu gewährleisten, damit es keine Armut mehr gibt. Jetzt liegt es an einem selbst, wie sehr man sich zusätzlich für sein Land einbringen kann und möchte, um sich z. B. mehr Luxus gönnen zu können. Eine Belohnung, wenn man so will, etwas für die Gemeinschaft getan zu haben.

Macht Sinn, dachte ich mir. Und alle Länder müssten sich auf ihre bestimmte Art am wieder Auffüllen des Topfes beteiligen.

Genau, jedes Land hat durch seine spezifischen Merkmale unterschiedliche Möglichkeiten, für die Weltbevölkerung nützlich zu sein und kann sozusagen Kernkompetenzen übernehmen, die es in Absprache ausübt.

Für Deutschland fiel mir sofort die Autoindustrie ein. Aber auch Nahrungsmittel wie Kartoffeln und Spargel. Um die ganze Welt mit Kartoffeln beliefern zu können, wäre es natürlich unpraktisch, wenn sich nur ein Land jeweils darauf spezialisieren würde. So eine Art Konkurrenz wäre schon wichtig, aber nicht um die Konkurrenten zu verdrängen oder zu übernehmen, sondern um Verbesserungen gemeinsam zu erarbeiten. In Japan wäre der Autobau sicherlich auch eine Kernkompetenz. Computer und Handys kämen dann z.B. aus USA, China und Südkorea, ist ja auch jetzt schon so. Urlaubsländer mit viel Strand würden Tourismus anbieten.

Länder mit Rohstoffen oder sogar Erdöl haben dort ihre Kompetenzen. Und sicherlich haben auch die im Moment etwas ärmeren Länder ihre speziellen Besonderheiten und Fähigkeiten, die sie einbringen könnten, um den *Welt Topf* zu füllen. Alles sehr wohl durchdacht, abgestimmt und füreinander. Nicht zum Profit von einigen Konzernen oder Machthabern.

Die Konflikte mit den Grenzen und die Zuordnung eines eigenen Gebietes für sämtliche Völker müsste zunächst weltweit friedlich geregelt werden. Hier kommt es auf die Kompromissbereitschaft an. Man gibt und bekommt etwas dafür, ohne Zinsen und ohne Schulden und alle Menschen profitieren davon.

Genau, hier passt dann das Wort, dachte ich und wow, die Idee mit den Kernkompetenzen und dem *Welt Topf* gefiel mir richtig gut. Alle Länder zahlen so ihren Teil ein und bekommen dafür einen festen Betrag zum Haushalten und Auszahlen an ihre Einwohner.

Mir kam noch der Gedanke an Neid und Hass, die ich mit ethischen Grundsätzen regeln wollte, als Denise meine Gedanken mit einem Eintrag im Chat unterbrach.

» Veronica fand die Idee mit dem Paparazzi gut, wir senden dann also Antal unser Interview, ok? «

» Na klar, ist doch schon geklärt gewesen «, antwortete ich.

» Und, was machst du? « wollte sie wissen.

» Ich kreiere die neue Weltordnung «, schrieb ich etwas großkotzig und überwältigt von meinen Gedanken zurück.

» Dann will ich dich mal nicht weiter stören, bis morgen, Küsschen. «

Schade, ein bisschen Ablenkung wäre vielleicht doch ganz gut gewesen, aber jetzt war es zu spät dafür.

» Du störst doch nie, Küsschen «, schickte ich ihr zurück.

Ich hatte eigentlich wirklich schon genug. Dachte dann aber nochmal kurz an Neid und Hass als Anhaltspunkt für moralische und ethische Richtlinien, die das friedliche Miteinander der verschiedenen Völker gewährleisten sollten. Auf einmal wurde mir das dann doch zu viel. Also machte ich den Fernseher an und berieselte mich mit einer Krimiserie. Es funktionierte, ich konnte tatsächlich ein wenig abschalten und nun wirklich entspannen.

Diesmal war ich gerade schon wach und im Bad fertig, als es klingelte, doch es war jemand für Maike. Ich nahm meinen Rucksack, schnappte mir in der Küche noch eine Banane und ging hinten rum in die Garage zu meinem Fahrrad. Ich wollte schon vorfahren zu Denise, aber als das Garagentor langsam hochging, standen sie schon zu dritt da und freuten sich.

» Nicht schlecht, Martin «, witzelte Olli.

» Ha, ha, weißt du was noch nicht schlecht ist? Als Verein können wir uns gestatten, vom Vereinsgeld neue Fahrräder zu kaufen, wenn es im Sinne der Satzung wäre. «

» Also dann nur für die Fahrten zum Vereinssitz «, witzelte Olli weiter, als er mein Augenzwinkern gesehen hatte.

» Au ja «, griff Susi das Thema gleich auf, » als persönliche Maske brauche ich, natürlich auch nur für Denise, Make Up und Beauty Produkte. Sowie Lockenwickler, einen Fön und ich muss nochmal in der letzten *Elle* gucken, da gab es was tolles zum Haare entfernen. «

Denise spielte mit und bestätigte: » Stimmt, die Sachen brauche ich unbedingt und besonders das Dings zum *Haarentdingsen*. «

Wir lachten und freuten uns.

Es kam mir vor, als wäre bald Weihnachten und jeder würde sich gerade einen riesen Wunschzettel ausmalen.

» Ein bisschen was sollten wir uns davon schon gönnen können «, meinte ich, » schließlich opfern wir dafür unsere ganze Zeit. Aber es muss irgendwie in Verbindung zum Verein stehen. Ich erkläre es euch gleich bei Roger. «

Es war Viertel vor Zehn, als wir bei ihm ankamen und unsere alten Fahrräder anschlossen. Der Summer ging kurz, aber es reichte gerade noch zum Reagieren. Die Wohnungstür stand weit offen und wir hörten Roger aus dem Computerraum rufen: » Ich brauche noch einen Moment, bin gleich da. «

Wir ließen uns gemütlich auf die Couch fallen und ich fragte die anderen, ob sie auch fanden, dass der Eingang zum Nebenzimmer etwas verbaut war und man Roger gar nicht sehen konnte.

» Stimmt, geht auch nicht «, schaltete sich Olli ein, der ja beim Aufbau geholfen hatte.

» Der ganze Raum ist inzwischen voller Equipment, es wird gleich richtig eng zu fünft da drüben. «

» Kommt rein, aber ganz vorsichtig «, rief Roger nun.

Wir schlängelten uns hinter der Tür an zwei riesigen Türmen mit Lüftern auf der Rückseite vorbei, die den ganzen Raum auszufüllen schienen. Dann mussten wir sehr aufpassen, dass wir nicht an die Kabel kamen, die überall wild umherhingen. Endlich waren wir links von Rogers großem Chefsessel angekommen und setzten uns auf die vier Bierkisten mit kleinem Kissen drauf. Mehr Platz gab es auch nicht.

» Ist ein bisschen voller geworden «, scherzte Roger, » aber es funktioniert alles nach Plan. Die Petition mit der Kontonummer und das Interview habe ich mit eingebaut, seid ihr bereit? «

Wir sahen einen großen Counter auf dem Bildschirm, der gerade bei acht Minuten angekommen war und weiter runter zählte.

» Moment! «

Ich holte die ausgefüllte Satzung hervor und sagte:

» Wir müssen unbedingt noch vorher unseren Verein gründen, oder was meint ihr? Christine und Mirko fehlen zwar noch, aber wir haben es hier und jetzt besiegelt, einverstanden? «

Alle nickten, bis ich das mit dem Vereinssitz bei Roger beifällig noch erwähnte. Denn nun fing er an zu protestieren, er wolle seine Privatsphäre behalten.

» Glaubst du «, begann ich sehr langsam um Zeit zu schinden, damit ich gedanklich nach einem Argument suchen konnte. Dann hatte ich es und begann von neuem.

» Glaubst du, es ist nachvollziehbar, wenn wir auf Vereinskosten so viel Geld für Equipment hier in deine Privatwohnung stecken würden? Das können wir nur dann glaubhaft darlegen, wenn hier auch der Vereinssitz ist, verstehst du? « erklärte ich Roger und war selber von dem Argument voll überzeugt.

Olli meinte dann: » Und wir dürfen logischerweise unsere neuen Vereinsfahrräder auch nur auf dem Weg zu dir benutzen «, um den Gedanken noch zu untermauern.

» Warte Olli «, sagte ich, » jetzt mal im Ernst. Das mit dem Vereinsgeld muss ganz professionell gemacht werden und jede Ausgabe sollte mit Quittung geschehen. Wir brauchen einen Kassenwart und dürfen das Geld nicht für private Zwecke nutzen oder auszahlen. Alles darf wirklich nur im Sinne des Vereins und laut der Satzung passieren. Z. B. wenn der Sitz mit High Tech Computern ausgestattet werden muss. «

Roger grinste und war nun einverstanden.

» Nur für den Vereinssitz, verstehe «, wiederholte er.

» Es gibt allerdings auch einen monatlichen Beitrag, den jeder zahlen muss. «

Alle sahen mich plötzlich erschrocken fragend an und ich fuhr fort: » Theoretisch, aber das können wir später noch klären. « Ich wurde etwas hektisch, denn der Counter ging gerade unter die vier Minuten Marke.

» Also unterschreiben wir nun vorher noch, oder was? «

Schön, dass ich mich in solchen Situationen immer auf Olli verlassen konnte. Er übernahm sofort die Initiative, griff sich die Satzung, holte einen Kuli raus und unterschrieb als Erster mit seinem Namen. Dann folgten Susi, Roger, Denise und ich.

Jetzt griff Roger zu einem Minikühlschrank, den er rechts neben sich zwischen all den Computern integriert hatte und holte kleine Wasserflaschen und ein Bierchen zum Anstoßen hervor.

Die letzten zehn Sekunden zählten wir nun zusammen runter, wie zu Silvester und drückten alle gemeinsam auf die Enter Taste.

» Hurra! «

Wir jubelten und hätten fast alles umgeschmissen, weil die Kabel auch über uns hingen und wir sie beim Anstoßen heftig berührt hatten.

» Wer probiert es als erster aus? Die App ist die gleiche wie vorher, nur das Icon habe ich angepasst, wenn du auf aktualisieren gehst «, sagte Roger nun zu mir. Diesmal reagierte ich am schnellsten und hatte mein Handy bereits als Erster gezückt.

Tatsächlich, es war nun deutlich WVD 10.10.2020 zu lesen und ich drückte drauf.

Die Eingabemaske erschien und war noch mit meinen Daten von der Schulwahl vorab ausgefüllt. Ich musste nur auf den *Teilnehmen* Button klicken und fertig.

Auf einem extra Bildschirm der über dem mini Kühlschrank stand, konnte man drei umrandete Felder mit jeweils einer Null darin sehen. Roger deutete auf das erste Fenster, über dem das Wort App stand und wir sahen, wie sich die Null in eine Eins verwandelte, als ich mich registriert hatte.

Dann bekam ich die ganzen Regularien und den 10-stelligen Code auf die App übermittelt und durfte teilnehmen.

» Und die zweite Ziffer ist für die Teilnahme per E-Mail? « wollte ich wissen.

» Genau. Und die dritte ist für Post Anträge «, sagte Roger.

Denise hatte es auch so gesehen und war bereits auf der Seite zum E-Mail senden.

» Da «, sie zeigte auf die Null im zweiten Fenster, die nun auch zur Eins wurde.

Kurz danach wurde die Eins im ersten Fenster für die App Anträge zu einer Drei, denn Olli und Susi hatten sich ebenfalls ihren Code per App aufs Handy schicken lassen.

» Einwandfrei «, befanden wir und ich wollte wissen, ob es möglich sei, auch eine Anzeige in Prozent zu machen und alle Registrierungen länderspezifisch aufzuschlüsseln.

» An sowas habe ich auch schon gedacht, Martin «, sagte er und tippte dabei auf seinem Handy rum, » aber ich bin erstmal nur froh, dass alles soweit läuft. «

» Und wir haben insgesamt schon fünf Wähler «, ergänzte Olli, als sich die App Anzeige gerade auf Vier erhöhte.

Olli erhob erneut sein Wasser, diesmal aber mit genügend Vorsicht, und sagte: » Takeoff gelungen! «

Wir zwängten uns bei Roger wieder raus aus seiner Computerhöhle und gratulierten ihm nochmals beim Gehen für die großartige Leistung.

Jetzt mussten wir auf dem Rückweg noch bei Mirko und Christine vorbeifahren und deren Unterschriften für die Vereinsgründung einsammeln.

Dann fuhren Olli und ich weiter zum Notartermin am Tauentzien, mit Schutzmaske, um dort die nächsten Schritte einzuleiten.

Der Bekannte von Ollis Mutter hieß Herr Bredow und er empfing uns pünktlich, mit einem etwas gequälten Lächeln. Er hatte eine Schwarze Bundfalte an und dazu ein Hemd mit Krawatte. Ich fand ihn etwas steif, aber Olli hatte ihn schon einmal zu Hause getroffen und war mit ihm per du.

» Also lasst mal sehen. Ihr wollt einen gemeinnützigen Verein gründen und ins Vereinsregister eintragen lassen, hab ich das richtig von deiner Mutter verstanden? « richtete er sich an Olli.

» Ja und wir sind die zwei Vorstandsmitglieder mit der fertig ausgefüllten Satzung und den sieben Unterschriften der Gründungsmitglieder. «

Olli gab ihm die Papiere.

Er überflog kurz den Antrag und nickte nun ein bisschen entspannter lächelnd.

Dann sagte er: » Das sieht soweit alles schon sehr gut aus. Unterschriften, Datum von heute. Ihr habt euch gut informiert, es ist vollständig und Ich kann die weiteren Schritte in die Wege leiten. «

» Wie geht es dir und deiner Mutti denn? « wollte er komischerweise auf einmal wissen und Olli wusste erst nicht recht, was er dazu sagen sollte und haute dann » zu zweit geht's uns gut « raus.

Herr Bredow schien erst etwas überrascht, fasste sich aber schnell wieder.

Dann sagte er nur noch: » ihr könnt die Gebühren vorne im Sekretariat begleichen, aber bitte die Masken wieder aufsetzen. Wir sehen uns dann in zwei Tagen für die Unterschriften. Wiedersehen. «

» Auf Wiedersehen und danke «, sagten wir und klopften dann beim Sekretariat.

Als wir bezahlt hatten, dachten wir sogar an die Quittung und ich war zufrieden.

Wieder unten auf der Straße wollte ich von Olli wissen, warum er nicht gesagt hätte, er könne doch mal wieder vorbei kommen.

» Nee, lass mal, muss nicht sein. So sympathisch finde ich ihn nicht unbedingt und er macht es ja zum Glück auch so «, meinte Olli.

Ich postete noch schnell: » Antrag abgegeben und bezahlt «, in die Runde und dann flitzten wir nach Hause.

Als nächstes konnten wir am Donnerstag nun unseren offiziellen Eintrag in das Vereinsregister feiern. Nachdem wir bei Herrn Bredow waren, trafen wir uns im Vereinssitz und wollten weitere Regularien vereinbaren.

Als Mitgliedsbeitrag einigten wir uns auf einen Betrag von 1,- € pro Monat und stellten bei Roger ein großes Sparschwein auf. Dann sollte ein Kassenwart ernannt werden, der aber per zweidrittel Mehrheit der Mitglieder jederzeit neu bestimmt und seines Amtes enthoben werden konnte.

Wir schlugen alle Denise vor, weil sie eindeutig am vertrauenswürdigsten ist, aber sie wollte nicht.

Dann meinte Olli: » Du hast dich doch schon so viel damit beschäftigt, Martin, willst du nicht? «

Die anderen nickten.

» Na gut. «

Ich war nun also der Hüter der Vereinsgelder und sagte:

» Danke für euer Vertrauen. «

» Und was machen die Einträge, Roger? « fragte ihn Olli.

» Alles gespeichert und doppelt gesichert, läuft «, antwortete er und zeigte uns dann eine neue App, die er extra für uns programmiert hatte. Durch diese mini App konnten wir die Anzeige seines kleinen Bildschirms quasi live genau mitverfolgen.

Es waren inzwischen tatsächlich ein paar Anmeldungen per App dazu gekommen und ich wunderte mich über die langsam steigenden Zahlen. Dann fiel mir ein, dass ja alle Schüler und Schülerinnen, die mit der App die Vorwahl an unserer Schule gemacht hatten, eine Mitteilung über das neue Update bekommen haben mussten.

Na super, macht alle mit, immer weiter so, dachte ich. Und obwohl jeder die Zahlen selber lesen konnte, posteten wir sie untereinander immer noch in die Gruppe und freuten uns.

Ich weiß gar nicht, wie oft ich auf diese Anzeige gestarrt habe. Am Anfang bin ich zu gar nichts anderem mehr gekommen, so spannend fand ich es, die steigenden Zahlen zu beobachten. Ich glaube es waren bestimmt drei Tage, an denen ich nicht mal mit Denise gesprochen hatte.

Dann endlich passierte etwas Neues.

VF hatte bei Denise angerufen und ihr von Brunos Idee erzählt, wie er sich vorstellen könne, eine Spendengala auf die Beine zu bringen. Und als Termin nannte er den Samstag in zwei Wochen, am 29. August, zur Prime Time auf ARTE.

Das war doch viel spannender als der Counter der App. Obwohl, gerade eben stieg er auf zweiunddreißig an.

Leider hatte der 29. August auch einen Haken, denn es war genau der Tag, an dem meine Eltern wieder aus dem Urlaub zurückkamen. Ich hätte nur zu gerne wieder einen Trip nach Hamburg gemacht, um live dabei zu sein. Wir wollten aber auf jeden Fall die Show zusammen ansehen und verabredeten uns bei Denise, weil ihre Eltern erst einen Tag später zurückkommen würden.

Die nächsten Tage wollten wir nutzen und in der Stadt überall Plakate kleben, um auf die Spendengala aufmerksam zu machen. Denise und Susi hatten auch hier wieder einen tollen Entwurf gezaubert, den Roger in das richtige Format brachte und per E-Mail einem Kumpel von früher schickte. Er hatte eine kleine Firma mit super Connections zu Druckereien und diverse Werbeflächen, die er uns vermieten konnte.

Wir wollten unbedingt beim Plakatieren helfen und klebten jeden Tag rund eintausend Stück.

Reicht jetzt aber auch, dachte ich, denn ich roch nur noch nach diesem Kleber und hatte Muskelkater in den Armen.

Den anderen erging es aber nicht besser.

So langsam näherten wir uns dem Tag der Gala und hatten schon länger nichts mehr von Bruno und VF gehört.

Zuletzt hatte er vorgeschlagen, den Park zu nutzen, wo sowieso noch alles für den Dreh aufgebaut war und die Gala von dort live zu senden. Und er wollte auch die Idee von Denise mit einbauen, dass Veronica Kinder verschiedener Herkunft zu ihren Heimatländern befragen sollte, wie es dort mit dem Frieden aussieht und was sie sich wünschten.

Die Grundstruktur sollte aber sein, dass Paten bzw. Freunde aus verschiedenen Ländern zu der Gala eingeladen werden, um dann auch in ihrer Heimat richtig Werbung zu machen. Das war unser aktueller Stand.

Dann kam die spannende E-Mail mit dem kompletten Ablauf. Bruno schien im Vorfeld immer mehr zu pokern und ahnte, dass etwas Großes daraus werden könnte und verlängerte die Gala kurzerhand auf drei Stunden. Es sollten zwei Musik Bands mit Friedensbezug im Unterhaltungsprogramm auftreten und ein Comedian das ganze Thema an der Seite von Veronica ein bisschen auflockern.

Ja, Veronica. Um sie wurde es die letzten Tage auch immer ruhiger und im Nachhinein denke ich, wird es das schlechte Gewissen gewesen sein, dass sie wohl bekommen haben musste.

Dadurch, dass Bruno alles so professionell aufziehen wollte, blieb nicht mehr viel übrig vom ursprünglichen Charme unserer Aktion. Selbst die Idee von Denise schien auf der Kippe zu stehen, weil ihm die armen Kinder aus irgendeinem Grund nicht passten.

Und dann war da plötzlich noch die Hektik wegen des Spendenkontos. Merkwürdig, Veronica kam extra mit einer Limousine und kleinem Team nach Berlin, nur um sich bei laufender Kamera in unserem Verein mit ihrer Unterschrift auf der Satzung einzutragen und verschwand daraufhin gleich wieder ohne große Worte.

» Das sei nötig, damit das mit dem Konto funktioniert und alles glatt geht «, hatte sie gemeint.

Wie gesagt, sehr merkwürdig.

Viele unserer Plakate waren inzwischen überklebt worden, aber hin und wieder sah man noch welche und die Vorfreude auf den 29. wuchs von Tag zu Tag.

Nur das sich die sturmfreie Bude dann erledigt hätte, war ein wenig schade.

Es hupte dreimal und meine Eltern fuhren in die Garage ein. Maike und ich gingen runter und öffneten die Terrassentür. Dann kamen unsere Eltern mit dem ganzen Gepäck rein und umarmten uns.

» Seid ihr anständig gewesen «, wollte Vati als erstes wissen und wir nickten.

Dann fragte ich ihn: » Wie war denn euer Urlaub an der Ostsee? «

» Total überfüllt. Sie mussten teilweise die Strände sperren und das Wetter war auch nicht dolle «, mäkelte er.

» Wir können dann bald zusammen etwas essen und rufen euch «, sagte Mutti, » aber erstmal wollen wir noch auspacken. «

Inzwischen war es schon Nachmittag, als wir mit essen fertig waren und ich sagte, dass ich am Abend vorhatte, Denise zu sehen.

» Habt ihr uns denn gar nicht vermisst und wollt ihr den Abend nicht mal wieder mit euren Eltern verbringen? «

Ich guckte Maike an, die offensichtlich auch andere Pläne hatte, denn sie sagte: » Heute leider nicht mehr, aber danke für das leckere Essen. «

Dann verschwand sie lieber schnell und ich musste alleine sehen, wie ich mich am besten vor dem früher geliebten Spieleabend drücken konnte.

» Es ist wirklich ein ganz wichtiger Abend für mich, bitte, ich bin mit Denise verabredet «, sagte ich fast flehend.

Glücklicherweise funktionierte es, denn meine Eltern waren endlich einverstanden und wollten es sich allein gemütlich machen.

Und es wurde ein denkwürdiger Abend.
Nachdem ich mich zu Hause um 20 Uhr verabschiedet hatte und bei Denise klingelte, begann auch gleich die Show, also meine Idee von einer Spendengala.
Roger kam noch kurz nach mir und hatte seinen Laptop dabei, weil Denise ihn darum gebeten hatte.
Jetzt ging es los, wir waren ganz aufgeregt. Schade nur, dass in Zeiten von Corona ohne großes Publikum natürlich nicht so viel Stimmung gemacht werden konnte. Aber der Trick im Freien zu drehen, wodurch doch einige Zuschauer vor Ort sein durften, war super. Das war aber auch das Einzige, leider, denn danach wurden unsere Gesichter immer länger.
» Was erzählen die denn da «, dachten wir, » das stimmt doch alles gar nicht. «
Bruno hatte die Entstehung der Idee völlig umgeschrieben und alles einzig und allein als Friedensaktion von Veronica Forrest dargestellt. Sie war es, die alles initiiert hatte, wurde immer wieder betont. Man konnte das Filmchen aus Berlin sehen, als sie den Verein angeblich schon vor vier Monaten gründete. Alle Einstellungen mit uns waren rausgeschnitten worden und ich wurde langsam echt sauer.
» Das ist gemein. «
Na wenigstens die Kontonummer die nun eingeblendet wurde, war die unseres Vereins, Entschuldigung, Veronicas Vereins. Jedenfalls hatten sie das eben gerade gesagt.
Dann kam der Auftritt der ersten Band, die ich zu allem Überfluss überhaupt nicht leiden konnte und hatte genug.
» Schalt bloß aus «, sagte ich, » ist ja furchtbar. «

Die anderen waren auch geschockt und völlig angefressen.

» Veronica hatte mir heut Nachmittag geschrieben, dass es ihr leid täte, was Bruno aus unserer Friedensinitiative gemacht hätte «, sagte Denise, » aber wir sollten unbedingt dran bleiben und einen Laptop dabei haben. «

Ich knurrte: » Na gut, dann mach wieder an. «

Wenigstens war das Lied inzwischen durch und Veronica empfing ihren ersten Gast auf einer Hollywood Schaukel.

Jeder Pate schien instruiert worden zu sein, Veronica immer als erstes zu fragen, wie sie auf diese tolle Idee gekommen wäre und Veronica hatte dann immer genau die perfekte Antwort parat, um herzzerreißend Frieden herbei zu sehnen.

Das muss man Bruno ja lassen, die Inszenierung war gelungen und auf der großen Spendengeld Anzeige wuchs die Summe immer weiter an. Es war auch ein Live Chat während der Sendung am Laufen, den man öfter als Einstellung auf einer großen Monitorwand sehen konnte und auf den Veronica auch immer mal einging.

Ich muss gestehen, ich hatte vor, etwas Gemeines als Kommentar in den Chat zu schreiben, konnte mich aber beherrschen. Bereute es aber wenig später, denn nun kam der nächste Nackenschlag.

Sie sprach von einem ersten Interview, dass sie unter witzigen Bedingungen genau hier während der Dreharbeiten gegeben hätte und es kam nun der Einspieler.

Doch anstelle von Denise, konnten wir irgendeinen komischen Reporter sehen, der mit Veronica im Café saß und ihr die Fragen stellte.

Als dann die zweite Band ihren Auftritt hatte, war unsere Stimmung am Tiefpunkt angelangt und diesmal war es Denise, die den Fernseher frustriert ausmachte.

» Jetzt reicht's! «

Doch dann bekam sie plötzlich eine Nachricht. Sie war von VF und in der schrieb sie: » Bitte entschuldigt nochmal, aber baut unbedingt den Laptop auf, startet Skype und bringt euch vor der Kamera in Position, bis gleich. «

» Was sollte das denn jetzt? «

Wir wunderten uns und schalteten wiederwillig erneut ein. Dann klappten wir den Laptop auf und starteten Skype.

» Okay und jetzt? «

Nachdem der Song vorbei war, schien es kurz so, als sei Veronica verschwunden, denn der Comedian suchte zusammen mit der Kamera nach ihr.

Offenbar nicht abgesprochen, hatte sich Veronica zu ein paar Kindern ins Publikum gesellt und sprach mit ihnen. Sie hatte den Plan von Denise aufgegriffen und fragte nun nach ihrer Herkunft. Bild und Ton waren inzwischen auch dabei und ihr wurde ein kleiner Hocker gebracht.

Die Kamera schwenkte nun groß auf sie.

» Hey Pete «, sagte sie anscheinend zu dem Kameramann, denn der machte, ähnlich wie Olli neulich, ein Nicken mit der Kamera.

» Gibst du mir bitte mal den Laptop. «

Plötzlich wurde ihr einer in das Bild gereicht und auf den Hocker gestellt.

Dann sagte sie: » Genaugenommen waren es ein paar Jugendliche, die mich zu allererst darauf aufmerksam machten, dass wir alle etwas für den Frieden tun können. «

Sie klappte den Laptop auf, startete Skype und sprach weiter:

» Ich möchte ihnen allen nun die Schüler vorstellen, die mit ihrer Vision vom Frieden, all das hier überhaupt erst möglich gemacht haben. «

Sie drückte den Videoanruf Button und tatsächlich klingelte kurz darauf bei uns der Computer.

Denise machte den Ton am Fernseher aus und helles Licht an. Als wir fertig in Position saßen, drückte sie auf annehmen.

» Hallo ihr Lieben, schade, dass ihr nicht hier mit mir dabei sein könnt «, sagte Veronica, » wie geht es euch? «

Sie bedeutete Pete näher an den Laptop zu zoomen und auf einmal konnte man uns ganz deutlich erkennen.

» Stellt euch doch mal vor, die ganze Welt will bestimmt wissen, wer ihr seid. «

Die anderen schoben mich etwas nach vorne und ich stammelte: » Ich bin Martin Reimann, 16 Jahre alt und gehe zur Oberschule in Berlin. Ich weiß noch, wie ich am 21. Juni zum Sommerbeginn aufwachte und von einem *Welt Wahl Tag* geträumt hatte. Daraufhin haben wir Fünf, ich deutete in die Runde, unsere Friedensinitiative gegründet, für die wir glücklicherweise auch Veronica Forrest überzeugen konnten. « Nacheinander stellten sich nun auch Denise, Susi, Olli und Roger vor. Dann zoomte Pete wieder raus auf Veronica, die sich riesig bei uns bedankte. Nun klickte sie zum versöhnlichen Abschluss ein Videofile auf dem Laptop an und startete es. Pete zoomte wieder hinein und tatsächlich, man konnte das echte, originale Interview von Denise sehen.

» Diese Schüler haben bewiesen und mir gezeigt, dass es sich immer lohnt, an Frieden zu glauben und dafür einzustehen. Darum habe ich mich entschlossen, ihnen dabei zu helfen, weltweites Aufsehen zu erregen. Nicht nur hier, in unserem von Frieden bestimmten Deutschland, sondern auch überall dort auf der Welt, wo Krieg, Hunger und Elend das Leben beherrscht. Lasst uns der Welt gemeinsam Frieden geben und am World Vote Day, dem 10. Oktober 2020, dafür abstimmen. Setzen wir ein deutliches Zeichen, dass wir Krieg so nicht mehr hinnehmen. Es geht nämlich auch ohne, mit Liebe und in Harmonie. «

Wir klatschten und pfiffen und man konnte uns sogar noch etwas im Bild sehen, bis Veronica nun aufstand und zu ihrer eigentlichen Position zurückkehrte.

» Das musste ich noch kurz klar stellen «, wandte sie sich an den Comedian.

» Und wie sieht es inzwischen aus? « wollte sie wissen.

» Sensationell, Veronica «, er kriegte sich kaum ein, » sieh nur, wieviel gerade gespendet wurde. «

Die Kamera zoomte auf die Spendensumme und man konnte die ungeheure Marke von 250.000,- € erkennen.

Ich bekam eine Gänsehaut und blickte in die Runde, wo alle völlig perplex mit offenem Mund saßen. Dann fragte ich sie etwas ungläubig: » Kann es wirklich sein, dass diese Summe am Montag unserem Vereinskonto gutgeschrieben wird? «

Wir konnten es nach der anfänglichen großen Enttäuschung kaum fassen. Hatte Veronica also doch noch alles gerade gerückt und uns somit wieder zurück ins Geschäft gebracht. Allmählich verschwand auch der Schreck und wir konnten den Rest der Gala nun endlich genießen.

Als der Abspann lief, war die Euphorie mittlerweile riesengroß und musste raus.

» Wir sind im Fernsehen gewesen «, jubelten wir. Dann sprangen wir auf und klatschten uns gegenseitig ab.

Nach über zweieinhalb Stunden Frust war am Ende wieder alles vergessen.

Es hatte tatsächlich funktioniert, wie ich es visualisiert hatte. Unglaublich, dachte ich. Und mit dieser Spendensumme lässt sich garantiert die ganze Welt erreichen und Frieden schaffen, oder?

Wieder zu Hause, schlich ich ganz leise die Treppe hoch und gelangte unbemerkt in mein Zimmer. Komischerweise guckte auch niemand mehr nach mir, sie dachten wohl, ich würde bei Denise übernachten.

Warum bin ich da noch nicht selbst drauf gekommen, wunderte ich mich kurz.

Muss ich mir für die Zukunft unbedingt merken.

Ein neues Zuhause

Die Vereins-Homepage wurde nach und nach immer besser und größer. Roger entwickelte sie ständig weiter und wir ergänzten neue Rubriken. Zunächst waren es ja nur die Punkte Petition, Registrierung und Historie, also die Gegenüberstellung von Frieden und Krieg, die Denise so brillant dargestellt hatte, die zur Auswahl standen. Ach ja und man konnte sich noch das gesamte Video von Olli ansehen, sozusagen wie alles begann, aber auch gleich direkt zum Interview springen und fertig.

Jetzt konnte zusätzlich eine Globusansicht angewählt werden, erstellt aus Satelliten Bildern, die dreidimensional perfekt plastisch bewegt werden konnte.

Ganz ehrlich, wie Roger das gelungen ist, phänomenal!

Es machte voll Spaß, diesen virtuellen Globus frei zu bewegen und in die Hand zu nehmen. Man konnte ihn aber auch klassisch um die Erdachse drehen lassen und richtig Tempo geben. Die Landesgrenzen ließen sich ein- und ausblenden und es wurde für jedes Land eine kreisrunde Prozentgrafik angezeigt, auf der die Registrierungen abzulesen waren. Noch stand zwar überall Nullprozent, aber auf unserer speziellen Berlin-Grafik, konnte man den Hauch eines hundertstel Prozent erahnen.

Die Historie, die wir zum Diskutieren nun öffentlich zugänglich machten, wurde allmählich das Prunkstück der Seite.

Die Zahlen, Daten und Fakten, die wir sammelten und zusammenstellten, wurden täglich aktualisiert, denn jeder User konnte, ähnlich wie bei Wikipedia, seine eigenen Erfahrungen mit einbringen. Zuerst wurde von 193 Ländern ausgegangen, später aber wurde die Zahl auf 195 korrigiert.

Und es war von sieben Volksgruppen ohne Territorium die Rede, die unserer Meinung nach ebenfalls ein Stück Land bekommen sollten.

Wir hatten mit Herrn Lundkauski den perfekten Supervisor gefunden. Er sollte immer mal einen Blick auf die Fakten der Seite werfen, damit kein Blödsinn auftaucht und er nahm diesen Job inzwischen so richtig ernst. Nämlich, Informationen für den Frieden, wie er es nannte, weiter zu geben. Frau Özkan und Frau Borchert übernahmen sämtliche Übersetzungen. Durch ihr Zutun, wurde alles amtlich und international, das war ein riesen Pluspunkt, interessant und informativ. Ich glaube, sie trafen sich sogar einmal die Woche bei Direktorin Hannewald zum Tee und diskutierten über den Frieden.

Nachdem wir tatsächlich all das schöne Spendengeld auf unserem Konto hatten, kamen wir zu dem Schluss, dass wir neue Vereinsräume bräuchten, denn bei Roger wurde es auf Dauer einfach zu eng.

Denise hatte ein insolventes Geschäft entdeckt, aus dem sie ein tolles Wahlkampfbüro machen wollte und der Verein könnte es mieten.

Ich hatte mich vor Ort mit ihr verabredet und fand, nachdem ich von außen schon etwas hineinsehen konnte, dass es bereits ganz ordentlich ausgestattet war. Sie wolle dort die Interviews führen, denn sie stellte sich vor, mit dieser Reporterrolle das Gesicht der Kampagne zu werden.

Ganz nach dem Motto: » Wir schalten live rüber zu Reporterin Denise Ehlert, die uns mit den neuesten Zahlen vertraut macht. Wie viele Länder haben inzwischen ihre Zusage signalisiert? « sagte ich in einem tiefen, monotonen Sprecher Tonfall, als sie mir gerade vor dem Laden entgegenkam und meine Ansage hören konnte.

Sie lachte und konterte: » Danke Martin, ja, du hast recht. Es zeichnet sich ein deutliches Übergewicht der Länder ab, die ihren Bürgern die Teilnahme gestatten wollen. Das können wir anhand dieser Zahlen deutlich erkennen. «

» Bravo! «

Ich klatschte und sagte dann: » Du machst das echt beeindruckend. «

Sie drückte mich und gab mir einen ganz langen Kuss.

» Es ist wie ein Traum, der in Erfüllung geht «, flüsterte sie mir ins Ohr, » weil du einen Traum hattest und... «

Ich konnte den Rest ihres Satzes nicht mehr abwarten, weil ihr Flüstern in meinem Ohr zu sehr kitzelte.

Wir lockerten etwas unsere Arme und ich sagte: » Vielleicht hast du ja bereits geträumt, dass ich vom WVD träume. «

Denise sah mich etwas ungläubig an und war verwirrt.

» Es freut mich natürlich riesig, wenn ein Traum von dir in Erfüllung geht «, ergänzte ich noch schnell, um den Blödsinn von eben wieder zu überspielen.

» Das hast du dir auf jeden Fall verdient. «

» Danke Martin, « sagte sie und gab mir noch einen Kuss.

Vorhin, beim ersten Treffen mit der Maklerin, hatte Denise einen Schlüssel von ihr bekommen. Nun hatten wir den ganzen Abend Zeit uns zu entscheiden.

Sie führte mich rum und zeigte mir in dem riesigen Verkaufsraum, mit großen Fenstern zur Straße hin, wo sie sich ihre Interview Ecke vorstellte. Hinten kam noch ein schönes großes Konferenzzimmer, wo wir es uns gemütlich machen könnten. Toiletten und eine Küche waren ebenfalls da und sahen recht ordentlich aus. Dann gab es noch drei kleinere Räume, für die Maske und Besucher und den großen Flur mit dem Notausgang hinten zum Parkplatz.

» Klasse, sieht doch alles gut aus. Und du bist zufrieden hier? «
fragte ich und sie nickte.

» Dann lass uns versuchen, die Sache gleich klar zu machen.
Hast du die gesamten Räume schon für die Gruppe
fotografiert? «

» Na klar, jetzt muss ich dir aber von meiner neuesten Idee
berichten «, meinte Denise etwas ungeduldig.

» Ich bin ganz Ohr «, sagte ich und dachte, das ist doch sonst
immer meine Masche mit den Ideen.

» Wir brauchen doch Unterstützung in den Ländern vor Ort.
Mir fiel ein, man könnte doch all die anderen Vereine, die sich
Frieden zum Ziel gesetzt haben, kontaktieren. Davon müssten
doch weltweit viele existieren, meinst du nicht auch? «

» Großartig, ja, ein Zusammenschluss aller Friedensvereine,
sehr gut, Denise! Dann brauchst du aber bestimmt viele Helfer
in deinem Team, um mit allen in Kontakt zu treten. «

» Es haben sich schon einige Mitschüler gemeldet und ihre
Hilfe angeboten «, sagte sie, « und praktisch ist, so etwas
könnte auch von zu Hause aus getan werden. «

» Nur weiter so, jede Idee, die unser Ziel bekannter macht, ist
super. «

» Und wie findest du die Idee von Susi, Schutzmasken mit
WVD zu bedrucken und gratis zu verteilen? «

» Ja, ist auch klasse! Wer kümmert sich darum? « fragte ich.

» Soweit ich weiß, sitzen Christine und Mirko da dran und sie
entwerfen auch T-Shirts mit dem Aufdruck. «

Ich war sprachlos und fragte nur noch: » Wo muss ich
unterschreiben? «

» Cool, dass ich mich inzwischen nicht mehr um alle
Einzelheiten kümmern muss «, meinte ich zu ihr.

» Und hier kann ein eigener Kreativ-Pool entstehen, wo
Eigeninitiative auch stets willkommen ist «, ergänzte sie.

Also gut, das würden unsere neuen Räumlichkeiten werden, passt, befand ich für mich.

Ich gratulierte Denise noch einmal für das Entdecken des insolventen Geschäftes. Auch der Mietpreis schien mir durchaus akzeptabel, sogar eher günstig und so sagte ich:

» Zum Ersten, zum Zweiten und gekauft. «

Sie warf sich mir wieder an den Hals.

Dann schickten wir die Bilder in die Runde und warteten auf die Reaktionen der anderen.

Alle waren begeistert und einverstanden.

Olli schrieb: » Super Friedenshütte, wir sehen uns gleich. «

Es war ausgemacht, dass ich mit Denise von hier zur Maklerin fahre, um die Räumlichkeiten gleich fest zu machen. Olli sollte währenddessen auch dahin kommen, damit wir anschließend zu zweit gleich weiter zum Notar fahren könnten. Wir wollten die Änderung beim Vereinssitz gleich eintragen lassen. Und Denise fuhr von dort zu Susi, um die neue Einrichtung zu planen.

In den nächsten zwei Tagen hatte sie mit Susi und dem Schüler Team alles komplett überholt und den Raum hinten schön kuschelig gemacht. Ich fand, es sah wirklich klasse aus.

» Das ist definitiv jeden Euro der Vereinskasse Wert «, bemerkte Olli, als wir unsere erste Sitzung im neuen Konferenzraum abhielten.

Susi hatte die alte Couch ihrer Eltern organisiert, die übrigens sehr bequem war und locker für acht Personen Platz bot. Dann stand ein runder Konferenztisch in der Mitte, der sich auf halbe Höhe absenken ließ und ein großer Smart TV hing an der Wand. In einer Ecke war noch Platz für einen Computertisch mit kleinem Mischpult, für die Interview Aufnahmen im Nebenraum und man konnte durch einen halbseitig sichtbaren Spiegel in diesen Raum hinein sehen, aber nicht umgekehrt.

Dieses Gimmick gefiel mir besonders gut. Er war bereits im bisherigen Supermarkt vorhanden gewesen, um die Kassen zu beobachten.

Dann wollte Olli noch seine Spielekonsole aufstellen, aber die beiden neuen Cheffinnen fanden die Idee nicht so prickelnd.

Wir stimmten ab und an mir hing alles.

Was sollte ich anderes tun als mich zu enthalten. Besonders nach dem Blick von Denise.

» Wir können ja mal eine Nachtsession machen, wenn die Frauen schon weg sind «, bedeutete ich Olli und Roger.

Letztendlich waren sie einverstanden, das hier nicht ausufern zu lassen, aber nach ihrem Blick zu urteilen, hätten sie Denise und Susi am liebsten gleich nach Hause geschickt.

Nein, Spaß beiseite.

Ich ging an den neuen großen Kühlschrank im Nebenzimmer und brachte Säfte, Wasser und ein Bierchen mit.

» Ihr habt echt an alles gedacht «, bewunderte ich die beiden beim Reinkommen, » jetzt wollen wir doch mal sehen, ob wir von hier aus alle Menschen der Welt erreichen können. «

» Wie sieht es mit den Vorschlägen von Dini und Susi aus? « fragte ich.

Denise guckte ein bisschen entrüstet, fand das Dini dann aber doch nicht so schlecht und lächelte.

» Wir haben schon ein paar Vereine gefunden und per E-Mail angeschrieben, jetzt müssen wir abwarten. «

» Die Produktionen der Schutzmasken und T-Shirts mit coolem Logo sind am Start «, sagte Susi nun, » wir müssen den Auftrag nur noch beschließen und es kann losgehen. In zwei Wochen gibt es dann die ersten Exemplare zur Ansicht, noch Fragen? «

Wir klopften anerkennend auf den Konferenztisch, Schrägstrich, Couchtisch. Er war einfach nur super und ich liebte dieses Teil.

» Das heißt dann also, beschlossen? « fragte Susi noch etwas unsicher.

Aber als wir wieder klopften und uns dabei riesig freuten, war alles klar. Mit dem Klopfen wurde es also offiziell. Die WVD Shirts und Masken konnten hergestellt werden.

» Was sagt denn unsere Kasse, Schatzmeister? « fragte mich Olli, » sind immer noch über 250K auf dem Konto? «

» Ja, es ist sogar noch ein wenig dazu gekommen, auch wenn schon vieles durch die neue Ausstattung hier abgebucht worden ist «, fasste ich zusammen.

» Aber wichtiger ist im Moment, wie unsere nächste Aktion aussehen wird. Um das Ganze werbewirksam aufzuziehen, bräuchten wir von jedem Land die von uns geforderte unterschriebene Erlaubnis, dass alle Bürger des Landes an der Wahl teilnehmen dürfen, ohne Ärger zu befürchten. «

» Genau «, mischte sich Roger ein, » und auf der Landkarte erscheinen die Länder, deren Zusage wir bereits haben, grün hinterlegt. Und die, die sich weigern, bleiben weiter rot. «

» Guter Effekt «, sagte Denise, » je höher die Prozentzahlen werden, obwohl das Land noch rot ist, desto größer wird irgendwann der Druck. Klasse. «

» Aber wie kommen wir an die regierenden Politiker ran, geschweige denn an Diktatoren? « gab Olli zu bedenken.

» Es muss doch offizielle Kanäle geben, z.B. über das Auswertige Amt «, meinte Susi.

» Du meinst, wir wickeln zuerst Angela um den Finger und nutzen dann ihre Kontakte? « versuchte Olli zu deuten.

» Also, die Unterschrift der Bundeskanzlerin bräuchten wir sicherlich irgendwann und je eher desto besser «, sagte ich.

» Es wäre durchaus wichtig, wenn unsere Heimat ein erstes Zeichen setzt und auf Grün geht «, fuhr ich fort.

» Ich könnte mir schon vorstellen, wenn wir sie zu einem Schüler Interview einladen, dass sie sogar kommen würde «, sagte Denise.

» Wir sollten es über die Pressestelle versuchen «, gab Roger einen Tipp.

» Also probieren wir es «, Olli klopfte auf den Tisch.

Wir folgten seinem Beispiel und somit war auch das beschlossen.

» Wir machen echt super Fortschritte «, fing Roger an, » ich hatte mir noch überlegt, ob Bruno vielleicht für uns auf ARTE einmal die Woche 15 Minuten Sendezeit vermitteln könnte, damit wir im Gespräch bleiben und die neuesten Zahlen präsentieren können. «

» Krasse Idee, wenn das klappt, wäre es natürlich super «, bestätigte ihn Olli anerkennend und fing wieder an zu klopfen.

Wir zögerten erst noch, weil wir von Bruno bei der Gala doch ganz schön enttäuscht worden sind, wollten dann aber Veronica probieren lassen, die Idee bei Bruno durchzusetzen. Dann klopften wir alle wieder.

Es war inzwischen schon kurz vor Mitternacht, als wir die Sitzung für beendet erklärten und somit war es mir leider auch schon zu spät zum Zocken.

» Holen wir dann beim nächsten Mal nach «, sagte ich zu Olli, als ich eine leichte Enttäuschung in seinem Gesicht erkennen konnte.

» Na gut, beim nächsten Mal dann. Also bis morgen «, sagte er und wir verabschiedeten uns.

Am nächsten Tag fing mich meine Mutter am Vormittag ab, als ich mich gerade auf den Weg zum Verein machen wollte.

» Wo fährst du eigentlich jetzt immer hin, du bist in letzter Zeit so geheimnisvoll. «

» Ich hab es eilig, erzähl ich dir ein andermal. «

Ich versuchte schnell über die Terrasse zu verschwinden, aber sie kam mir in die Garage nach.

» Komm doch bitte heute Abend um 20 Uhr nach Hause, wir wollen mit dir reden. «

» Ach Mutti, es ist im Moment echt schlecht. «

Doch sie ließ nicht locker: » Oder du bleibst den ganzen Tag hier und hilfst mir beim Hausputz. «

Es blieb mir also keine Wahl, denn aufs Putzen konnte ich wirklich verzichten und sagte: » Na gut, also dann um acht. «

Jetzt aber schnell weg, bevor Mutti noch auf andere Gedanken kommt, dachte ich und schwang mich auf mein Fahrrad.

Ich ging vom Parkplatz aus hinten die paar Stufen runter und ließ mich auf die Couch fallen. Olli und Susi waren auch schon da und begrüßten mich. Dann sah ich Denise durch den Spiegel, wie sie sechs Mädchen und zwei Jungs Aufgaben anvertraute. Daraufhin setzten sie sich an einzelne Tische und tippten in ihr Handy. Ich klopfte an die Scheibe und sie kam zu uns rein.

» Hi Martin «, begrüßte sie mich voll konzentriert aus Entfernung winkend, » es geht los mit den Vereinen, die ersten haben sich gemeldet. «

» Und deshalb bekomme ich also kein Küsschen «, antwortete ich ein bisschen ironisch.

» Genau deshalb. «

Sie spielte die Eingeschnappte und ließ mich warten.

Dann begriff ich und stand endlich auf um sie zu küssen.

Inzwischen stand auch Susi auf und fragte Denise, ob sie jetzt ihre Interview Ecke einrichten wolle.

Sie nickte und wollte von uns wissen, ob Stühle oder höhere Hocker besser sind. Wir entschieden, dass die Hocker lockerer wären und zu uns Schülern besser passten, als langweilige Stühle.

» Also gut. «

Denise zauberte zwei Hocker aus dem Nebenraum und meinte: » Ich hatte schon so eine Ahnung. Die sind von der Minibar in unserem Keller, da stehen acht Stück und so viele braucht mein Vater nicht. «

Ich guckte immer noch ungläubig. Dann sagte sie:

» Und ich habe sie mit einem Kombitaxi abholen und herbringen lassen. Hier ist die Quittung, Kassenschatzi. «

Die neue Wortkreation gefiel mir zwar nicht sonderlich, aber ich hatte ja damit angefangen. Deshalb sagte ich zurück:

» Sehr schön Dini, es fehlt nur die Strecke, von wo nach wo die Fahrt ging. «

» Füllst du das bitte aus «, sagte sie und verschwand mit Susi und den zwei Hockern ohne auf meine Zustimmung zu warten. Olli grinste sich eins und wiederholte: » Bitte, Kassenschatzi. « Ich warf mich zu ihm auf die Couch und boxte ihn. Dann klingelte es, zumindest hörte es sich danach an und wir konnten Roger an der Straße sehen, wie er einen erhöhten Bar Tisch aus einem Mietwagen raus hob. Wir gIngen durch den großen Raum und öffneten ihm die Tür. Er wuchtete das Teil hoch und ging damit schnurstracks auf die Interview Ecke zu.

» Danke Roger, der passt echt super «, sagte Denise und Susi gab ihm zur Begrüßung einen Kuss.

» Setzt euch mal hier auf die Hocker, ich möchte sehen wie das wirkt «, bat Denise die beiden Turteltauben.

» Olli, hast du die Kamera dabei? «

Er verschwand kurz und kam mit Kamera und Stativ zurück.

» Bau sie doch bitte hier auf. «

Denise zeigte ihm eine passende Position, welche für die Totale bestens geeignet war.

» Hast du auch noch den Scheinwerfer oder hat Christine ihn schon wieder zurückbekommen? « wollte sie dann wissen und schien organisatorisch alles bestens im Griff zu haben.

» Ja, den müssen wir uns wieder von ihr abholen. Kommst du kurz mit, Roger? « reagierte Olli gleich bereit.

» Gut «, signalisierte er und sagte dann zu Susi: » Sagst du ihr bitte kurz Bescheid, dass wir kommen, Schatz. «

Susi griff ihr Telefon und klärte die Abholung bei Christine.

» Schön, dann setz du dich jetzt bitte zu Susi «, sagte Denise nun zu mir.

Dann sah sie in den Sucher der aufgebauten Kamera und nickte zufrieden.

» Jetzt brauchen wir nur noch einen perfekten Hintergrund und die Verkabelung in den Konferenzraum.

» Eine Weltkarte wäre ganz gut, aber auch irgendein typisches Friedenssymbol «, dachte sie laut.

» Wie wäre es mit einer weißen Friedenstaube «, schlug Susi vor.

» Oder ein Bild von Nelson Mandela «, war meine Idee.

» Beides sehr schön. Und ich hätte gern ein Fähnchen, das auf dem Tisch steht. «

» Du meinst 195 Fahnen «, wandte ich ein.

» Hast recht, also 195 Fahnen. «

Sie ging zu Anton, einem der Helfer und sagte ihm:

» Kannst du dich bitte darum kümmern, das wir von allen Ländern kleine Fahnen für den Tisch zum Aufstellen bekommen. «

Er nickte und konzentrierte sich gleich wieder auf sein Handy.

» Großartig, wie du das hier alles koordinierst «, sagte ich und wollte mich wieder auf die Couch begeben. Doch auch ich hatte noch etwas beizusteuern.

» Wir brauchen ein langes USB-, HDMI- und Mikrofon Kabel, hat Olli gemeint. Dann noch ein paar Steckerleisten und Verlängerungskabel. Und wenn du einen Ventilator findest, kannst du ihn auch gleich noch mitbringen. «

» Auf dem Fahrrad? «

Ich war etwas überrascht.

» Wenn das *zu viel* ist, kannst du den Ventilator auch weg lassen. «

Ihre Betonung auf » zu viel « gefiel mir zwar nicht so, aber stachelte mich natürlich an.

» Also gut. Und du meinst, dass einer reicht? «

» So ist es schon besser «, machte sich Denise ein Späßchen, » hatte eigentlich auch schon an zwei Stück gedacht. «

Hätt ich doch bloß nichts gesagt und biss mir auf die Lippe.

Als ich vom Elektro Markt mit nur einem Ventilator über die Hintertreppe zurückkam, waren die anderen mit allem so gut wie fertig.

Denise kam mir im Flur begeistert entgegen, umarmte mich und sagte dann: » Entschuldige bitte, dass ich vorhin so kurz angebunden war. Ich hatte noch so viele Dinge im Kopf, die ich umsetzen wollte und hätte mich sonst nicht darauf konzentrieren können. «

» Ist ok, na klar, schon verziehen «, antwortete ich.

» Zeig mal her, hey cool, du hast einen Turmventilator mitgebracht, die sind toll. Danke Martin, du bist der Beste. «

Spätestens nach dem Kuss der darauf folgte, konnte ich nun wirklich nicht mehr sauer sein und erwiderte gefühlte Ewigkeiten danach: » Ich danke dir. «

Dann kam Olli aus dem Zimmer und stürzte sich auf die Kabel.
» Lass mal sehen, ob die brauchbar sind. Ich hoffe die Länge reicht aus. Wir sind dann auch gleich fertig. «

Ich zog meine Jacke aus und ging in das Konferenzzimmer. Drinnen saß Roger mit einem großen Notebook, dass er auf dem Tisch zu stehen hatte.

Hatte ich erwähnt, dass dieser super Tisch auch drehbar war? Über solche Sachen konnte ich mich immer wieder begeistern.

Das ist cool, dachte ich, nicht irgendwelche Typen, die sich toll finden, wenn sie auf Kosten anderer machen was sie wollen und sich an keine Regeln halten.

Eben im Elektro Markt waren wieder zwei dieser Prachtexemplare für schlechtes Benehmen, denen natürlich das Tragen einer Maske völlig egal war und die nur darauf warteten, zurück pöbeln zu können, wenn man sie daraufhin ansprach. Und sowas ist bestimmt nicht cool, sondern einfach nur dumm und dämlich.

Ich wollte mich gerade aufregen und den anderen die Geschichte erzählen, merkte aber wie sinnlos es war. Diese Typen werden es nie begreifen, worum es im Leben wirklich geht. Und Frieden auf Erden ist ihnen sicherlich sch… egal.

Also wieder zurück, mahnte ich mich, wo war ich gleich stehen geblieben? Ach ja.

Ich war begeistert und setzte mich zu Roger auf die Couch.

Er saß bequem vor dem Laptop und hatte eine kleine Tastatur auf dem Schoss, auf der er fleißig tippte.

Er blickte kurz auf, sagte » Hi « und grinste.

» Das ist voll abgefahren «, meinte er, » ich kann von hier aus mein komplettes Netzwerk zu Hause fernsteuern und brauche nicht mehr zwischen den Türmen mit den Lüftern sitzen.

Aber das Allerbeste ist, dass ich inzwischen den perfekten Schutz vor Hackern habe. «

» Das wollte ich dich schon immer mal fragen «, sagte ich, » wie machst du das eigentlich mit der Firewall, wie sicher ist dein System? «

» Genau das meinte ich damit, Martin. Als ich im Netz auf der Suche nach jemand war, der sich mit komplexen Server Systemen wie das Unsere auskennt und mir beim Einrichten helfen könnte, habe ich einen Typen kennengelernt. Angeblich hat er das Netzwerk des BND mit dem besten Schutz vor Cyber Angriffen ausgestattet. Ich habe mich inzwischen mit ihm angefreundet. Jedenfalls hat er mir sein privates Schutzpaket, das er für sich selbst entwickelt hat, zum Testen angeboten und ich sage dir, damit kommt bei uns auch niemand mehr rein. Das ist absolut sicher. «

Er strahlte und drehte den Tisch so zu mir, dass ich den Bildschirm von vorne sah, als wolle er mir damit sagen, ich solle versuchen ihn zu hacken.

Ich winkte ab und fragte stattdessen, wie es mit dem Wi-Fi Netz hier im Laden aussehen würde: » Können wir das nutzen und wie sicher ist es? «

» Ja, ihr müsst euch alle gleich mal über den Laptop anmelden und als Benutzer ein eigenes Passwort überlegen. Dann könnt ihr und das Team draußen darüber sicher im Netz surfen. «

Er reichte mir die Tastatur.

» Klasse! «

Ich überlegte mir einen Benutzernamen und bestätigte mein Passwort. Dann aktivierte ich Wi-Fi an meinem Handy und konnte das Netzwerk » Frieden e.V. « finden und mich problemlos damit verbinden.

Dann sagte Roger, dass ich bitte den anderen Bescheid sagen soll, sich ebenfalls mit einem eigenem Benutzernamen im System einzutragen, damit wir alle das Wi-Fi Netz benutzen könnten.

Ich ging rüber in den Laden, wo immer noch zwei der Mädchen saßen und tippten. Dann ging ich in Richtung Interview Ecke, wo Olli, Denise und Susi letzte Feinheiten machten, aber ansonsten sah alles schon so gut wie fertig aus. Olli schob die Kabel durch ein Loch in den Konferenzraum und sagte: » Das war's. «

» Roger lässt bitten, wenn ihr soweit seid «, sagte ich.

» Sekunde noch «, meinte Denise.

Olli und Susi kamen gleich mit.

Während Olli die Kabel noch kurz in das Pult steckte und das Kamerabild von nebenan nun auf einem kleinen Bildschirm zu sehen war, konnte Susi sich im System als Zweite einloggen.

Nachdem sich Olli nun ebenfalls Benutzernamen und Passwort überlegt hatte, kam auch Denise gerade rein.

Sie riss die Arme nach oben und rief: » Fertig! «

Dann sank sie erschöpft auf die Couch und wir applaudierten.

» Ihr ward großartig «, sagte sie, » und wir sind tatsächlich noch vor 20 Uhr fertig geworden, echt super. «

» Ach ja um Acht, da war doch was. «

Ich bekam einen Schreck. Und auch bei Olli konnte ich ein Zusammenzucken erkennen.

» Habt ihr jetzt etwa auch ein Elterngespräch? « fragte ich Olli und Denise.

Beide nickten.

» Nicht schon wieder «, stöhnte Susi, » eure Eltern können ruhig etwas lockerer werden. «

» Du denkst, wir könnten wieder bestraft werden? «

Die gute Laune von Denise war plötzlich wie weggeblasen und ihr schien Angst und Bange zu sein.

» Dann lasst uns lieber nicht zu spät kommen «, blies ich zum Aufbruch, » wir probieren dann morgen alles weitere aus. Drückt uns die Daumen. «

Susi und Roger drückten und winkten: » Viel Glück! «

» Wir schließen dann ab «, sagte Roger noch und wir verschwanden hinten raus zu unseren Rädern.

Als ich die Tür zu Hause öffnete, bekam ich auch ein mulmiges Gefühl, denn wieder saßen alle im Wohnzimmer.

» Maike hat uns davon erzählt «, fing mein Vater wieder mit strengem Ton an.

Aber diesmal war etwas anders, denn Maike grinste nicht. Es sah eher nach einer Geste der Entschuldigung aus.

Ich war dennoch resigniert und unterbrach meinen Vater.

» Lass uns das Ganze abkürzen, ich bekenne mich schuldig, wie hoch ist die Strafe diesmal? «

» Was redest du da, Martin «, sagte Mutti, » wieso Strafe? «

» Ihr seid nicht sauer? « fragte ich ungläubig.

» Weil du nach der Friedenswahl an eurer Schule eine Internetseite ins Leben gerufen hast, bei der sich selbst ein paar Lehrer und die Direktorin daran beteiligen? Dafür hast du einen Orden verdient «, sagte sie anerkennend.

» Maike hat uns lobenswerterweise davon erzählt und mir scheint sowieso, dass sich das Klima zwischen euch beiden deutlich verbessert hat « sagte nun Vati.

» Kann schon sein, wir haben jedenfalls Frieden geschlossen «, sagte ich sichtlich erleichtert, dass nicht wieder ein Donnerwetter losging.

» Da wir schon mal alle hier zusammen sitzen, kann ich euch gleich noch erzählen, was es damit auf sich hat. Wir überlegen nämlich, so eine Wahl auf der ganzen Welt zu organisieren. «

» Da habt ihr euch ja ganz schön was vorgenommen «, sagte Mutti in einem etwas wohlwollendem Tonfall. «

Auch Vati war voll des Lobes und wollte gerade daran erinnern, wie er Mutti auf einer Friedensdemo kennengelernt hatte.

» Kennen wir schon die Geschichte. Entschuldigung, ich war noch nicht fertig. «

Dann holte ich mein Handy raus, öffnete die Webseite und legte es offen auf den Tisch.

» Unsere Überlegungen sind inzwischen schon sehr konkret, müsst ihr wissen. Hier ist die Homepage, falls ihr sie noch nicht besucht habt. Sie soll es allen Menschen auf der Welt möglich machen, sich global für Frieden zu entscheiden. «

Ich klickte auf die Petition und alle mühten sich ab, auf der kleinen Anzeige etwas zu erkennen.

Dann hatte Maike ein Einsehen und holte den Familien Laptop aus ihrem Zimmer.

Jetzt konnte ich endlich auch » Ah « und » Wow « hören und meine Eltern applaudierten.

» Junge, das ist wirklich sehr bewundernswert, sieht richtig toll aus «, sagte Vati und Mutti wollte wissen, was bei Historie zu sehen ist.

Ich drückte stolz den Button und erklärte, dass dies der Punkt sei, bei dem uns drei Lehrer und die Direktorin unterstützt hätten.

Meine Eltern wirkten etwas fassungslos: » Was ihr da geschafft habt, ist kaum zu glauben. All die Fakten, so überzeugend, wahr und echt. «

Dann fiel Maike das Video, wie alles begann, auf und wollte es anklicken. Ich konnte sie gerade noch davon abhalten und sagte: » Ich muss euch erst noch etwas beichten. Als ihr verreist ward, bin ich mit Roger, Olli, Denise und Susi für zwei Nächte nach Hamburg gefahren. Wir hatten dort einen Friedenstermin mit Veronica Forrest, der Schauspielerin. Wir mussten ihn unbedingt wahrnehmen, aber seht selbst. «

Dann drückte ich Start und war erleichtert, dass ich dieses Geheimnis nicht mehr alleine mit mir rumschleppen musste.

Die Viertelstunde war schnell vorbei und ich fand das Video auch beim zwanzigsten Mal ansehen, immer noch brillant.

» Und was habt ihr als nächstes vor «, wollten sie nun neugierig wissen, anstatt sich eine Strafe zu überlegen.

» Also gut «, ließ ich die Katze aus dem Sack, » wir laden Frau Merkel in unsere Friedenshütte, ich meine natürlich in unser Friedensstudio ein und holen uns die Erlaubnis für Deutschland, dass alle Deutschen geschützt an der Wahl teilnehmen dürfen. «

Wieder erklangen die Stimmen meiner Eltern in diesem wohlwollenden, nicht ganz ernstnehmenden, Tonfall, bis ich die Fakten knallhart auf den Tisch legte und ihnen ein paar Fotos zeigte.

» Das hier ist unser Vereinsheim mit dem Studio, in das wir Frau Merkel zum Interview bitten werden. Und hier seht ihr den Kontostand unseres Vereinskontos mit dem Spendengeld. Ach, hatte ich übrigens schon erwähnt, dass ich Kassenschatzi, äh, Kassenwart bin? «

Ich trank aus meinem Limonadenglas und spreizte meinen kleinen Finger etwas ab. Dann lachten wir.

» Kein Scherz? « wollte Vati wissen und schien langsam zu begreifen, dass der World Vote Day keine Fiktion von mir war, sondern tatsächlich kommen wird.

» Wir sind jedenfalls schwer begeistert «, sagte Mutti.

Und zu Vati blickend sprach sie dann für beide:

» Von uns brauchst du keine Strafe befürchten, wir sind total überwältigt von eurer Aktion. Wir hatten aber mit den Eltern von Denise und Olli telefoniert, um dafür zu sorgen, dass sie diesmal ebenfalls stolz auf ihre Kinder sein können, quasi als Wiedergutmachung. Nun bin ich mir nicht mehr sicher, ob das so gut war. Schließlich wussten wir da noch nicht, wie eure Homepage aussieht und was alles mit dranhängen würde. «

» Du meinst eine Fahrt nach Hamburg zu Veronica Forrest und 250.000 € Spendengeld «, sagte Maike, die tatsächlich auch beeindruckt und nicht neidisch war.

» Das ganze Geld kommt übrigens von einer Spendengala, die Veronica Forrest mit ihrem bekannten Bruno Mangosi, einem Produktionsleiter von ARTE, auf die Beine gestellt hat und die Idee dazu kam von mir. Sie wurde live an dem Tag gesendet, als ihr aus dem Urlaub zurückgekommen seid, deshalb hatte ich an dem Abend keine Zeit zum Spielen. Ihr könnt euch die Gala bestimmt noch in der Mediathek von ARTE ansehen. So richtig interessant wird sie erst nach der zweiten Band. Jetzt muss ich aber unbedingt wissen, wie es Denise geht und wie ihr Vater reagiert hat. Ich geh dann nach oben, in Ordnung? «

» Wir würden gerne noch mehr von dir erfahren «, meinte Mutti, » aber klar, geh nur. Wollen wir hoffen, dass er auch so begeistert und stolz ist, wie wir. «

Jetzt hatten es meine Eltern tatsächlich schon wieder gemacht, zwar diesmal mit guten Absichten, aber echt gefährlich. Ihr Vater war zu unberechenbar und ich befürchtete so einiges.

Als ich in meinem Zimmer Denise gerade schreiben wollte, um zu erfahren wie es ihr geht, wurde ich auf ein Licht an der Decke meines Zimmers aufmerksam, das sich schnell hin und her bewegte. Es kam von draußen und war von einer Taschenlampe. Ich sah aus dem Fenster und konnte Denise erkennen, die sich nun hinter einem Baum versteckte.

Als ich im Haus die Treppen wieder runter ging, saßen meine Eltern vor der Gala und freuten sich über diese tolle Friedensbewegung. Vielleicht waren sie ja auch stolz, weil sie ihren Kindern immer dieses Gefühl, nach Frieden zu streben, eingeimpft hatten.

» Ich guck nochmal zu Denise «, sagte ich beim vorbeiflitzen und Mutti antwortete: » Ist gut. «

Ich holte mein Rad und ging rüber zum Baum, aber sie war nicht mehr da. Dann sah ich sie hinter einem Auto weiter vorn hervorkommen und winken.

Ich fuhr zu ihr und sie bedeutete mir, dass sie gleich hinten auf den Gepäckträger steigen wolle. Dann schlang sie ihre Arme fest um meine Hüfte und sagte: » Fährst du bitte gleich los, ich will hier weg. «

Ich sah Tränen in ihren Augen und fragte: » Zum Verein? «

» Egal, Hauptsache weg. «

Wir kamen gerade beim Laden an, als das Licht ausging. Denise zog mich am Arm und ich bremste.

Dann warteten wir hinter einem parkenden LKW und kurz darauf fuhr Roger mit Susi in einem Mietwagen vom Hof auf die Straße und an uns vorbei. Wir liefen die letzten Schritte zum Hintereingang und ich schloss mein Fahrrad im Hof an. Inzwischen hatte Denise die Tür zum Flur aufgeschlossen und wir gingen hinein.

Nachdem wir uns auf die Couch gesetzt und noch kein Wort gewechselt hatten, kuschelte sie sich an mich und ließ ihre Tränen laufen.

» Das ist so unfair «, schluchzte sie, » wir retten die Welt und mein Vater flippt völlig aus, was mir denn einfiele. Als er mir mein Handy wieder abnahm und mich in mein Zimmer sperrte, bin ich aus dem Fenster raus. Ich will nicht mehr nach Hause, kannst du das verstehen? «

Ich drückte sie ganz fest um sie zu trösten und wollte fragen, warum ihre Mutter nicht eingegriffen hätte, aber wahrscheinlich war sie von ihm auch ganz eingeschüchtert. Darum ließ ich es und fragte nur, ob ihr Vater etwas über den Verein hier wüsste. Sie schüttelte den Kopf.

» Er hat im Internet unsere Seite gesehen und war über diese ganze Friedenssache total verärgert. Warum nur, ich verstehe es nicht. Ich will mich seiner Willkür nicht mehr länger aussetzen. «

Natürlich pflichtete ich ihr bei und sagte, dass ich sie voll unterstützen werde, egal was kommt.

» In einem der drei kleinen Zimmer könnte man doch bestimmt ein Bett aufstellen und offiziell schiebst du hier Nachtwache «, überlegte ich laut.

» Dann bleibst du eben erstmal hier, als vorläufige Lösung. «

Denise wischte die letzte Feuchtigkeit aus den Augen und die Entschlossenheit kehrte in ihren Blick zurück.

» Was denkt er eigentlich, wer er ist. Spielt sich immer auf, nur um andere zu unterdrücken. Mir tut es nur für meine Mutter leid, denn sie kriegt zu Hause jetzt alles alleine ab. «

» Wichtig ist erstmal nur, dass du dich hier sicher fühlen kannst, « sagte ich, als es auf einmal *Ping* machte.

Rogers Laptop war nur im Schlummermodus und über Skype hatte uns jemand eine Mitteilung geschickt.

» Könnte von Veronica sein «, meinte Denise, » lass mal sehen. «

Wir öffneten den Laptop und dort stand tatsächlich eine Nachricht von VF: » Hallo ihr Fünf, die Idee eines wöchentlichen Updates in Form einer viertelstündigen Sendung in das Programm aufzunehmen, wurde vom Programmdirektor genehmigt. Donnerstag oder Freitag steht noch nicht fest, aber immer um 19.45 Uhr. «

» Dann kann ich meine Eltern über das Fernsehen grüßen «, sagte Denise bissig und war inzwischen wieder voll da.

» Martin, Schatz », sagte sie, » ich würde Veronica gerne noch kurz danken. Könntest du mir inzwischen eine Decke und ein Kopfkissen von dir holen? Das wäre super lieb. «

» Selbstverständlich! »

Ich düste gleich los und schlich diesmal vorne leise ins Haus. Dann packte ich noch Zahnputzsachen, Seife und ein Handtuch zu dem Bettzeug und stopfte alles irgendwie in den Rucksack. Bis auf die Decke, die klemmte ich mir unter den Arm und wäre fast deswegen die Treppe runter gerutscht, konnte es aber gerade noch vermeiden. Im Wohnzimmer lief weiterhin die Gala. Es war aber noch kurz vor der zweiten Band.

Niemand hatte mich bemerkt. Ich war erleichtert und dachte, hoffentlich fällt Mutti nicht auf, dass ein paar ältere Bettsachen fehlen.

Ich kam gerade im Konferenzzimmer an und hörte noch die letzten Worte: » Also Denise, so machen wir das und grüß die anderen von mir. Tschüss. «

Sie sah mich an und war sehr dankbar über die Sachen.

» Es ist so toll, dass ich hier bleiben kann. «

» Veronica meinte, in Frankreich hätten auch viele Zuschauer die Gala gesehen. Und dann sagte ich ihr, dass wir ein Interview mit Angela Merkel planen, bei dem wir die Absichtserklärung für Deutschland von ihr unterschreiben lassen wollen. Sie fand es gut und folgerichtig und gab mir noch den Tipp, gleich zu erwähnen, dass es eine wöchentliche Sendung im Fernsehen geben wird und sie mit ihrem Erscheinen die Beliebtheit bei den jungen Generationen vergrößern könnte. «

» Ich mag sie. Inzwischen ist sie fast zu einer Freundin geworden «, sagte Denise, » und du hattest gleich so ein Gefühl bei ihr, toll! «

» Ich würd ja gern bei dir bleiben heut Nacht «, sagte ich mit einem Bedauern in der Stimme, » aber ich sollte lieber nach Hause fahren, ok? «

» Ist gut, du hast mir schon sehr geholfen, ich komme klar «, sagte sie.

Dann küsste ich sie und sagte: » Wir besorgen dir morgen ein richtiges Bett und ich bin sicher, die anderen haben nichts dagegen « und klopfte stellvertretend für sie auf den Tisch.

Sie küsste mich auch nochmal und ich verschwand.

Zu Hause bekam ich ganz viele Komplimente von meinen Eltern, die über die Stelle mit dem Telefonat via Skype noch sehr ergriffen waren.

» Du hast dich so erwachsen verhalten. «

» Danke, danke «, sagte ich, verschwand aber doch lieber gleich in mein Zimmer.

Dort schickte ich noch die Situation von Denise in die Runde und bat Susi, morgen ihr zweites Telefon wieder mitzubringen.

Dann legte ich mich schlafen.

Als ich am nächsten Vormittag wieder zum Laden fuhr, war schon überall voll die Action. Denise kümmerte sich um ihr Team, Susi sich um Denise, Olli um die Technik im Verein und Roger um den Kontakt zur Außenwelt. Ich hatte nichts Konkretes zu tun und konnte endlich mal auf der Couch völlig entspannen.

» Optimal, um neuen Ideen für soziale Verhaltensregeln nachzugehen «, dachte ich und holte meine Notizen hervor.

Kurz darauf kam Olli rein und schaltete den großen TV an.

So viel zum Thema Nachdenken.

Man konnte Denise sehen, wie sie nebenan auf einem der Barhocker saß. Sie hatte einen Knopf im Ohr und ein Ansteckmikrofon war am Kragen ihrer Bluse befestigt.

Olli drückte eine Taste auf dem Mischpult und sprach nun zu ihr: » Kannst du Susi bitten, sich auf den anderen Hocker zu setzen? «

» Susi «, rief sie nun, » setzt du dich bitte mal zu mir vor die Kamera? «

Jedes Wort war laut und deutlich über zwei kleine Lautsprecher zu hören.

» Wir machen mal eine Probeaufnahme und Susi bekommt das Handmikro «, gab Olli die Anweisung.

» Alles klar «, kam von nebenan.

» Und, Bitte. «

» Herzlich Willkommen zu unserer Friedenssendung Frau Merkel. Haben sie schon vom World Vote Day gehört und was halten sie von dieser Petition? «

Susi verstellte ein wenig ihre Stimme und versuchte Frau Merkel zu imitieren.

» Sie ist wohl durchdacht. Ihr habt den Zahn der Zeit getroffen. «

» Vielen Dank. Würden sie hier bitte unterschreiben? « sagte Denise und reichte Susi irgendein Fetzen Papier entgegen.

» Ich habe leider keinen Stift «, sagte Susi und wiederholte sich dann wieder mit verstellter Stimme: » Ich habe meinen goldenen Kugelschreiber leider nicht dabei, hätten sie vielleicht einen zur Hand, Frau Ehlert? «

Wir mussten im Zimmer lachen und Olli sagte nur noch:

» Und Schnitt, gekauft. Kommt rüber und seht es euch an. «

Beide kamen rein und Olli spielte die Aufnahme ab.

» Sieht doch recht amtlich aus, oder? « wollte Denise wissen und wir bestätigten es ihr.

» Man kauft dir die Reporterin auf jeden Fall ab «, gratulierte ich, » hast du mal an einen anderen Namen gedacht, wie sagt man, Synonym oder Pseudonym? «

» Du könntest z. B. als Dini Ortega groß Karriere machen. «

» An das Dini habe ich auch schon gedacht, aber Ortega? Wie kommst du denn da drauf? «

Ich fand es klang irgendwie catchi und international.

» Du hast recht «, sagte ich dann, » Dini Ehlert ist viel besser und authentischer. «

» Und Dini Ehlert hat sich Unbestechlichkeit und Ehrlichkeit ganz groß auf die Fahne geschrieben «, sagte Denise mit Überzeugung und schien diese Rolle dringend gebraucht zu haben.

Sie würde bald Siebzehn werden und konnte nun auf eigenen Füssen einen neuen Weg gehen. Ihre Geschwister hatten ja auch einen frühen Abflug gemacht und bis gestern musste sie noch alles allein hinnehmen und schlucken.

Ich war jedenfalls froh und erleichtert, dass sie nicht mehr in den Fängen dieses Ekels war.

Nachdem wir Denise ein Bett für ihr Schlafzimmerchen organisiert und aufgestellt hatten und Susi ihr noch das Zweithandy gab, verabschiedeten wir uns von ihr. Ich kehrte kurz nochmal zurück und wollte sie alleine drücken und ihr Kraft geben.

» Gute Nacht, Dini, du bist großartig «, sagte ich.

» Danke, ich wünsch dir auch eine gute Nacht, Marti «, antwortete sie und lächelte.

Politik, jetzt geht's zur Sache

Der nächste Tag begann deutlich ruhiger. Nur vorne im Laden war der Fanclub von Denise bereits wieder eifrig am Tippen. Wir hatten inzwischen alle mit einem modernen Tablet-PC ausgestattet und seitdem sind auch noch ein paar von ihnen dazugekommen.

Ich kam in das Zimmer und wunderte mich. Es roch nach Kaffee.

Denise schien Gedanken lesen zu können, denn sie sagte:

» Wusstest du noch nicht, Reporterin Dini Ehlert trinkt zum wach werden immer einen Kaffee. «

» Fein «, sagte ich, » den Geruch kenne ich von zu Hause und mag ihn. «

» Heute steht doch nix großartiges an, oder? « fragte Olli und erklärte uns, dass seine Mama ihn gerne mal wieder daheim hätte. Sie war nämlich auch sehr stolz auf ihren Sohn, den Regisseur und Kameramann. Er hatte auch keine Strafe bekommen.

» Hast recht, wir können ja eh nur warten und die Arbeit passiert da draußen. Heute ist also frei «, gab ich offiziell bekannt.

» Prima Idee, müsste mich auch mal wieder um andere Dinge kümmern «, sagte Roger.

Susi verabschiedete sich auch von Denise und wollte shoppen gehen und ich dachte, dass man daran immer erkennen konnte, dass Susi schon ein Jahr älter war. Aber die neue Dini schien auch Gefallen daran gefunden zu haben und klinkte sich spontan mit ein.

» Ich habe ja überhaupt keine Sachen mehr hier, hilfst du mir bei der Grundausstattung? «

» Stimmt, du musstest ja alles zu Hause lassen. Was für ein Albtraum «, bemerkte Susi, » also los. «

» Denkt an eure Taschen und daran, dass es zum Abrechnen für den Frieden sein muss «, rief ich hinterher.

» Und viel Spaß. «

Endlich, alle weg. Jetzt wurde es höchste Zeit für meine Friedensvisionen.

Das sollte nämlich ein ganz neuer Punkt der Homepage werden. Ich lehnte mich zurück, drehte mit den Füssen den Laptop auf dem Tisch zu mir und griff nach der Tastatur. Dann zog ich meine Notizen aus der Tasche und machte es mir richtig bequem.

Ganz oben auf meinem Zettel mit den Ansätzen stand:

Aufklärung - Bevölkerungszahlen

Das schien leider wirklich eine riesige Rolle zu spielen, denn wir Menschen waren dafür verantwortlich, dass es diesem Planeten so schlecht geht. Und wenn es immer mehr von uns gibt und noch mehr Nahrungsmittel benötigt werden, dann sind alle Ressourcen bald aufgebraucht. Das Thema natürliche Selektion war schon immer polarisierend. Es kommt in der Natur überall vor, z. B. durch Dürrezeiten oder Wassermangel. Die Bäume werfen dann umso mehr Samen ab, um ihren Fortbestand zu sichern, hatte ich gelernt. Wenn ich an die Unmengen Lindenblüten denke, die wir dieses Jahr nach den zwei Trockenjahren hatten, dann ist da wohl etwas dran.

Also muss jeder Mensch auf der Welt nur genügend Wasser und Essen bekommen und die Bevölkerungszahlen würden zurückgehen, oder zumindest nicht mehr so schnell ansteigen, kombinierte ich. Den Rest sollte man durch Aufklärung in den Griff kriegen.

Durch das Ausnutzen der schwachen Länder haben wir sie erst in die Situation gebracht, Angst ums Überleben haben zu müssen. Die hohen Sterberaten forcieren das natürlich zusätzlich. Und zumindest wissen sie dann doch schon so viel, dass es in den Industrieländern alles im Überfluss gibt. Und wenn auch noch Krieg herrscht, wer würde da nicht fliehen wollen.

Alle Menschen sollten in ihrem Land eine intakte Infrastruktur vorfinden können und für die Grundbedürfnisse müsste staatlich gesorgt werden.

Ich begann eine Auflistung:

1. Wasser und Brot
2. Ein Zuhause
3. Gesundheit
4. Energie
5. Bildung, Internet
6. Abwasser- und Müllentsorgung

Bei Sechstens hatte ich eine ganze Weile nachgedacht und war auch noch nicht wirklich überzeugt davon, es als Grundbedürfnis aufzunehmen, obwohl das Thema durchaus eine große Bedeutung hat.

All diese Punkte sind seit Jahrzehnten Standard, bei denen die Geld haben. Und wir mäkeln, wenn uns irgendein Luxus fehlt, oder der Nachbar ein größeres Auto fährt? Sorry, dafür hab ich kein Verständnis.

Und die Armen, Hilfebedürftigen, hier bei uns oder sonst wo auf der Welt, dürfen sie nicht auch endlich mal glücklich sein und ohne Sorge den nächsten Tag erleben?

Dieses Ungleichgewicht kann doch nur zu Neid und Hass führen, folgerte ich und daraus entwickelt sich Gewalt und Rache.

Bei Maike und mir war es schließlich auch nicht anders gewesen.

Stopp! Frieden schließen!

Was im Kleinen funktioniert wird auch im Großen gelingen, war ich mir sicher. Ist doch das Gleiche wie mit dem Mikro- und Makrokosmos.

Auf meinem Zettel stand nun:

Narzissten - Machthaber

Personen, die nur ihrem ständigen Verlangen nachgehen, anderen Menschen etwas aufzuzwingen oder sie sogar zu unterdrücken.

Am schlimmsten sind die, die am lautesten brüllen, erkannte ich, nur um ihre fragwürdigen Vorstellungen geltend zu machen. Auch hier ist es im Kleinen, wie bei Denise zu Hause, genauso wie im Großen. Und es kann kein friedliches Miteinander aufkommen.

Ich glaube, in Nordkorea denken nicht alle so wie ihr politischer Führer, aber trotzdem folgen sie ihm.

Selbst wir Deutschen waren schon einmal so blind und vertrauten einem größenwahnsinnigen Führer, warum?

Aus Angst, wie bei Mama Ehlert?

Also sollte es ebenfalls ein Grundrecht sein, keine Angst mehr haben zu müssen, dachte ich.

7. Schutz vor Angst und Gewalt

Dann wollte ich natürlich unbedingt den Kernpunkt in die Liste aufnehmen und es fielen mir noch zwei weitere wichtige Sachen ein:

8. Frieden
9. Freie Entfaltung der Identität
10. Respekt und Hilfsbereitschaft untereinander

Den letzten Punkt liebte ich besonders, denn er wäre so einfach umzusetzen, wenn alle nur ein bisschen mitmachen würden. Aber leider denken inzwischen immer mehr Menschen nur noch an sich selbst. Dieses Sprichwort: *Nach mir die Sintflut*, fällt mir da immer ein.

Irgendwie muss sich die Welt doch von diesen Egoisten und Despoten befreien können und mir kam wieder der Gedanke mit der einsamen Insel.

Genau, wie Elba. Die Franzosen hatten bereits damals diese brillante Idee gehabt, um ihren Napoleon zu verbannen.

Jetzt weiß ich auch, wieso ich im Traum überhaupt darauf gekommen bin.

Als nächstes kam das Wort:

Nachhaltigkeit

Also daran denken, welche Auswirkungen unser Tun auf kommende Generationen hat. Hier geht es um Klimaschutz und schlussendlich um den ganzen Planeten.

Den Punkt wollte ich unbedingt noch mit aufnehmen und so dachte ich, dass mir Punkt 6 etwas zu speziell war.

Dafür lieber Klimaschutz, dann bleiben es 10 Punkte.

Ja, warum nicht. Auch wenn es eher ein Grundrecht des Planeten sein müsste.

6. Klimaschutz und Nachhaltigkeit

Wenn dieser verrückte Brasilianer den gesamten Regenwald abholzen lässt, dann geht die ganze Welt unter. Was denkt der sich nur dabei? Ich bin der Größte, denn ich habe die Welt zerstört?

Wenn sich jemand via Twitter beleidigt fühlt und daraufhin einen ominösen roten Knopf drückt, Bum?

Dieser Willkür muss unbedingt ein Ende gesetzt werden.

Wir müssen etwas tun, für globalen Frieden und den Erhalt unserer Welt, so wie wir sie im Moment noch kennen, beschloss ich kämpferisch. Also lasst uns alle wählen!

Die Müllentsorgung bleibt selbstverständlich ein Thema und eine weltweite Herausforderung.

Globale medizinische Zusammenarbeit zur Lebensrettung ebenfalls, z.B. die Corona Bekämpfung.

Gemeinsame Forschung.

Vernünftiger Welthandel mit Weitsicht auch für die Zukunft

Alles gute Ansätze auf meinem Zettel, aber ich denke, aus den bisherigen Grundbedürfnissen lässt sich das dann ableiten und ergänzen, zum Wohl der gesamten Menschheit.

Ich war zufrieden und ging die Punkte für mich noch einmal durch.

Reicht das aus, um friedlich auf diesem Planeten miteinander leben zu können? Als Leitfaden sicherlich. Es war aber vor allem eine Frage der Ehre, sich an diese Verhaltensregeln zu halten und sie nicht für den eigenen Profit auszunutzen.

Und das finde ich wieder mal cool, nämlich die Welt zu erhalten und nicht sie zu zerstören.

Ich war erschöpft aber freute mich schon, denn wir hatten uns noch zu einer Abendsitzung um 20 Uhr verabredet.

Alle Helfer waren inzwischen gegangen und der Laden vorne war endlich dunkel. Wir hatten große Werbeplakate für den WVD an die Schaufenster geklebt, aber ich konnte die Straße immer noch gut sehen. Denise und Susi liefen just als ich guckte vorbei und kamen zuerst. Sie hatten eine Menge Tüten am Arm und beide hatten große trendy Sonnenhüte auf, mit denen sie fast nicht durch die Tür kamen.

» Die sind bestimmt von entscheidender Wichtigkeit für den Frieden, stimmt's? «

Wollte ich auf witzig machen.

» Na klar, hier sind die Quittungen, Kassenreiter «, sagte Susi.

Als nächstes kam Olli und hatte frisch gebackene Kekse seiner Mutter dabei. Es duftete herrlich und wir stürzten uns drauf.

Um Punkt 20 Uhr fuhr der Laptop auf einmal hoch und wir konnten das Gesicht von Roger sehen.

» Sorry, ich schaffe es nicht mehr pünktlich und bin von hier mit dabei, kein Problem, oder Schatz? «

Susi war etwas enttäuscht, aber dann machte ihr Roger ein Hut Kompliment und so war sie besänftigt.

Dann sagte sie: » Bleiben mehr Kekse für uns, die riechen so lecker « und zeigte einen direkt in die Kamera.

Man merkte Roger schon einen kleinen Frust an, denn die Kekse sahen natürlich auch selten lecker aus. Dann nahm er sich ein Bierchen aus seinem Minikühlschrank und prostete uns zu.

» Also, die Registrierungen steigen nur recht schleppend voran, irgendwie kommen sie nicht richtig in Fahrt, wir brauchen noch mehr Holz für das Feuer. Gibt es was Neues von VF oder AM? « wollte Roger wissen.

» Nee, nichts weiter, nur die Hüte «, lachte Susi.

» Ich habe mir heute 10 Grundbedürfnisse überlegt, die in Friedenszeiten für jeden Menschen staatlich zugesichert sein müssten, was haltet ihr davon? «

Alle wurden gleich wieder ernst und waren gespannt.

Ich präsentierte ihnen meine Erkenntnisse und tippte die Liste für Roger in den Computer ein.

1. Wasser und Brot 2. Ein Zuhause 3. Gesundheit 4. Energie 5. Bildung, Internet 6. Klimaschutz und Nachhaltigkeit 7. Schutz vor Angst und Gewalt 8. Frieden 9. Freie Entfaltung der Identität 10. Respekt und Hilfsbereitschaft untereinander

Alle waren sehr angetan davon und wollten einen Button für Neuordnung der Welt, in die Webseite aufnehmen.

» Lasst uns noch eine Nacht darüber schlafen, ich möchte nichts vergessen haben «, bat ich sie.

» Was mir dabei so ein bisschen fehlt, sind die nötigen Kompromisse, die genügend Lebensraum für jede Nation gewährleisten sollen, sozusagen die Bereitschaft, das Fundament «, sagte Olli.

» Ja gut, das muss als Voraussetzung für einen weltweiten Friedensvertrag erstmal gegeben sein, klasse Olli «, lobte ich ihn.

» Also, wenn sämtliche Länder Frieden schließen, ein globaler Friedensvertrag kommuniziert und unterschrieben wird und dann für jeden Menschen seine Grundbedürfnisse abgesichert werden, dann haben wir alle gewonnen. Wie nannte es Frau Borchert, eine *win win* Situation, bloß mit 8 Milliarden Gewinnern und unsere Erde noch dazu. «

» Du hast den Schlüssel gefunden «, sagte Denise, » aber ist die Welt schon bereit, die Tür zu öffnen und hindurch zu gehen? «

» Sehr weise Worte, Frau Ehlert, darauf wird es ankommen. Und wie wir all die Idioten aus dem Verkehr ziehen können. «

» Eine Art Friedenswehr müsste es dafür geben «, sagte Susi.
Und Olli forderte, alle Waffen zu vernichten, die in Friedenszeiten sowieso nicht mehr gebraucht würden.
» Wir schlafen nochmal drüber und beschließen dann morgen, einverstanden? « fragte ich.
Alle klopften.
» Dann also bis morgen. «
Roger klinkte sich aus. Wir übrigen verabschiedeten uns von Denise und gingen zum Parkplatz hinten raus.
Irgendwie waren wir noch ein wenig sprachlos, bis Olli bemerkte: » So lässt sich also Frieden schaffen und die Welt retten. Ich bin beeindruckt, gutes Gefühl, den Schlüssel in den Händen zu halten. «
Das war auch das Gefühl, welches ich mit in den Schlaf nahm. Ich überlegte zwar noch eine Weile, doch mir fiel nichts entscheidend Neues mehr ein.

So nahmen wir am nächsten Tag die 10 Punkte in unsere Webseite auf. Dazu die Forderung, künftige Landesgrenzen friedlich mit Kompromissen zu beschließen.
Das war er nun, unser Friedensplan!

Wir warteten vergebens auf eine Zusage von Frau Merkel und auch zwei weitere Anfragen verliefen scheinbar im Sande. Doch dann, nach fünf Tagen, kam endlich eine Meldung der Pressestelle mit dem Angebot, ein Interview mit ihr vor dem Kanzleramt machen zu dürfen. Wir müssten uns vorher Ausweise abholen und hätten eine Viertelstunde Zeit.
Natürlich stimmten wir zu und klopften. Das Signal, auf das wir so dringend gewartet hatten.

Olli rief: » Wir haben Frau Merkel an der Angela. Haha. «

» Damit wir die Interview Ecke auch außerhalb aufstellen können, brauchen wir eine Art Gestell, dann sollte es gehen «, meinte Denise, » kriegst du das mit der Kamera und dem Licht hin? «

» Bild und Ton sind nicht das Problem «, antwortete Olli, » nur wenn wir da keinen Strom bekommen, haben wir auch kein Kunstlicht, aber irgendwie wird es schon klappen. «

» Dann brauchen wir noch die Hocker und den Tisch «, sagte Denise.

» Und das passende Fähnchen «, schob ich ganz wichtig ein.

Der Termin war schon übermorgen und zwar Freitag früh, bereits um 9.30 Uhr. Wir überlegten uns einige wichtige Fragen und mussten noch das Dokument erstellen, auf dem sie unterschreiben sollte. Dann noch ein paar weitere Testläufe mit Susi und es konnte losgehen.

Ich war so angespannt, als wir mit dem Miet-LKW und allem Equipment, das wir brauchten, nach Mitte fuhren und fragte mich, wie man seine Nervosität nur irgendwie ablegen und unter Kontrolle bringen könnte, denn ich zitterte förmlich.

Die Ausweise hatte Roger gestern abgeholt und wir zeigten sie artig dem Beamten, der uns kontrollierte.

Nun durften wir auf das Gelände fahren, sollten aber gleich vorne den Wagen parken. Beamte mit Hunden kamen und schnüffelten. Dann meldete der Beamte an der Pforte, dass wir angekommen sind und sagte zu uns: » Die Kanzlerin wird in 15 Minuten da sein. «

Er zeigte uns eine geeignete Stelle für die Aufnahme und deutete auf eine Steckdose.

Wir fingen an mit dem Aufbau und Susi hatte Denise gerade fertig gestylt, als wir *Sie* auch schon kommen sahen.

Olli brachte noch schnell das Handmikro in Position und bat Denise in ihres zu sprechen. Nachdem alles gecheckt war, gab Olli mit dem Klatschen seiner Klappe das Zeichen.

» Interview mit der Bundeskanzlerin die Erste. «

Dann filmte er los.

» Guten Tag Frau Merkel, ich bin Dini Ehlert, ein Gründungsmitglied der Friedensbewegung World Vote Day 10.10.2020. Darf ich ihnen ein paar Fragen stellen? «

» Guten Tag Frau Ehlert, dafür bin ich gekommen. Sie sagten, es gehe um Frieden auf der Welt? Wer würde sich da nicht angesprochen fühlen. «

» Genau darum geht es uns «, sagte Denise, » denn in einigen Ländern haben die Machthaber nicht wirklich ein Interesse daran, dass Frieden in ihrem Land herrscht, nur warum?

Wir wollen deshalb mit unserer Initiative wirklich jeden Menschen auf der Welt an einer Wahl zwischen Frieden und Krieg teilnehmen lassen. Meinen sie, dass so etwas realistisch ist? «

» Um eins vorweg zu sagen «, begann die Kanzlerin, « ich möchte dir und deinem Team wirklich danken. Ihr habt euch in diesen schweren Zeiten, vor allem durch die vielen Corona Beschränkungen, ein Konzept für Hoffnung und Frieden überlegt, das möglicherweise genau im richtigen Moment in Bewegung kommt. Ich habe mir auf eurer Webseite alles genau angesehen und erkenne hier eine Möglichkeit, die jeweils Verantwortlichen zumindest wach zu rütteln. «

» Würden sie uns denn offiziell gestatten, dass wir in Deutschland diese Wahl mit allen Einwohnern durchführen dürfen, ohne dass Konsequenzen für die Wähler daraus entstehen? « wollte Denise jetzt konkret wissen.

» Du meinst so eine Art Freibrief? Das gefällt mir. Aber darauf würde ich nicht wetten, dass alle Präsidenten so etwas garantieren werden. «

Jetzt war der Moment gekommen. Man spürte es förmlich. Frau Merkel war bemüht, die Jugend anzusprechen und Denise hatte ihr den nötigen Respekt entgegen gebracht.

Alles bekam einen familiären, freundschaftlichen Touch und Denise setzte nun zum Finale an.

Sie blickte mich kurz mit entschlossenem Ausdruck in den Augen an und ich nickte ihr zuversichtlich zurück.

» Wenn sie auf unserer Webseite waren «, begann sie ruhig und gefasst, » dann haben sie sich bestimmt auch die Weltkarte angesehen? «

» Ja. «

» Damit die Länder nicht mehr rot dargestellt werden, sondern in grün, möchten wir von ihnen und all den anderen Regierenden, dieses Dokument unterschrieben haben. Wie nannten sie es, einen Freibrief? «

Denise holte unser amtliches Schreiben hervor und gab es ihr. Wir hatten uns inzwischen natürlich notariell abgesichert, damit alles seine Richtigkeit hatte.

Sie fing an zu lesen und sagte dabei: » Die Einzelheiten sind soweit klar. «

Während sie nun anfing zu überlegen, sagte Denise:

» Sie wären die Erste, die Deutschland grün werden ließe. Das hätte bestimmt eine große Signalwirkung und würde es allen Helfern der Friedensbewegung weltweit einfacher machen. Wussten sie, dass unsere Teams in einigen Ländern auf massive Feindseligkeiten gestoßen sind? Wir brauchen jetzt ein klares Statement der friedliebenden Länder und zwar dass wir die Menschen nicht unterdrücken, sondern versuchen wollen, sie zu befreien. «

» Alle Achtung, Frau Ehlert, ich muss schon sagen, sie verstehen es wirklich gut, sich für ihre Sache ins Zeug zu legen. Es wäre so gesehen ja sogar peinlich, wenn ich nicht unterzeichnen würde, noch dazu, wo ich vorhin meinte, wer würde nicht für Frieden sein. «

Sie versuchte sich irgendwie noch aus der Sache raus zu winden.

» Also, sie möchten gerne, dass ich ohne weitere Beratungen gleich hier unterschreibe, für weltweiten Frieden? «

Denise ließ nicht locker: » Deswegen hatten wir den Termin gemacht und Deutschland wäre dann der Vorreiter. «

Sie las den Text noch einmal durch und stellte fest, dass es ja ausschließlich nur darum gehe, allen Bürgern die Teilnahme zu erlauben. Dann holte sie ihren goldenen Kuli aus der Tasche und unterschrieb vor laufender Kamera.

Denise bedankte sich herzlich und inszenierte noch die folgende Kamera Einstellung, wie Frau Merkel das sichtbar unterschriebene Dokument ihr entgegen reicht und sie es in Empfang nimmt.

Olli machte die Klappe und sagte: » Schnitt. Für mich reicht es so, alles im Kasten. Vielen Dank Frau Merkel. «

» Ja, auch von mir noch einmal vielen Dank, dass sie sich die Zeit für uns genommen haben «, bestätigte Denise.

Als sich Frau Merkel wieder auf den Weg machte, sagte sie noch zum Abschluss: » Ich wünsche euch viel Erfolg bei eurer Mission. Wenn ihr in arge Schwierigkeiten in irgendeinem Land geratet, dann lasst es mich wissen. Hier ist die Nummer meines Vorzimmers. «

Sie gab Denise ein Kärtchen und verschwand.

Nacheinander fielen wir Denise um den Hals, drückten sie und gratulierten ihr.

» Das war der Hammer «, sagte Olli, » deine Gestik und Mimik waren unglaublich und kein Versprecher, top. «

Ich hob hervor, dass sie tatsächlich die Unterschrift bekommen hätte und wir damit eine neue Ebene der Kampagne erreicht hätten, sozusagen den nächsten Level.

Roger war mehr damit beschäftigt, auf seinem Handy rum zu tippen und ich ahnte es schon, was da kommen würde. Als er fertig zu sein schien, öffnete ich die App und ging auf die Globusansicht.

» Fett, Roger «, sagte ich, » Deutschland ist grün! «

In dem Moment bekam ich sogar auch eine Nachricht von der App, dass ein Land unterschrieben hatte.

Jetzt war Olli gefragt das Filmchen zurecht zu schneiden und dann würden wir wieder eine neue Rubrik für die Webseite bekommen, nämlich Zusagen und Dokumentübergaben.

Das Einladen ging schön schnell und so hatte es gerade mal 55 Minuten gedauert, bis wir wieder durch die Schranke fuhren.

» Das mit dem *Vorreiter* war perfekt gesetzt, Denise, man merkte, dass sie sich diese Gelegenheit nicht mehr nehmen lassen wollte «, sagte ich.

» Unsere Stichpunkte waren gut und ich wollte es unbedingt schaffen «, antwortete Denise.

» Meine Mutter wäre bestimmt auch sehr stolz, aber ich kann ihr davon gar nichts erzählen. «

Sie wurde etwas traurig, deshalb tröstete ich sie und sagte:

» Das wird sie auch später noch werden, ganz bestimmt. «

» Spätestens, wenn man dich auf ARD oder ZDF sieht «, ergänzte Olli.

Soweit war es zwar noch nicht, aber der feste Sendetermin auf ARTE stand nun endgültig fest und zwar immer freitags.

Wir hatten Veronica von unserem Gespräch berichtet und sie schrieb, sie hätte für uns eine Ansprache aufgezeichnet, die wir gerne senden könnten.

Doch zuerst bastelte Olli an einem Vorspann, in dem man uns Fünf sehen konnte und Dini Ehlert vorgestellt wurde. Dann gaben wir ihm eine Erkennungsmelodie, die wir von Frau Wesel aus dem Musikunterricht hatten. Beendet wurde er mit dem Klappengeräusch und Ollis Worten: » Und Action. «

Dann zeichnete Denise eine Anmoderation auf, hier aus unserem Studio. Es folgte das Interview mit Frau Merkel und die Übergabe im Standbild.

Als nächstes kam Veronicas Beitrag und zu guter Letzt noch Dinis Blick auf die Weltkarte und Ihre Worte: » Wir sehen uns dann nächsten Freitag wieder bei: *15 Minuten für den Frieden*. Ich bin Dini Ehlert und bitte sie, stimmen sie ab, für Frieden. «

Und wieder Oscarverdächtig die Viertelstunde, Herr Brandt. Na wenn das kein gutes Brennholz ist, dachte ich, jetzt muss es so richtig zünden.

Wir schickten das Video Veronica, die es dann an Bruno weiterleiten sollte. Sie machte den Daumen hoch und schrieb: » Das wird ihm bestimmt gefallen. «

Er hatte sich inzwischen offiziell bei uns entschuldigt und versprach, jetzt voll auf unser Team zu setzen.

Um Dini Ehlerts 15 Minuten für den Frieden noch bekannter zu machen, überlegten wir uns, einen Werbespot zu drehen, der auf allen Sendern in der nächsten Woche zu sehen sein sollte. Am Freitag würde dann die Sendung zum ersten Mal laufen.

Auch wenn wir uns inzwischen finanziell stark um den Aufbau des Friedensnetzes in anderen Ländern gekümmert hatten, spielte Geld glücklicherweise keine Rolle. Als Kassenwart immer wieder Ausgaben bewilligen und begleichen zu müssen, wurde für mich echt zum Fulltimejob und wir beschlossen daher, einen Anwalt zu beauftragen, der uns das in Zukunft abnehmen sollte.

Entsprechende Aktionen, wie unsere bei Frau Merkel, sollten nun in allen Ländern folgen. Die Kontakte unserer fleißigen Helfer waren bereit für eigene Versuche, ihre Regierungen zum Unterschreiben des Dokumentes zu bewegen. Es fehlte bislang nur das erste Signal, das ja nun am Freitag, mit dem Ausstrahlen der Unterzeichnung Frau Merkels, kommen sollte.

Seit vier Tagen lief nun schon der Werbespot. Wir wollten unsere Gesichter darin lieber nicht zeigen und konzentrierten uns ganz auf die Unterschrift des Dokumentes von Frau Merkel. Man konnte aber nicht erkennen, wer dort unterschrieb, weil Olli so stark gezoomt hatte um die Spannung zu erhalten. Es blieb bei der Ankündigung einer prominenten Unterschrift.

Er war nur knappe 10 Sekunden lang, lief aber dafür öfter und auf mehreren Sendern. Wir waren sehr gespannt auf die Einschaltquoten.

Dann war es soweit:

» Auf Wunsch für den Frieden haben wir folgende Sendung neu in unser Programm aufgenommen. Sehen sie nun eine Friedensinitiative zum World Vote Day. «

Nach dieser Anmoderation begann sie nun, unsere erste Reportage im Fernsehen.

» Dass müsste doch einen Schub an Registrierungen nach sich ziehen «, dachte ich.

Wir hatten Bruno gebeten, ihm noch eine neuere Version mit den aktuellen Zahlen schicken zu dürfen, denn für Berlin war endlich 0,01 % zu sehen. Dieser Erfolg sollte unbedingt noch mit drauf sein.

» Ruhe, bitte «, mahnte Denise, » als Olli beim Beginn des Trailers anfing zu pfeifen. «

Wir saßen zu fünft auf der Couch vor dem großen Fernseher und fieberten bei Dini Ehlert mit, ob sie die Unterschrift der Kanzlerin bekommen würde. Dann kam der bewegende Aufruf von Veronica Forrest, auch richtig bedeutsam, gute Wortwahl und stimmig. Und dann wieder Dini, die uns die neuesten Zahlen der Welt brachte.

Wir waren total happy mit der Sendung.

» Du bist der Knaller «, sagte ich zu Denise, » Dini wirkt super taff. «

» Diesmal ist auch nichts verändert worden «, bemerkte Olli.

» Das heißt also, wir brauchen dringend ein neues Highlight für die nächste Woche «, erkannte Denise sofort die Lage.

» Wie weit sind denn die Verhandlungen in Frankreich? « fragte Roger.

Und Susi meinte, dass ein Treffen mit dem Präsidenten von unseren französischen Freunden für nächste Woche geplant sei.

» Dann könnten wir ihn anstelle der Kanzlerin ins Programm nehmen, das ist ein super Highlight, sehr schön «, freute sich Denise.

» Und, fandet ihr mich nicht zu grün hinter den Ohren? « wollte sie nun noch einmal wissen.

» Du warst perfekt, der Knaller «, wiederholte ich mich.

» Ja, danke Martin, dass du auf mich stehst, weiß ich ja und was meint ihr? « wollte sie nun von den anderen wissen.

» Perfekt, der Knaller «, antworteten sie fast einstimmig und ich dankte ihnen dafür. Denise war erleichtert.

» Ich muss mich mal kurz drüben in mein Bettchen legen und etwas abschalten. «

Wir hatten natürlich Verständnis und wollten auch ganz ruhig sein.

Nach 30 Minuten kam sie wieder rein und sagte etwas besorgt: » Vielleicht haben mich ja meine Eltern gesehen und forschen jetzt nach? «

Wir wussten nicht recht wie wir sie beruhigen konnten und suchten nach einem Argument, dass ihr Mut machen sollte, als der Lieferdienst klingelte.

Sie war verdutzt und dadurch erstmal abgelenkt.

» Wir haben inzwischen, zur Feier des Tages, beim Inder etwas bestellt und für dich mit. Dein Hühnchen mit Curry und Kokosmilch. «

» Ihr seid Engel, etwas zu essen brauche ich jetzt wirklich dringend. Warum sollte sich mein Vater auch ausgerechnet eine Friedenssendung ansehen. «

Wir nickten.

Das Argument hätte mir ruhig auch einfallen können, dachte ich und ging dann zur Tür.

» Stimmt so «, sagte ich zum Fahrer und kam mit drei großen Tüten zurück.

Es roch so lecker und wir stürzten uns auf den Reis. Dann verteilten wir die Schalen mit den verschiedenen Gerichten und schlemmten. Irgendwann fingen wir, an den Tisch einmal rum zu drehen, so konnte jeder auch mal vom Teller der anderen probieren.

Es schmeckte köstlich.

» Stellt alles in die Küche, ich mache nachher den Abwasch «, sagte Denise, die immer noch so erfreut über die Idee mit dem Indisch Essen war. » Und der Verein hat gezahlt? «

» Ich muss mich noch genau schlau machen, aber irgendwie sollte es hoffentlich klappen «, antwortete ich, » sonst muss ich halt alles privat zahlen. «

» Angenommen, die Franzosen kommen nicht aus dem Knick mit der Unterschrift, was machen wir dann? Haben wir noch andere Optionen? « wollte Susi plötzlich wissen und brachte uns damit wieder zurück zum Thema.

» Die anderen Länder sind alle auch noch nicht so weit «, bemerkte Denise.

» Wie wäre es mit einem Interview der Lehrer, die uns unterstützen «, meinte Olli.

» Ja gut, sollten wir vorbereiten, um zumindest eine Alternative senden zu können «, stimmte Denise zu.

» Und es wird Zeit für eine große Ankündigung «, sagte ich.

Alle guckten mich an.

» Was hast du dir diesmal überlegt? «

» Die Idee hatte ich schon lange, wusste aber nie so recht, wie das funktionieren könnte. Mittlerweile, bei unseren guten Kontakten zu Veronica und Bruno, wäre es aber vielleicht möglich. «

Ich hielt inne und ließ die anderen ungeduldig zappeln.

» Na los, sag schon, Martin «, drängte mich Olli.

» Meine Idee war es, einen 24 Stunden Wahltag im Fernsehen zu inszenieren. Man könnte daraus eine Feier für den Frieden machen und den ganzen Tag die Ergebnisse aus aller Welt nacheinander veröffentlichen. Durch die verschiedenen Zeitzonen wäre es aber ganz schön schwierig und die Wahl würde deutlich in die Länge gezogen werden. «

» Verstehe, Dini Ehlert 24 Stunden live für sie auf Sendung «, sagte Olli. Das muss ich mir ansehen.

Denise grummelte erst etwas angesichts der Tatsache, dass sie so lange hintereinander in Aktion wäre, aber gab mir dann recht: » Das wäre eine tolle Nummer! Von mir aus. «

Sie fing an zu klopfen und wir machten es ihr gleich.

Wir hatten die Hoffnung auf Frankreich noch nicht verloren, aber die Zeit rannte uns davon. Deshalb baten wir also unsere Lehrer zu uns ins Studio. Sie waren verblüfft, wie professionell alles wirkte. Herr Lundkauski vertrat die Meinung, dass Frieden auf der ganzen Welt unbedingt notwendig sei, sonst wären wir nicht in der Lage, mit weiteren künftigen Seuchen klar zu kommen. Frau Borchert appellierte an das Miteinander der Völker und Frau Özkan mahnte vor Rassismus, der unbedingt gestoppt werden müsse.

Alles gute Ansätze und ein prima Plan B.

Doch dann kam die Ansage aus Paris: » Wir haben die Unterschrift vom Präsidenten. «

Wie bei unserer Kanzlerin, hatten sie das Unterschreiben und die Dokumentübergabe deutlich sichtbar mitgeschnitten und schickten uns das Video.

Olli bastelte daraus schnell die 15 Minuten zusammen, Dini machte die Moderation wieder gewohnt gekonnt und die Statements der Lehrer brachten wir auch noch unter. Zum Schluss wieder die Zahlen der Welt und siehe da, es ging was.

Seit letztem Freitag hatten sich die Zahlen in Berlin schlagartig auf 0,1% erhöht. Das waren gute dreieinhalb Tausend neue Registrierungen und in Paris konnte man auch schon den ersten Ansatz erkennen.

Ich fand gut, dass wir generell alle Hauptstädte extra gelistet hatten, sonst wären wir immer noch überall auf null. So konnte man gleich einen ersten Fortschritt sehen und vor allem sah man Frankreich jetzt ebenfalls in grün, yeah!

In den nächsten Tagen schickten die Helfer unsere Berichterstattungen an alle befreundeten Kontakte und immer mehr liberale Länder folgten nun dem Beispiel. Den Freitag darauf konnten wir von vier neuen Genehmigungen berichten und Videos aus den Niederlanden, Schweden, Schweiz und Österreich präsentieren.

Dini Ehlert hatte wirklich alles im Griff und man sah ihr den Eifer und die Entschlossenheit an, allen Ländern der Welt das offizielle Wahlrecht zu ermöglichen.

Unsere Einschaltquoten gingen deutlich hoch und das Interesse der Medien wurde immer größer.

Inzwischen wurde Denise sogar zu einem Interview bei einem Privatsender eingeladen. Auch das brachte weiteren Zuspruch und unser Händezeichen machte Schule.

Aber es gab leider auch Negatives aus einigen Ländern zu berichten. Zum Teil wurden unsere Verbündeten beschimpft und verprügelt. Manchmal drohte man ihnen mit Strafen und es ging sogar bis hin zu vorübergehenden Verhaftungen.

Keine guten Voraussetzungen um Frieden zu schaffen, dachte ich mitfühlend, aber sie waren enorm tapfer und hielten an der Sache fest, um unser gemeinsames Ziel voran zu treiben.

Wir bauten ihre Berichte in den nächsten Folgen ein und zeigten ihnen somit unsere Solidarität.

Doch auch bei uns regte sich auf einmal Wiederstand.

Eines Abends, als wir schon zu Hause waren und Denise sich noch ein paar Notizen machte, hörte sie viermal ein lautes Wummern, das aus dem Laden kam. Sie guckte durch den Spiegel und konnte auf der Straße sechs große Personen sehen, die vor den Schaufenstern standen und randalierten. Sie bekam große Angst und rief sofort die Polizei.

Als die Sirene ertönte, verschwanden die Typen endlich und Denise traute sich raus vor die Tür. Sie sah vier blaue Farbbomben, die gegen die Fenster geworfen worden waren und ebenfalls in blauer Farbe hatten sie ›Kommunisten‹ und ›asoziale Lügner‹ ganz groß an die Wand gesprüht.

Sie machte ein Foto und rief mich sofort an.

Als ich ankam, stand ein Wagen mit Blaulicht halb auf dem Bürgersteig und ich sah, wie Denise mit zwei Beamten sprach. Sie winkte mich heran und war sichtlich erleichtert, nicht mehr alleine mit der Polizei reden zu müssen.

» Martin, ich muss dringend rein und mich ausruhen, kümmerst du dich hier bitte erstmal um alles? «

Ihr Blick verriet mir, wie ernst die Sache war.

» Selbstverständlich «, nickte ich ihr zu.

Dann erkannte ich, dass eine Polizistin unter den beiden Beamten war und wandte mich an sie: » Sie darf doch, oder? «

Als das geklärt war, wurde die Situation etwas ruhiger. Da die Kerle ja längst weg waren, bat ich darum, das Blaulicht auszumachen und lotste sie und ihren Kollegen zu uns hinein. Dann machte ich etwas Licht an einem der Tische von den Helfern und holte zwei weitere Stühle.

» Was ist das denn hier überhaupt für ein Laden? « fragte der männliche Cop.

Ich musste den Schalter zum Abstellen der Nervosität endlich gefunden haben, denn ich war überhaupt nicht angespannt.

Deshalb sagte ich nun mit klarer selbstsicherer Stimme:

» Wir sind ein Verein für den Frieden. Der World Vote Day, haben sie schon davon gehört? «

Während er mit seiner Taschenlampe den ganzen Raum ableuchtete, vielen ihm wohl die 30 Computer Tische auf. Er schien gerade zu überlegen was er mich fragen wollte und leuchtete in dem Moment auf die Interview Ecke, als ihm seine Kollegin zuvorkam und sagte: » Es stimmt, ich habe im Fernsehen von der Bewegung gehört. Von hier aus macht ihr also eure Sendung. «

Sie nickte mir anerkennend zu und sagte noch: » Dann war das also Dini Ehlert, die Reporterin? «

Ich war völlig von Socken, sie erkannte uns und endlich war auch der strenge Polizist beruhigt.

Dann fragte ich: » Glauben sie, die blaue Farbe hat eine Bedeutung? «

Aber er sagte nur: » Wir werden hier keine Vermutungen äußern. Also, ihre «, er stoppte und ich fügte » Freundin « ein, » hat sechs kräftige Personen gesehen und war der Meinung, vier von ihnen hätten eine Glatze gehabt. Stimmt das? «

» Die Einzelheiten sind mir leider auch noch nicht bekannt. Ist es vielleicht möglich, dass wir morgen zu ihnen aufs Revier kommen? Für uns ist es schon sehr spät «, sagte ich und versuchte bei der Polizistin auf Mitleid zu machen.

» Na klar «, antwortete sie und nickte dem Kollegen zu.

» Hier habt ihr die Karte vom Abschnitt mit unseren Namen. Kommt dann bitte zu zweit um 10 Uhr dorthin und meldet euch bei der Wache. «

» Darf mein Vater auch mitkommen? « fragte ich.

» Natürlich, selbstverständlich. «

» Danke «, sagte ich zu ihr und geleitete beide durch den halbdunklen Raum wieder zurück zum Ausgang.

Sie lächelte ein wenig und sagte: » Gerne «

Das Auto blieb noch eine Weile vor der Tür stehen. Sie machten wohl noch einigen Papierkram fertig.

Ich ging natürlich sofort zu Denise, die sich in ihr Bettchen verkrochen hatte.

» Sind die Cops weg? « wollte sie wissen.

» Der Wagen steht zwar noch da, aber ich habe bereits alles wieder dicht gemacht und werde auch heute Nacht hier bei dir bleiben. «

» Das würdest du machen? «

Sie wirkte erleichtert, diese Frage nicht stellen zu müssen und streckte mir ihre Arme entgegen um mich zu drücken.

» Gleich morgen lassen wir fette Rollläden anbringen «, sagte ich, » und ein Alarmsystem, dann bist du hier wieder sicher. «

» So ein paar Vollidioten, warum sind die so auf Aggression gepolt, was hat da in der Kindheit nicht gestimmt? «

Ich konnte es nicht begreifen. Zumindest auf unserer Schule gab es zum Glück noch keine davon.

» Vielen Dank, dass du die Situation mit der Polizei so toll gemanagt hast «, sagte sie, als ich aus dem Zimmer gehen wollte.

Ich erwiderte: » Gerne, gute Nacht. Und keine Angst, ich bin gleich um die Ecke, falls du mich brauchst. «

Erfreulicherweise kamen aber keine weiteren Vorkommnisse in dieser Nacht.

Der Termin bei der Polizei ist nicht weiter erwähnenswert und ging schnell vonstatten.

Denise machte ihre Aussage, die wir vorher mit meinem Vater zusammen aufgeschrieben hatten.

Die Kollegen aus der Nacht waren gar nicht da, deshalb machten wir die Angaben bei einem anderen Beamten und unterschrieben die Anzeige.
Dann sagte der Polizist: » Sie hören von uns « und das war es.

Wir verabschiedeten uns vor dem Revier von meinem Vater und wollten nicht gleich zurück, weil die Arbeiten an den Rollläden bestimmt noch eine Weile Krach machen würden.
Olli und Roger hatten die Wache im Laden übernommen und waren dabei, die neue Alarmanlage zu Installieren. Sie wollten vorne zwei und hinten eine Kamera anbringen und man sollte möglichst nicht gleich erkennen, dass dort welche waren.

Denise schlug vor, ein Eis bei Hennig zu essen und sagte:
» Ich lade dich ein, mein Held. «
Die Idee fand ich super und freute mich, endlich mal etwas Entspannung zu haben nach dieser aufregenden Nacht.

Die Welt erwacht

Ich erinnere mich noch lebhaft daran. Inzwischen fing die Initiative nämlich an richtig Fahrt aufzunehmen und die Entwicklung ließ sich nicht mehr aufhalten. Wir hatten etwas in Gang gebracht und es wurde immer größer.

Denise war schon zum Ende der Schlange vorgegangen während ich die beiden Fahrräder zusammen schloss. Plötzlich erkannte jemand Dini und machte das Hände Zeichen.

Eine andere Frau rief: » Sie ist es « und dann fingen die Leute an zu klatschen.

Ich eilte zu ihr und wir bedankten uns. Deshalb bestellten wir lieber zum Mitnehmen. Sich hier hinzusetzen wie früher, wäre wahrlich nicht wirklich entspannend gewesen.

Gleich um die Ecke gab es einen Park, also gingen wir ein Stück und setzten uns dort auf eine Bank.

» Unglaublich, aber du hattest es ja vorhergesehen. Die Leute erkennen uns und sie freuen sich, mich zu sehen. «

Das war wie Medizin, viel besser als der negative Vorfall vom Abend zuvor.

Aber es stimmte, nein, nicht aber, korrigierte ich mich, in unserer Gegend waren wir inzwischen bekannt und hier blieb auch ähnlich Unangenehmes wie gestern zum Glück aus.

Ich fragte mich, ob ich der Polizei Kamerabilder von unserem neuen Alarmsystem weitergeben sollte und mir dadurch noch größeren Zorn einhandeln würde, oder lieber nicht.

Als Sechzehnjähriger hatte ich doch noch mächtig Angst vor diesen Dummköpfen.

Was kann ich ihnen denn schon entgegen bringen, überlegte ich und kam auf die eigentlich absurde, aber konsequente Lösung, nämlich Frieden.

Jemanden mit deutlich feindlichen Absichten in seinem Gesicht, mit einer freundlichen, einladenden Geste zu begegnen, ist mutig, zugegeben. Wenn man aber zufällig eine deutliche Aufnahme der Gesichter hätte und somit die klar bessere Verhandlungsposition besitzen würde, dann könnte man ein solches Problem vielleicht auch ohne Polizei lösen.

Ich war gespannt, wie weit die Alarmanlage war und schrieb Olli: » Wie sieht's aus? «

» Ca. 1 Stunde «, kam zurück.

» Wir können uns noch schön Zeit lassen «, sagte ich und hatte dann die Idee, Denise zu fragen, ob sie nicht mal zu Hause vorbeischauen wolle.

» Dein Vater sollte jetzt nicht da sein, oder? «

» Komisch, ich hab auch gerade an meine Mutter gedacht, aber wir bringen sie damit bestimmt in Schwierigkeiten. Unser Nachbar liegt garantiert wieder auf der Lauer. «

» Du denkst auch, sie wäre ohne deinen Vater besser dran, stimmt's? « fragte ich sie mit leicht bangem Ausdruck und hoffte, sie würde mir die Frage nicht übel nehmen.

Denise schien bedrückt zu sein und nickte.

» Nur wie will sie es schaffen von ihm loszukommen. «

» Oder können wir uns nicht doch vorsichtig anschleichen? Vielleicht kann ich sie ja wenigstens mal sehen «, bat sie mich nun und ich hatte natürlich nichts dagegen.

Sie küsste mich mit Erdbeereis Geschmack und war erfreut.

Wir stellten die Räder hinter der Ecke ab und schlichen zwischen den parkenden Autos bis an das Küchenfenster vor und sahen, wie sie den Geschirrspüler einräumte. Dann blieb sie plötzlich stehen und blickte zum Fenster, als hätte sie eine Ahnung, dass ihre Denise da draußen sei und machte dann wieder weiter.

Als die Mutter die Küche verließ, machten wir uns auch auf den Weg. Denise dankte mir nochmal dafür, dass wir zusammen hierher gefahren sind und war etwas bekümmert.

Als wir im Laden ankamen, erzählte sie Susi sofort davon:
» Wir haben meine Mutter zu Hause gesehen und sie schien irgendwie traurig zu sein. «
Susi nahm sie zum Trösten in den Arm.
Ich bemerkte indes die zwei kleinen, neuen Monitore, welche die Straße und den Parkplatz hinten deutlich abbildeten.
» Sind die Kameras verkabelt oder mit einem Sender ausgestattet? «
» Natürlich alles vom Feinsten, für den Frieden in drahtloser Ausführung «, triumphierte Olli überschwänglich.
» Dann lasst uns mal bewundern, was ihr hier alles gebastelt habt «, sagte ich und war überrascht, denn die Perspektive sah so aus, als wären die Kameras in den Rollläden installiert.
» Ja, kommt mal mit «, sagte Olli.
Dann zeigte er uns im Laden, wo der Schalter zum hoch- und runterfahren war und betätigte ihn.
» Die Firma hat einen super Job gemacht «, war Ollis Fazit,
» hört mal... «
Wir hörten so gut wie nichts, denn die Rollläden fuhren fast geräuschlos nach oben. Dann gingen wir durch die Tür nach draußen und ich konnte beim besten Willen keine Kamera sehen. Dafür aber einen deutlichen Hinweis, dass dies Geschäft nun videoüberwacht wird.
» Ist die Kamera jetzt mit hochgefahren? « wollte ich ungeduldig wissen.
» Nein, du guckst genau rein «, sagte Olli mit einem breiten Grinsen und begeisterte sich daran, dass ich die Kamera nicht gesehen hatte.

» Du nimmst mich auf den Arm «, meinte ich, » oder ist es etwa... «

Ich sah mir eine vermeintliche Schraube etwas genauer an und war sprachlos.

Wirklich tadellos gemacht, Spitze! Nicht zu erkennen, dachte ich und sagte dann zu Olli: » Ich wusste schon, dass es die Schraube da ist, wollte nur mitspielen. «

» Na klar! Nichts hast du gewusst! « beteuerte Olli.

» Ich hab doch gesehen, wie verzweifelt du gesucht hast. «

» Ok, ja du hast recht «, sagte ich, » saubere Arbeit « und gratulierte Olli.

Denise war ebenfalls zufrieden und wollte wieder rein.

» Kommt schon Jungs, ich lass die Rollläden jetzt wieder runter. «

» Und hinten ist die Alarmanlage? « fragte ich Olli beim Reingehen und gab Denise das Zeichen zum Runterlassen.

» Jepp «, sagte er, » und der Code lautet... «

Er unterbrach sich selbst und flüsterte uns beiden etwas ins Ohr. Dann legte er seinen Zeigefinger über die Lippen und machte: » Pst! «

» Wenn wir alle raus sind, oder du, Denise, alleine in der Nacht hier bist, einfach mit demselben Code scharf machen. Sobald man die Tür zum Hof von außen mit dem Schlüssel öffnet, hat man 20 Sekunden Zeit, die Alarmanlage zu deaktivieren, sonst klingelt automatisch bei der Polizei das Telefon und eine Computerstimme bestätigt einen Einbruch bei uns, genial, oder? «

Olli war sichtlich begeistert von der Technik und meinte:

» Roger ist so ein Fuchs, er hat sich das alles überlegt. «

Wir gingen wieder zurück in unser gemütliches Zimmer und spendeten Roger Beifall.

» Besser hätte man es nicht lösen können «, schwärmte ich.

Denise machte einen deutlich erleichterten Atemzug und ergänzte: » Jetzt fühle ich mich hier wieder sicher, vielen Dank euch allen. «

Es wurde langsam spät und wir verabschiedeten uns. Roger verschwand daraufhin mit Susi. Olli verstand mein Handzeichen und ging zum Parkplatz vor und wartete dort auf mich. Ich wollte mich noch intensiv von Denise verabschieden, sie umarmen und küssen. Und ich wollte ihr noch einmal zur Beruhigung mitteilen, dass auch wenn sich jemand an den Rollläden zu schaffen macht, die Polizei ebenfalls automatisch verständigt wird.

» Schlafe gut «, sagte ich, » und mach bitte gleich die Anlage scharf. «

» In Ordnung «, erwiderte sie, » und schlafe auch gut, bis morgen. «

Wir winkten uns noch zu und dann fuhr ich mit Olli heim.

Als wir uns nun ebenfalls voneinander trennten bedankte ich mich nochmal bei ihm, dass er für die Sicherheit von Denise so schön gesorgt hatte.

» Ehrensache «, sagte er und freute sich.

Vier Folgen waren inzwischen auf ARTE zu sehen gewesen und unsere Karte wurde immer grüner. Überall auf der Welt gab es jetzt diese kleinen Interview-Grüppchen, die versuchten, Aufsehen in ihrem Land zu erregen und die Genehmigungen für die Friedenswahl einzuholen. Aber immer wieder schlug ihnen auch der blanke Hass entgegen. Wir sendeten weiterhin einige Szenen davon, um auf die Missstände hinzuweisen.

Und obwohl es von den Regierungen in diesen Ländern anscheinend nicht erwünscht wurde, eine friedliche Konfliktlösung herbeizuführen, war es umso erfreulicher, dass sich die Menschen trotzdem registrieren ließen. Sie lagen prozentual im Schnitt noch deutlich zurück, aber es regte sich auch dort die WVD Bewegung.

Inzwischen war tatsächlich der Punkt erreicht, an dem sich der Wunsch nach Frieden schneller ausbreitete als das Virus, das die Welt so lähmte. Über Hunderttausend hatten wir mittlerweile und die Kurve ging immer steiler nach oben.

Das sollte doch allen Menschen Hoffnung geben.

Unsere Weltkarte war auch viel freundlicher, zuversichtlicher aufgemacht und immer mehr von den roten Punkten verschwanden bei uns, sinnierte ich zufrieden.

Ihr seid großartig, nur immer weiter so. Ich freute mich und dankte dem Universum.

Die nächste Sendung würde genau am Geburtstag von Denise laufen und wir sollten alle unseren Auftritt bekommen, um ihr vor der Kamera zu gratulieren. Wir wollten zusammen Happy Birthday singen und ihr in der Sendung einen echten Globus schenken, auf dem wir alle Länder grün angemalt hatten.

So könnte sie ihn den Zuschauern sozusagen als Ihren Geburtstagswunsch präsentieren.

» Regisseur Brandt, sie haben großes Talent «, sagte ich zu ihm, » das wird eine Supernummer. «

Wir hatten die Sendung bereits am Donnerstag fertig aufgezeichnet und an Bruno geschickt, somit konnten wir uns den Rest des Tages für andere Sachen Zeit nehmen.

Ich wollte diese nutzten, um bei einem Juwelier vorbeizufahren und hatte mir überlegt, Denise von meinem Ersparten, wohlgemerkt nicht von unserem Friedenskonto, eine total coole Halskette zu kaufen. Mein Augenmerk viel sofort auf eine ganz wunderschöne aus Weißgold, mit dem Symbol der Unendlichkeit daran. Die sollte es also sein.

Als ich abends im Bett lag und mir das schön verpackte Schmuckkästchen ansah, war ich so auf ihre Reaktion gespannt und platzte fast vor Neugierde. Ich freute mich riesig auf den morgigen Tag und fand nur schwer in den Schlaf.

Diesmal versuchte ich morgens als Erster bei ihr zu sein, doch Pustekuchen. Susi und Olli waren bereits hinten auf dem Parkplatz und warteten, dass es 8 Uhr werden würde.

» Was macht ihr denn hier alle schon so früh, ist wieder Schule? «

» Hey, wir wollen alle als erste gratulieren «, sagte Susi zu mir, » aber vor Acht dürfen wir nicht reinkommen. «

» Du kannst ja gerne als *Erste* gratulieren, aber bitte lass mir heute den Vortritt, machst du das? «

Ich sah sie mit demselben Mitleidsblick an, der auch bei der Polizistin so gut funktioniert hatte und sie gab schließlich nach. Olli schüttelte den Kopf.

» Warum hast du dich belabern lassen? Wir sind doch schon seit einer halben Stunde deswegen hier «, wollte er von Susi wissen.

» Bin halt auch verliebt, da versteht man sowas eben. Da kommt ja auch mein Schatzi «, rief Susi nun verzückt.

Roger bog auf den Parkplatz und war genau um Punkt Acht da.

So konnte er uns noch draußen mit den Worten, » ihr seid ja auch schon alle da «, begrüßen.

» Seit halb «, sagte Olli etwas müde.

Dann ging von innen die Tür auf.

» Ich drängte mich auf dem Treppchen an Susi vorbei, umarmte Denise ganz fest und sagte: » Alles Liebe zum Geburtstag. Mögen all deine Wünsche in Erfüllung gehen. «

Dann gab ich ihr das eingewickelte, aber trotzdem relativ eindeutige, Geschenk. Denn das es ein Schmuckkästchen war, konnte man nur zu gut erahnen und sagte stolz:

» Ich hoffe, es gefällt dir. «

Sie machte es auf und freute sich riesig darüber. Sie konnte mir gerade noch ein Küsschen geben, als Susi einschritt.

» Das reicht, wir wollen auch! «

Die drei hatten zusammengelegt und wollten natürlich auch wissen, wie Denise ihr Geschenk finden würde.

Ich wich zurück in das große Zimmer und setzte schon mal Kaffeewasser auf, während die anderen ihr noch einmal kurz Happy Birthday sangen und das Geschenk übergaben.

Ich schätze mal stark, es ist eine Klamotte, denn Susi wollte sich darum kümmern.

Denise schien schon draußen das Papier aufzureißen und bedankte sich freudig bei den Dreien.

» Der sieht ja so toll aus! «

Ich malte mir aus, es wäre ein Pullover mit einer riesigen Sonnenblume vorne drauf, wurde aber enttäuscht.

Nein, ich war natürlich beruhigt, als sie reinkam und der Pullover für Susis Verhältnisse relativ dezent und sogar elegant aussah.

» Wow «, sagte ich, denn er gefiel mir richtig gut.

Und dass sie auch den Geschmack des Geburtstagskindes getroffen hatte, sah man Denise deutlich an.

Sie juchzte und hüpfte vor Freude.

» Den hätte ich gerne zur Geburtstagssendung angehabt, nochmals vielen Dank. Und auch deine Kette ist ganz toll, Danke Martin. «

Sie zeigte den anderen stolz die liegende 8 und Olli fragte mich: » Ist die aus Gold? «

» Ja, Weißgold und bezahlt von meinem Ersparten. «

» Was wollen wir denn heut an deinem Geburtstag machen, hast du einen Wunsch? « fragte ich nun.

» Ich würd so gern meine Mutter nochmal sehen, können wir nicht hinfahren, bitte? « schlug Denise vor.

» Dann können wir uns ein Eis holen und in den Park gehen. «

» Prima Idee «, waren wir uns einig.

» Würdest du fahren? « fragte sie Roger, » ich hab keine Lust aufs Fahrrad heute. «

Er nickte.

» Aber erstmal Frühstück «, sagte sie, nachdem ihrer Nase der Kaffeegeruch nicht entgangen war.

Olli holte eine Tüte mit Brötchen hervor und wir ließen es uns schmecken.

» Wenn wir hier um 9 Uhr losfahren, wäre es am besten «, plante Denise, » dann ist mein Vater bestimmt schon weg. «

Wir hatten den Mund voll und klopften.

» Jetzt müssen wir uns nur noch etwas mit dem Nachbarn einfallen lassen «, meinte sie.

Natürlich hatte ich schon wieder einen Plan parat.

» Das übernehmen Olli und ich, kein Problem. «

Als wir ankamen, parkte Roger wieder um die Ecke. Olli und ich schlichen von hinten in den Garten des Nachbarn und warfen unbemerkt kleine Kiesel gegen seine Balkontür. Dann versteckten wir uns hinter dem Pool bei Ehlerts und schickten einen Daumen hoch in die Gruppe, als er sich nun blicken ließ.

Die Luft vorne war also rein und Denise machte sich auf den Weg. Wir hatten ihr geraten, dass Wiedersehen so leise wie möglich zu gestalten, damit er auch sicher nichts mitbekommen würde. Nun konnten wir miterleben, wie Denise im Wohnzimmer ihre Mutter umarmte und ihr bedeutete leise zu sein, indem sie zum Nachbarn zeigte. Dann setzten sie sich und wir konnten sehen, dass Herr Rhönnebach sich oben wieder verkroch.

» Können wir denn gar nichts tun «, fragte mich Olli, » du hast doch immer so tolle Ideen. «

» Sie müsste ihren Mann verlassen, doch das scheint für langjährige Ehepartner echt schwierig zu sein «, meinte ich.

» Besonders, wenn man um sein Leben fürchten muss «, ergänzte Olli.

» Sie bräuchte, wie Denise, eine sichere Zuflucht, möglicherweise sogar eine neue Identität, wie in den Filmen «, flüsterte ich, » vielleicht kann ihr Denise ja irgendwie die Angst nehmen. Sie meinte, dass es einige Anlaufstellen und Frauenhäuser gibt für solche Fälle. «

Wir verhielten uns weiter ruhig und warteten auf ihr Signal. Dann warfen wir wieder kleine Kiesel aus Nachbarsgarten an seine Tür und verschwanden.

Als wir schon relativ weit hinten waren, kam er plötzlich aus der Tür geschossen, rannte uns nach und rief: » Na wartet ihr Lümmel, euch mach ich Beine. «

Ich schickte im Rennen schnell noch den Daumen hoch an Denise und vereinbarte mit Olli: » Einer nach links und der andere rechts lang hinterm Zaun. «

Er war einverstanden. Dann sprangen wir mit einem großen Satz drüber und trennten uns in verschiedene Richtungen.

Rhönnebach hatte wohl genug, denn er kam uns nicht mehr hinterher.

Der Treffpunkt im Notfall sollte bei mir sein und Roger war mit dem Wagen auch schon da, als ich und Olli ankamen.

» Meinst du, er hat uns erkannt? « fragte mich Olli.

» Glaube nicht «, antwortete ich und stieg ins Auto.

» Wie war es denn? « wollte ich nun wissen und Denise schien noch ganz aufgewühlt zu sein.

» Ja, danke, es war schön. Ihr endlich sagen zu können, dass es mir gut geht, war eine riesige Erleichterung für mich. Sie hatte sogar ein Geschenk für mich eingewickelt, es war mein alter Stoffhase. Seht mal, voll süß. «

Denise war ganz gerührt und sagte noch: » Ich hoffe, sie hat irgendwann die Kraft, ihn zu verlassen. Ich habe ihr sehr dazu geraten. Als sie nach meiner Nummer für Notfälle fragte, habe ich ihr sicherheitshalber vorgeschlagen, die von deinen Eltern zu wählen, Martin. Ich hoffe, das war ok? «

» Gut gemacht, genau richtig «, sagte ich.

» Jetzt wird aber wieder gefeiert «, meinte Olli und führte weiter Regie.

» Ihr beiden geht schon in den Park vor, Susi und ich holen das Eis und Roger stellt das Auto ab. «

» Und Action «, sagte Susi und grinste, » ihr nehmt wieder das Übliche? «

» Na klar «, nickten wir.

Wir breiteten eine große Decke aus und winkten Olli und Susi zu, die uns nicht gleich entdeckt hatten. Roger kam auch gerade aus der anderen Richtung und war sichtlich von der Parkplatzsuche genervt.

Aber dann, mit leckerem Eisbecher in der Hand, waren wir wieder in Feierlaune.

» Auf Dich, Denise «, riefen wir und streckten die Becher in die Luft.

Sie wollte wissen wer noch Geld bekommt, aber Susi sagte:

» Ihr seid alle eingeladen. «

» Vielen Dank, Susi und wir Männer übernehmen dann nachher das Essen «, sagte ich vorlaut und bemerkte an den Blicken, die ich von Olli und Roger erntete, dass sie nicht so begeistert von dem Vorschlag waren.

Aber Denise und Susi dankten uns gleich so überschwänglich, dass sich keiner mehr traute nein zu sagen.

Das Wetter war richtig schön und wir lagen noch eine ganze Weile auf der Wiese und freuten uns, wie toll sich unsere Friedensaktion ausbreitete.

Dann wurde es langsam Zeit für Dini und ihre 15 minütige Geburtstagssendung. Wir fuhren noch rechtzeitig zurück und bestellten erneut beim Inder.

Was soll ich sagen, es war wieder gigantisch lecker und wir zelebrierten dabei die Sendung im Fernsehen.

Als das Ständchen kam, war ich ganz verblüfft, wie Olli es geschafft hatte, dass unsere Stimmen so sauber klangen und ganz genau auf den Tönen lagen.

» Da hast du doch rumgetüftelt, oder? « fragte ich ihn.

» Sagen wir ein wenig korrigiert, klingt doch richtig amtlich «, meinte er mit Zufriedenheit in seiner Stimme.

Dann kam der Moment, wo sich Dini so offen und ehrlich eine komplett grüne Weltkarte wünscht und wir sprangen auf und klatschten.

Standing Ovations aber nicht nur bei uns, denn danach brach fast die Webseite zusammen. Alle wollten ihr Glückwünsche und Geburtstags-Kommentare schicken und sich für das großartige Engagement bedanken. Auch Veronica hatte die Aufzeichnung gesehen und wollte Denise persönlich am Telefon gratulieren.

» Ganz tolle Sendung und herzlichen Glückwunsch meine Liebe. Alles Gute und bleib gesund! «

Denise hatte inzwischen auf laut gestellt und nun grüßten wir sie alle.

» Ich will auch nicht lange stören, feiert noch schön und haltet mich weiter auf dem Laufenden. «

» Vielen Dank «, sagte ich stellvertretend und bat sie, ebenfalls Bescheid zu sagen, wenn Bruno sich mit der 24 Stunden Idee etwas überlegt hatte.

» Na klar «, sagte sie, » tschüss. «

Wir sagten auch noch alle » tschüss « und legten auf.

Wir hingen noch eine zeitlang gut gesättigt auf der Couch rum. Aus dem Konferenzzimmer war längst ein urgemütliches Wohnzimmer geworden. Die fleißigen Helfer hatten ihr vorhin eine große Palme geschenkt, die wir rechts neben dem Spiegelfenster aufgestellt hatten.

Roger hatte das Bild unserer Weltkarte auf den Fernseher gelegt, so hatten wir sie ständig vor Augen und sahen jeden Anstieg der Prozente.

» Da «, sagte Susi, » 5,34% in China. «

» Hier, in Portugal 18,88% «, war Olli diesmal der Schnellste.

Wir waren total ausgelassen und hatten viel Spaß an dem Spielchen.

Später, nachdem die anderen sich verabschiedet hatten, konnte ich mit Denise endlich noch ein bisschen allein sein und den schönen Abend ausklingen lassen.

Sie war immer noch ganz beseelt und begeistert von diesem schönen Geburtstag und hörte gar nicht mehr auf, mich zu umklammern. Es war schon richtig fest, aber mit so viel Gefühl und Dankbarkeit, dass selbst mir ein paar Tränen kamen.

» Danke, dass du so ein wundervoller Mensch bist, Martin »,
schluchzte sie und ich erwiderte: » Du bist so wundervoll und
großartig, ich danke dir. «

Am Tag darauf kam von Veronica tatsächlich gleich eine neue
Meldung, zwar noch nichts zum 24 Stunden Wahltag, aber
dafür hatte Bruno erreicht, dass unsere Sendung in Zukunft
auch im Ersten Programm parallel zu sehen sein würde. Das
hieße also, mit richtig viel neuen Zuschauern. Im Internet
würde ebenfalls ein Live-Stream zu sehen sein.
» Es wird auch über eine zweite Spendengala nachgedacht,
mit dir als Co-Moderatorin, Denise », sagte Veronica, » die
sind hier im Sender alle völlig begeistert von dir. «
Das Grinsen im Gesicht von Denise wurde immer größer.
Dadurch, dass die 15 Minuten nun auch in der ARD zu sehen
sein würden, erhöhte sich der Druck auf sie. Aber auch für Olli
und seine Arbeit als Regisseur.
» Umso besser «, meinte er kämpferisch.
Und Denise wollte gleich einen Plan machen, was als nächstes
in die Sendung sollte.
Solange es täglich mehr Länder wurden, die unsere Forderung
mit ihrer Unterschrift akzeptierten, ging uns der Stoff nicht aus
und wir konnten stets etwas Positives berichten. Die Zahlen
wurden immer fantastischer. Deutschland und Frankreich
lieferten sich ein Kopf an Kopf Rennen und waren fast
zeitgleich auf 50% gesprungen. Dann kamen die nächsten
sechs, sieben Länder noch mit deutlichem Abstand bei ca. 20%
und die 1% Hürde hatten wir so gut wie überall auf der Welt
geknackt. In grün kamen gerade Japan, Chile und die
Elfenbeinküste neu hinzu.

Es blieb aber auch nur noch ein knapper Monat bis zur Wahl und die Schule sollte nächste Woche wieder losgehen.

Etwas Panik bekam ich nun schon, wie sollten wir das zeitlich schaffen? Roger kann dann schließlich nicht alles allein übernehmen.

Aber so viel mehr konnten wir inzwischen kaum noch machen um den Fortlauf der Ereignisse zu beeinflussen. Denise wurde ein paarmal zu Interviews eingeladen, zu denen sie mich mitnahm. Ich hielt mich aber immer im Hintergrund.

Sie machte prima Werbung und appellierte an die Machthaber der letzten Länder, ihren Bürgern das Wahlrecht einzuräumen. Es waren nicht mehr viele, aber irgendwie die typischen Kandidaten, mit den narzisstischen Präsidenten, die sich partout weigerten, da wir sie ja mehr oder weniger durch Frieden entmachten wollten.

Ich glaub, ich muss sie nicht namentlich nennen, oder?

Es wurden in den letzten Jahren ja leider immer mehr von diesen Machtbesessenen, die auf einmal in ihrem Land etwas zu sagen hatten. Das auch nur, weil die Bürger den etablierten Parteien nicht mehr abnahmen, dass sie zum Wohle des Volkes handelten.

Wir hatten vor kurzem noch ernsthaft überlegt, im Vorzimmer von Frau Merkel anzurufen und um Unterstützung zu bitten, als endlich auch ein Signal aus den Reihen der Politiker kam.

» Man wolle bei einer globalen Friedenskonferenz über die Grenzkonflikte diskutieren und gemeinsam nach Lösungen suchen «, hieß es von Seiten der UNO und wurde groß in den Nachrichten angekündigt.

Auf einmal hatten es die Regierungen auch ziemlich eilig, denn sie befürchteten wohl, ihre Vormachtstellung im Land zu verlieren, wenn die Bürger sich ohne ihr Zutun um einen internationalen Friedensprozess kümmern würden.

Der erste Oktober sollte nun als Tag der globalen Friedenskonferenz in die Geschichtsbücher eingehen.

Dadurch würde die Bedeutung des WVD zwar gemindert werden, dachte ich, aber das war mir letztendlich egal. Hauptsache es gibt weltweiten Frieden. Und im Grunde genommen hatten die Regierungen ja nur auf unsere Initiative hin reagiert, weil die Bevölkerung so viel Druck gemacht hat. Jedenfalls war es ein gutes Zeichen.

Auch die anderen fanden es sehr verdächtig, dass nun alles so schnell gehen musste. Doch wir ließen uns nicht beirren und verfolgten weiter unser Ziel, den WVD.

Aber Bruno machte daraufhin nun seinerseits mobil, der das Interesse der Zuschauer nicht verlieren wollte und kündigte die zweite Spendengala mit Veronica und Denise in den Hauptrollen, am 25. September an.

Dort wollte er dann für den *echten Friedenstag*, den 10. Oktober, werben und versprach, den ganzen Tag 24 Stunden live aus allen Ländern zu berichten.

Ich sag ja, wir mussten gar nichts mehr tun.

Am ersten Schultag der Oberstufe sollte eigentlich wieder etwas Normalität in unser Leben einkehren, aber weit gefehlt. Überall wurden wir begeistert begrüßt und unser Händezeichen war ständig zu sehen.

Ich war fassungslos, denn alles war inzwischen so eingetreten, wie ich es geträumt hatte.

Ich glaube, ich freute mich sogar zum ersten Mal auf Geschichte bei Herrn L. und es machte riesigen Spaß, denn das Thema lautete, wie auch sonst: Frieden 2020.

Er versuchte das Problem mit den Grenzen zu erörtern und wies darauf hin, dass einige Länder gar keine Ansprüche hätten, irgendwo Gebiete zu besetzen und zu besiedeln. Ganze Völker nur wegen Erdöl oder anderer Bodenschätze aus ihrer Heimat zu vertreiben, ist ein Verbrechen.

Schlussendlich kam er zu dem Fazit, dass dringend Handlungsbedarf besteht, damit die Welt nicht in Chaos und Kriegen versinkt. Und dann lobte er noch unsere Bemühungen, dagegen zu steuern, damit eine friedliche Lösung gefunden werden konnte.

Nach dem Klingeln wollte ich Denise an unserem Baum treffen, aber eine Traube von Menschen umringte sie und ich kam kaum zu ihr durch.

» Schön, dass du es geschafft hast «, sagte sie mit etwas Bedauern, denn Zeit für uns hatten wir leider nicht, angesichts der vielen Fans.

» Kein Problem, so ist das halt, wenn man bekannt und so beliebt ist «, erwiderte ich aufmunternd.

» Ich hab anfangs wirklich nicht daran geglaubt, dass die Sache dieses Ausmaß erreichen würde «, sagte sie, » und ich bin immer wieder baff über deinen raffinierten Plan und wie alles so gekommen ist. «

» Das ist doch längst unser aller Ding geworden «, meinte ich, » ohne euch wäre die ganze Idee verpufft. «

Es wurde unruhig in der Traube, weil Olli sich den Weg hindurch bahnte.

Dann sagte er mit lauter Stimme: » Leute, haltet euch bitte an den Mindestabstand und lasst uns ein bisschen Freiraum! «

Es klappte, denn die Kids gingen tatsächlich etwas auseinander, aber wir wurden weiter permanent angestarrt, was nicht wirklich entspannend war.

» Meinst du, dass sich nach der Wahl das Interesse an uns wieder legt und wir unsere Privatsphäre zurückbekommen? « wollte Olli von mir wissen.

» Willst du das denn wirklich? Ich dachte, du genießt es «, antwortete ich.

» Was ist mit dir? « fragte er nun Denise, » wird dir das nicht auf Dauer zu viel? «

» Aufmerksamkeit zu bekommen, für etwas das man tut, finde ich schon schön und im Fernsehen aufzutreten bin ich inzwischen gewohnt. Aber du hast recht, wenn man auf Schritt und Tritt verfolgt wird, ist es eher belastend und ich hoffe schon, dass das Interesse nach dem 10. Oktober ein wenig nachlässt. «

» Und du hattest nie so recht zu hoffen gewagt, als Friedensbotschafterin auf der ganzen Welt bekannt zu werden, so ähnlich wie Greta? « wollte ich jetzt wissen.

» Na gut, ein bisschen davon geträumt hab ich wohl schon «, gab Denise verschmitzt zu.

» Na siehst du, wir haben hier alle unsere Rolle übernommen und mit eigenen Wünschen zum Leben erweckt, ich find's jedenfalls toll und genieße es. «

» Ich liebe auch inzwischen meine Rolle als Regisseur und bin total zufrieden mit dem Erreichten «, freute sich Olli.

Als die Pause vorbei war, leerte sich langsam der Schulhof. Ich sah noch ein altes Plakat zur Schülerwahl kleben und lächelte: Das waren noch Zeiten.

Nach Musik in der sechsten Stunde fuhren wir direkt zum Laden. Roger hatte die Frühschicht übernommen, um zur Stelle zu sein, wenn neue Videobotschaften schnell beantwortet, oder Termine gemacht werden mussten.

Es gab heute aber nichts Außergewöhnliches zu berichten, nur dass die Zahlen weiter anstiegen. Und dadurch, dass jeder auf der Welt sehen konnte, wer die *roten* Schafe waren, entstand wirklich der erwünschte Druck von innen und das Unverständnis über die Verweigerung wuchs an.

Selbst die gespaltenen Briten hatten es endlich geschafft, den Druck so hoch kochen zu lassen, dass auch das letzte Europäische Land auf grün geschaltet werden konnte.

Weiterhin machten uns Länder wie USA, Brasilien, Nordkorea, Russland, China, Israel, Syrien und Türkei, um nur einige der bekanntesten zu nennen, große Sorgen, weil sie noch in rot blieben. Doch auch dort stiegen die Prozente weiter an.

Die zweite Gala wurde richtig pompös.

Denise und ich wurden extra mit einer Limousine für die Sendung abgeholt und wieder nach Hamburg gefahren. Dort sollte also Dini Ehlert, an der Seite von Veronica, durch die gesamte Sendung führen. Damit war Bruno längst mehr als rehabilitiert. Er hatte wieder den alten Open Air Trick benutzt, damit die Zuschauer vor Ort mit genügend Abstand alles live verfolgen und für Stimmung sorgen konnten. Was aber zu Hause abging war unglaublich, die Einschaltquoten gingen in einigen Ländern bis auf 90%. Der Wunsch nach Frieden war inzwischen so groß, dass selbst Corona und die Angst davor, kein Thema mehr war.

Ich muss schon sagen, Bruno hatte sich selbst übertroffen.

Alle Friedensländer waren geschaltet und mit Beiträgen zu sehen. Darunter auch die Ärmsten der Armen. Ihre Situation ging einem mächtig unter die Haut und es trieb die Spenden in die Höhe.

Inzwischen hatten wir längst einen Anwalt gefunden und ihn beauftragt, sich um unsere Finanzen zu kümmern. Er zeigte sich seriös im Fernsehen und versprach den Hilfebedürftigen, dass die Gelder an der richtigen Stelle ankommen würden.

Es rentierte sich immer mehr, dass die persönlichen Kontakte zu den einzelnen Friedensgruppen zum entscheidenden, nämlich unparteiischen, Faktor wurden und somit unbezahlbar waren. Wir standen dadurch direkt in Verbindung mit der Basis und nicht mit irgendwelchen Politikern.

Die können ja nächste Woche in jahrelange Verhandlungen treten, dachte ich, aber wir tun jetzt etwas für die Bedürftigen.

Ich hatte auch meinen Auftritt und fünf Minuten Zeit, unsere Geschichte zu erzählen und allen Mitstreitern, dem Fanclub und besonders Susi, Roger und Olli via Skype zu danken. Meinen Eltern und Maike dankte ich ebenfalls, sowie den Lehrern, Schülern und der Direktorin unserer Schule. Dann setzte ich mich auf den Boden und gedachte all jener Menschen, die bislang zu Schaden gekommen waren. Ich wollte ihnen und den Familien Trost spenden und Hilfe zusichern.

Zum Schluss dankte ich natürlich ganz frenetisch Denise.

Ich weiß gar nicht, ob das so mit Bruno abgesprochen war, denn sie fiel mir danach um den Hals und küsste mich vor laufender Kamera und die ganze Welt konnte zusehen.

Na gut, fast die ganze Welt.

Jedenfalls war ich sehr stolz, dass diese Dini meine Freundin war und grinste mir eins.

Diesmal kamen über zwei Millionen an Spendengeldern zusammen und Bruno war mehr als zufrieden mit dem Abend.

» Es hat sich echt gelohnt, auf euch zu bauen. Ihr seid inzwischen solche Profis geworden und die Zuschauer lieben euch. Danke, im Namen des gesamten Senders. «

Er übergab uns beiden je ein Geschenk und verabschiedete sich.

Veronica begleitete uns noch zum Chauffeur und umarmte Denise mit den Worten: » Du warst große klasse, ich hab richtig alt neben dir ausgesehen. «

» Nein, du warst klasse und so elegant «, sagte Denise.

» Ich möchte später auch dieses Charisma haben, wie du es besitzt. «

Veronica war über das Kompliment sichtlich erfreut, winkte uns nochmal zu und ging zurück zu Bruno.

Wir wurden in ein super nobles Hotel gebracht, mit riesigem Pool auf dem Dachgarten, aber leider war der nach Mitternacht schon geschlossen. Es war wahrscheinlich auch besser so, denn ich merkte auf einmal, wie müde ich war. Ich wollte aber unbedingt am nächsten Morgen dort hineinspringen und Fotos in die Gruppe posten.

Wir hatten ein gemeinsames Zimmer, aber die Betten waren getrennt voneinander aufgestellt. Eine Weile lag ich noch mit in ihrem Bett und wir skypten mit der Berliner Basis, denn Olli, Roger und Susi waren selbstverständlich noch fit und wollten unbedingt hören, wie es für uns war.

» Traumhaft! « schwärmte Denise, » aber ich fand es schade, dass ihr nicht dabei sein konntet. «

» Seht mal, diese Pralinen hat uns Bruno nach der Sendung geschenkt und sie schmecken sooo lecker «, schwelgte ich und biss genüsslich in eine mit Nougatfüllung.

Olli war ganz heiß drauf und sagte: » Bringt uns noch welche mit, ich will sie auch kosten. «

Daraufhin machte ich ein ernstes Gesicht und ließ ein » ups « verlauten.

» Es war leider die Letzte. Die waren einfach zu lecker, sorry. « Ich zeigte die leere Schachtel vor die Kamera und konnte somit von meinem Grinsen ablenken.

Als Denise nun das enttäuschte Gesicht von Olli sah, konnte sie ihr Lachen nicht mehr länger verbergen. Dann zeigte sie die zweite Schachtel in die Kamera und meinte: » Immer locker bleiben, Olli, die hier ist für euch, aber bis morgen müsst ihr euch noch gedulden. «

Olli zeigte mir drohend seine Faust, als ich endlich auch loslachen konnte.

» Schlaft gut «, sagten sie, » und dann bis morgen so gegen mittags. «

Wir nickten: » Ihr auch. «

Dann schlüpfte ich in mein Bettchen, aber bekam vorher noch einen ganz speziellen Kuss von ihr, der mich eine ganze Weile wach hielt.

Denise wollte am nächsten Morgen mit in den Pool. Glücklicherweise war so früh noch niemand außer uns da und wir jubelten, weil das Wasser so herrlich war. Wir schwammen ein paarmal hin und zurück, tauchten quer rüber und hatten jede Menge Spaß.

Wir trockneten uns ab, gingen im Bademantel wieder runter und ließen uns Frühstück aufs Zimmer bringen.

» Diese kleinen warmen Croissants sind der Knaller «, freute ich mich und Denise machte sich über den Quark mit Früchten her. Rührei und kleine Bouletten waren auch noch auf den Tabletts und wir waren fast am Platzen, so lecker war es.

Dann schmierten wir uns jeder noch ein Brötchen mit Frischkäse für die Fahrt und waren um Punkt 11 Uhr unten an der Rezeption, wo Ralf, unser Chauffeur, wieder auf uns wartete.

» Von mir aus kann es losgehen «, sagte er.

Dann nahm er Tasche und Rucksack von uns und ging zum Auto vor.

Wir machten noch ein paar Selfies im Hotel und davor. Dann stiegen wir zu ihm ein und schliefen den gesamten Rückweg auf den bequemen Sitzen.

Als er uns in Berlin am Laden absetzte, dankten wir ihm für die sanfte Fahrt und er fragte nach einer der schönen Autogrammkarten, die es jetzt von Dini mit Unterschrift gab.

Denise war überrascht, wie er davon wissen konnte, aber gab ihm natürlich gerne eine. Dann gingen wir vorne in den Laden und Denise verteilte weitere Karten an ihren Fanclub.

Wir hatten das tolle Bild, welches Denise in elegantem Kleid und mit ihrem berühmten Lächeln zeigte, auch als Poster bekommen und wollten es gleich aufhängen.

Als wir nun die Tür zum Wohnzimmer öffneten, begrüßten uns alle und wir feierten ausgelassen das Wiedersehen.

» Und wo sind die Pralinen? « wollte Olli ungeduldig wissen.

Als Denise nun etwas schuldig guckte und den Scherz wieder aufleben lassen wollte, winkte er ab.

» Glaub ich dir nicht, komm, rück sie schon raus. «

Dann lachte sie und gab ihm endlich die Schachtel.

» Hm, die sind aber wirklich verdammt lecker «, verkündete er mit vollem Mund, freute sich und verteilte sie in die Runde.

Der Rest ist nun relativ schnell erzählt:

In den nächsten Wochen war wieder ganz normaler Alltag mit Schule angesagt, obwohl in unseren Köpfen ganz anderes von Bedeutung war und die Konzentration dementsprechend darunter litt.

Dann, am ersten Oktober, fand tatsächlich ein politischer Friedensgipfel statt und unter den teilnehmenden Ländern wurde zumindest schon mal eine gemeinsame Friedensabsicht beschlossen.

Bei der App wurde, ebenfalls noch am ersten Oktober, ein zehn Tage Countdown von Roger gestartet, der auf die Wahl so richtig neugierig machte.

Denise und Veronica waren jetzt quasi täglich auf allen möglichen Fernsehsendern in den Nachrichten zu sehen und sie mobilisierten noch einmal die letzten Unentschlossenen, sich registrieren zu lassen.

Dann war es endlich soweit für Frieden und die Erfüllung meiner Vision vom WVD.

World Vote Day - Endlich ist es soweit

Ich sprang aus dem Bett und mein erster Gedanke nach dem Aufwachen war: An diesem Wochenende ändert sich die Welt!

In fünf Stunden hätten die ersten Länder den 10.10. bereits erreicht, während bei uns noch Freitag war. Wir starteten die Wahl überall passenderweise jeweils um 10 Uhr Ortszeit und man hatte 10 Stunden Zeit sich zu entscheiden.

Also würde die Wahl ja 34 Stunden dauern. Das hatte ich bei meiner Idee von der 24 Stunden Sendung gar nicht bedacht.

Bruno schon. Er hatte längst entsprechende Maßnahmen eingeleitet und sich mit zwei weiteren Städten verständigt, die Wahl zu dritteln, was den federführenden Sender angeht.

In Sydney sollte die Supersendung starten, zwölf Stunden live. Als nächstes übernimmt Berlin und der Schluss wird aus Vancouver gesendet.

Gut so, denn mit Vor- und Nachlauf wären 36 Stunden ganz schön hart für Denise und Veronica gewesen.

Ich verabschiedete mich von meinen Eltern und erinnerte nochmal: » Ich bin also über Nacht im Laden und morgen dann im Studio, ihr braucht euch keine Sorgen machen. «

» Aber vor allem, vergesst nicht zu wählen «, sagte ich noch und verschwand in die Garage zum Fahrrad.

Olli kam auch gerade um die Ecke geflitzt und forderte mich zu einem Rennen heraus.

Schlussendlich einigten wir uns auf unentschieden, als wir nach einer halben Stunde immer noch am diskutieren waren und Denise irgendwann die Schnauze voll hatte und rief:

» Jungs, aufhören, spart euch die Kräfte lieber für später auf. «

Sie hatte wie immer recht, denn wir wollten ursprünglich durchmachen, merkten aber irgendwann mit zunehmender Müdigkeit, dass die Idee nicht so clever war.

Bereits um 7 Uhr früh sollten wir am Samstag für die Sendung, mit Limousine abgeholt werden.

Wär schön blöd, dachte ich, wenn wir das verschlafen würden. Diesmal waren wir wieder alle dabei und durften Denise live im Studio miterleben.

Wir organisierten also noch zwei Matratzen von zu Hause zum Schlafen für Roger und Susi. Die Couch hatten Olli und ich für uns reserviert.

Als die Übertragung bei uns um 22 Uhr begann waren wir schon richtig müde, aber den offiziellen Startschuss wollten wir natürlich noch mitnehmen. Bei der App konnte man auf Wahlmodus gehen, wo dann nicht mehr die Registrierungen angezeigt wurden, sondern die abgegebenen Stimmen in einer ansteigenden Balkengrafik.

Jetzt hieß es Daumen drücken, der Albtraum wäre natürlich, dass sich unser System verabschiedete. Weg mit den negativen Gedanken, befahl ich mir, alles wird gut!

Roger hatte einen tiefen Glockenton programmiert, der nun auf dem Laptop ertönte und bedeutete, dass die ersten Wahllokale eröffnet wurden. Alle App-User würden nun ebenfalls einen Gong hören, wenn es bei ihnen 10 Uhr ist und dann jede weitere Stunde ein Summen. Man konnte deutlich sehen, wie die grünen Friedensbalken der ersten Länder anfingen, immer größer zu werden.

Wir waren gar nicht so ausgelassen vor Freude, weil unsere Kräfte nun endgültig aufgebraucht waren. Denise hatte sich schon eher verabschiedet und jetzt wollten wir auch ins Bett.

Sobald klar war, dass das System und die Server von Roger dem Ansturm an Daten gewachsen waren, machten wir Feierabend. Der Laptop blieb im standby Modus und sollte sofort Alarm machen, wenn etwas nicht in Ordnung wäre. Aber dazu kam es glücklicherweise nicht.

Es war schon kurz nach Mitternacht, als wir endlich schlafen gehen konnten.

Samstag früh um halb acht kamen wir beim Studio an und Veronica stieg auch gerade aus. Wir begrüßten uns und sie umarmte Denise herzlich.

» Bist du bereit für 12 Stunden Action? « fragte sie und Denise meinte noch etwas müde: » Wird schon. «

Veronica lachte und sagte zu uns anderen: » Sie ist jetzt schon ein echter Vollprofi, sensationell. «

Dann gingen wir hinein und sagten Bruno hallo.

» Und, läuft alles wie geplant? « fragte ich ihn.

» Meinst du die Technik oder die Wahl? « wollte er wissen und merkte dann, dass ich an beidem interessiert war.

» Super! Bislang keine Probleme aus Sydney und die Friedenszahlen sind umwerfend. Für Krieg scheint so gut wie keiner etwas übrig zu haben. Also macht hin, sorgen wir dafür, dass es bei uns genauso gut weiterläuft. «

Veronica und Denise verschwanden in die Maske. Susi war erst etwas enttäuscht, durfte dann aber doch mit hinein.

Uns Männern zeigte Bruno eine Stelle, wo wir während der Sendung Platz nehmen konnten. Es waren schöne, bequeme Sessel mit Armlehnen, in denen wir alles bestens verfolgen konnten.

Es ging los…

» Wir begrüßen nun alle Menschen hier aus Berlin bei der Fortsetzung dieses spannenden Wahltages «, sagte Denise und Veronica ergänzte: » Sie sind herzlich eingeladen, die nächsten zwölf Stunden dieser Wahl für den Frieden gemeinsam mit uns zu verbringen. «

Ein Land nach dem anderen wurde nun vorgestellt, wenn es an der Reihe war.

Als unsere Zeitzone erreicht wurde, konnte man überall im Studio den programmierten Gong von Roger hören, der von den Handys ertönte. Jetzt konnten wir also abstimmen und sahen auch gleich auf einem Monitor, wie der Balken für Deutschland nach oben schnellte.

Wir feierten und klatschten uns auf den Sesseln ab und irritierten dadurch einen Kameramann, der uns ins Bild nahm, so dass wir kurz der ganzen Welt für ihre Teilnahme danken konnten.

Ansonsten lief auch bei uns alles ohne Pannen sauber ab und so verabschiedeten sich Veronica und Denise wieder von allen Zuschauern und gaben direkt weiter an Vancouver.

Denise schüttelte Veronica dankend die Hand und kam danach sofort auf uns zu.

Sie strahlte immer noch und sagte: » Wir haben es geschafft, die Welt entscheidet sich eindeutig für den Frieden. «

Dann sank sie völlig erschöpft in meine Arme und ich hielt sie ganz doll fest.

Nachtrag

Zuglauben, dass sich tatsächlich alle Menschen beteiligen würden, um der Welt mitzuteilen, ob sie Frieden oder Krieg wollen, war wohl etwas naiv von mir gewesen. Jedoch allein die Tatsache, dass 65%, also knapp zwei Drittel teilgenommen hatten, war überwältigend und bahnbrechend. Ein deutliches Signal! Vielleicht ist es genau diese Unbekümmertheit sechzehnjähriger Schüler, die den meisten Menschen und besonders den Politikern heutzutage abgeht und sie nicht mehr an ihre Kindheitsträume glauben lässt.

Leider verschwinden gerade solch positive Träume immer mehr, weil einem von der Gesellschaft im Fernsehen oder in den sozialen Netzwerken eingeredet wird, dass man sich durchkämpfen muss und im Leben nichts geschenkt bekommt.

Diese Sichtweise stimmt aber nicht, sie ist falsch!

» Sechs, setzen! « höre ich Herrn Lundkauskis dröhnende Stimme schon innerlich rufen.

Wenn man selber gibt, sei es auch nur ein freundliches Lächeln, dann bekommt man alles zurück was man braucht und sich wünscht.

Also, *denkt nach* ihr dummen Egoisten, bevor ihr wieder mit dem Brüllen beginnt! Frieden geht uns alle an und erst recht im eigenen Zuhause! Ansonsten, verzieht euch, wir haben die Schnauze voll und wollen euch unangenehme Menschen hier bei uns nicht mehr haben! Die Welt wäre viel schöner, nämlich friedlich, ohne euch.

Ab auf die Insel!

Halt, Moment, da sind ein paar Sachen, die ich noch kurz klarstellen möchte:

Ich hatte tatsächlich eine neue Schale mit Erdbeeren für Maike gekauft und sie hatte inzwischen das Abitur bestanden.
Auch wenn es mir jetzt manchmal fehlte, spektakuläre Pläne zu schmieden, um sie anzuschwärzen, so war ich doch sehr froh, dass es bei uns zu Hause wieder so friedlich zuging.

Die Umzugskartons bei Roger stehen meiner Meinung nach immer noch mitten in seinem Wohnzimmer, und das, obwohl er ja nun mit Susi seit ein paar Monaten zusammen ist. Oder waren es neue Kisten von ihr?

Die 10.000 € Finanzspritze im richtigen Moment kamen übrigens von Susis Eltern. Logisch, sie waren die Einzigen, die unsere Kontonummer anhand der Einzahlungsquittung kannten. Sehr spendabel, vielen Dank.

Und die Mutter von Denise hatte es tatsächlich geschafft, sich von ihrem Mann zu lösen und Schutz in einer Hilfsorganisation gefunden. So konnte Denise sie jederzeit besuchen und ihr von der Superreporterin Dini Ehlert berichten, die sich auch weiterhin sehr engagiert für den Frieden einsetzte.

Ach ja, was meine Gefühle für Denise angehen. Ich bin deswegen nicht weiter darauf eingegangen, weil ich fand, wir waren noch etwas zu jung und unerfahren um zu wissen, worauf es bei der großen Liebe ankommt.
Eins war mir aber völlig klar:

Mein Herz schlägt jedenfalls nur für sie!